Chère Lectrice,

Septembre. Et maintenant octobre ! Brr... Nous voilà désormais immergés jusqu'au cou dans les mois en *bre*. A celles, toutefois, que cette lente plongée dans l'hiver rendrait moroses, je recommande chaudement la lecture d'un bon livre. Un plaisir que Montesquieu considérait déjà comme « le souverain remède » : « Je n'ai jamais eu, disait-il, de chagrin qu'une heure de lecture ne m'ait ôté ».

Et, pourtant, Montesquieu ne connaissait pas Harlequin !

Ni Amours d'Aujourd'hui dont le programme, ce mois-ci, rendrait du tonus aux plus défaitistes. Car ce ne sont pas seulement trois combats, mais aussi trois victoires que vous êtes invitée à partager au fil des pages de ces trois romans, que ce soit le combat d'Elisabeth qui lutte pour retrouver la mémoire et la trace d'un amour perdu (n° 621), ou encore celui de Nell, une jeune institutrice, prête à tout pour réussir à adopter les quatre enfants que lui a confiés leur mère avant de mourir (n° 620), ou bien enfin celui de Shannon, une femme merveilleuse qui doit se battre pied à pied pour obtenir la garde de ses deux enfants qu'on lui a arrachés à la suite d'affreuses calomnies (n° 619).

Trois livres intenses et particulièrement captivants qui vous feront passer, je le souhaite, d'excellents moments...

Bonne lecture !

La Responsable de collection

L'amour bafoué

TARA TAYLOR QUINN

L'amour bafoué

HARLEQUIN

AMOURS D'AUJOURD'HUI

Cet ouvrage a été publié en langue anglaise
sous le titre :
YESTERDAY'S SECRETS

Traduction française de
LAURENCE HECKSCHER

HARLEQUIN ®
est une marque déposée du Groupe Harlequin
et Amours d'Aujourd'hui ®
est une marque déposée d'Harlequin S.A.

1.

Shannon ressentit un pincement familier à l'estomac au moment de s'engager dans le dernier virage.

En cet après-midi de juin, la chaleur était étouffante. Faute d'air conditionné — que la jeune femme se promettait de faire réparer dès que ses moyens le lui permettraient —, la moleskine des sièges lui collait dans le dos, au travers de sa longue chevelure noire.

Heureusement, les jumeaux restaient silencieux sur le siège arrière. Ils ne se plaignaient pas de la température. D'ailleurs, ils se plaignaient rarement. Mindi, la fille, et Mike, le garçon, étaient des gamins courageux.

Shannon savait qu'ils détestaient retourner dans leur foyer de placement, au moins autant qu'elle détestait les y ramener, mais il fallait qu'elle se conforme strictement aux règles établies si elle voulait conserver l'espoir de se voir réattribuer leur garde. Elle avait le droit de passer deux heures par semaine avec ses enfants, le dimanche après-midi et, sur ces deux heures, il lui restait exactement sept minutes.

Shannon se raidit quand le silence lourd qui régnait à l'arrière fut brisé par un sanglot étouffé. Après un rapide coup d'œil dans le rétroviseur, elle se gara sur le bas-côté et défit sa ceinture de sécurité. Le déclic d'une autre ceinture fit écho, et Mindi, libérée, se jeta par-dessus le dossier pour se nicher plus vite dans les bras de sa mère.

— Ma toute petite, ma chérie, lui murmura Shannon à l'oreille. Tout ira bien, tu verras.

— Je ne veux pas retourner là-bas. Je ne veux pas te quitter, sanglota Mindi.

Shannon repoussa la mèche noir corbeau qui retombait sur les sourcils de sa fille de dix ans.

— Je sais, mon cœur, mais il faut tenir le coup encore un peu. Pense à tout ce que nous ferons quand nous serons de nouveau réunis.

Au cours des trois derniers mois, ces mots de réconfort s'étaient transformés en une litanie qui se répétait chaque dimanche. Mais ce jour-là, ils n'eurent pas sur Mindi leur effet habituel d'apaisement.

En dépit des épreuves qu'elle avait traversées au cours de son existence, Shannon ne s'était jamais sentie aussi inquiète, ni aussi impuissante. Dans son rétroviseur, elle voyait des larmes dégouliner le long des joues de Mike. Or il avait montré jusque-là une force d'âme peu commune. Il possédait une capacité de raisonnement au-dessus de son âge et un grand sens des responsabilités. S'il pleurait, c'était que les choses allaient mal... plus mal qu'à l'ordinaire.

Elle déposa un long baiser sur la joue de sa fille avant de se retourner.

— Qu'est-ce qui ne va pas? demanda-t-elle d'une voix tendre et rassurante.

— Ce sont les vacances, dit Michael.

On aurait dit qu'il portait la responsabilité de toute une famille d'adultes sur ses frêles épaules.

— Tu avais été sélectionné dans la ligue junior. Ton équipe te manque?

Shannon avait du mal à croire que son fils puisse se mettre dans un état pareil pour quelques matchs de base-ball.

— Oh, maman! tu sais bien que ce n'est pas ça. Je jouerai l'année prochaine, quand nous vivrons de nouveau ensemble. C'est juste que... euh!... comme on ne va plus à l'école, on est tout le temps en travers du chemin de Mme Wannamaker, surtout Mindi.

Shannon serra contre elle le petit corps tremblant de Mindi. C'était une enfant tranquille et émotive. Comment pouvait-elle gêner le passage de qui que ce soit?

— Qu'est-ce que tu veux dire par « surtout Mindi »?

Mike s'essuya les joues d'un revers de main.

— Mindi fait de son mieux, je t'assure. Elle fait tout ce qu'elle peut, mais ça n'empêche pas Mme Wannamaker d'être furieuse.

Shannon pâlit.

— Que fait donc Mindi pour la mettre en colère?

Elle s'efforçait d'autant plus de contrôler sa voix et ses émotions qu'elle était convaincue de se trouver confrontée à un drame véritable. Elle devait se laisser guider par son cerveau et non par ses sentiments.

— Elle ne fait pas la vaisselle assez vite, des choses comme ça, dit Mike en détournant les yeux.

La peur envahit Shannon qui devinait que Mike n'osait en dire plus.

— Quelles choses?

Elle parlait doucement, mais son ton rappelait la première règle de conduite qu'elle avait inculquée à ses enfants: celle de partager en toute franchise avec elle les problèmes qui survenaient dans leur vie.

— Elle se fâche dès qu'on ne fait pas ce qu'elle veut, exactement comme elle le veut. Elle dit des choses qui font pleurer Mindi, et alors elle est encore plus furieuse, dit Mike d'un trait.

Si Mike s'était arrêté de pleurer, les larmes de Mindi continuaient à détremper le chemisier de sa mère.

— Que vous dit-elle? demanda Shannon en se préparant au choc.

— Des méchancetés sur toi... sur le fait qu'on soit tes enfants.

Shannon avait la gorge nouée. Ses pires craintes devenaient réalité.

— Et que fait-elle quand elle est « encore plus furieuse »? demanda-t-elle en retenant sa colère.

Il fallait qu'elle connaisse toute l'étendue du problème afin d'être en mesure de déterminer sa ligne de conduite. Elle ne pouvait se permettre d'être aveuglée par ses émotions, par la rage née d'une nouvelle injustice. Elle avait grandi en butte aux remarques sournoises et aux mots coupants. Elle ne laisserait pas ses enfants exposés à la même expérience dégradante.

Comme Mindi ne se calmait pas, elle se mit à lui caresser la tête, puis à lui masser les épaules et le dos.

Soudain, la petite laissa échapper un gémissement.

— Non! cria Mike depuis le siège arrière.

Shannon immobilisa sa main et regarda son fils.

— Pourquoi pas?

Le menton de Mike tremblait, mais il soutint son regard.

— Mme Wannamaker la bat avec une baguette de bouleau.

Cet aveu fut suivi par le déluge des larmes qu'il avait vaillamment retenues pendant un moment.

L'inquiétude de Shannon se changea en incrédulité, et puis en rage bouillonnante. Mindi sanglotait maintenant sans retenue. Shannon la fit doucement pivoter et releva son T-shirt.

Elle dut se mordre les lèvres pour ne pas laisser échapper un cri d'agonie en découvrant les affreuses traînées rouges sur la peau tendre de sa fille.

Quelle était cette justice qui croyait préférable de livrer une fillette sans défense entre les mains d'une sadique, plutôt que de la rendre à une mère qui attendait désespérément son retour?

Les lèvres serrées, elle se garda du moindre commentaire, craignant, si elle ouvrait la bouche, d'être incapable de contrôler les hurlements de douleur qui montaient de sa gorge. Ses enfants souffraient déjà assez. Elle leur épargnerait son propre tourment.

Elle jeta un coup d'œil à sa montre. Il lui restait deux minutes pour ramener les jumeaux dans leur famille de placement. Elle pensa à l'assistante sociale qui avait décidé de lui retirer la garde de ses enfants avant même de l'avoir rencontrée. Elle regarda de nouveau sa montre. Les jumeaux devaient être rentrés dans une minute et demie exactement. Elle jeta un dernier regard aux marques hideuses sur le dos de Mindi. Luttant contre la nausée, elle rabaissa le T-shirt de Mindi et l'installa doucement sur le siège à côté d'elle. Puis elle fit démarrer la voiture.

— Mettez vos ceintures, les enfants. Nous rentrons à la maison.

Elle savait qu'elle n'était pas en pleine possession de ses moyens de raisonnement, qu'elle ne faisait peut-être qu'envenimer les choses, mais elle était mère avant tout. Elle ne ramènerait pas ses enfants chez des gens qui exerçaient sur eux de tels sévices.

L'annonce fut suivie d'un petit silence. Les jumeaux n'étaient pas très sûrs de ce qu'ils devaient croire. Les sanglots de Mindi s'atténuaient.

— Tu es certaine, maman ? demanda Mike avec hésitation.

Shannon lui jeta un coup d'œil par le biais de son rétroviseur. Les yeux violets de Mike, qui ressemblaient tant aux siens, cherchaient désespérément un signe d'espoir.

Plutôt que de lui faire des promesses inconsidérées, elle préféra garder le silence. Passant la marche avant, elle prit le chemin de l'appartement dans lequel ils s'étaient installés tous les trois depuis l'humiliation finale qui l'avait contrainte à quitter le manoir des Stewart deux ans plus tôt...

Bryce gonfla ses poumons jusqu'à ce qu'ils soient prêts à éclater, mais l'air lui manquait encore. Il entendit la première détonation, et comprit que la femme les avait trahis. Elle les avait conduits dans le repaire du Roi.

— Donovan! murmura-t-il dans le microphone fixé à sa poitrine. C'est Bryce! Tu m'entends?

La pièce se trouvait toujours dans une obscurité opaque. Pour la première fois de sa vie, il ressentait de la peur. De la peur pour son père qu'il avait, en dépit de son instinct, suivi dans le piège mortel qui se refermait maintenant sur eux. La détonation suivante se répercuta sur les murs d'acier. Une douleur fulgurante lui traversa l'épaule droite, et il bascula à la renverse...

La sonnerie aiguë du téléphone tira brutalement Bryce de son cauchemar. Il se redressa brusquement dans son fauteuil. Il devait s'être endormi en regardant les nouvelles du dimanche après-midi à la télévision. La douleur qu'il ressentait à l'épaule provenait de sa position affaissée, plus que de la balle qu'il avait reçue l'année précédente. Après la nuit blanche qu'il venait de passer, une nuit de plus à essayer de comprendre comment son existence entière avait pu être saccagée par une femme, il aurait dû choisir un siège moins confortable.

Tout en faisant jouer doucement son épaule droite, il tendit la main gauche vers le récepteur posé à côté de lui.

— Donovan à l'appareil...

Les résidus du cauchemar qui le poursuivait s'effacèrent. Il n'appartenait plus à la brigade criminelle de Detroit. Depuis la semaine précédente, il était le commissaire de police d'une bourgade endormie, à Southlakes, dans le sud du Michigan.

— Inspecteur Adams, commissaire. Je suis désolée de vous déranger chez vous, mais nous avons un problème délicat à régler ici, et nous avons pensé que vous aimeriez en être averti.

Le ton rapide et efficace de la femme-policier acheva de le rappeler à la réalité.

— C'est mon rôle d'être dérangé, Adams. Que se passe-t-il ?

— Shannon Stewart a kidnappé ses deux enfants qui se trouvaient dans un foyer de placement, commissaire. L'inspecteur Williams faisait une patrouille quand Mme Wannamaker, leur mère d'accueil, nous a prévenus, et il a pu les localiser. Ils se trouvent tous les trois dans l'appartement de Mme Stewart. Williams est au bas de l'immeuble dans sa voiture, et il attend vos instructions, sachant par expérience que la famille Stewart n'aime pas les scandales.

Bryce reconnut avec plaisir la décharge d'adrénaline qui accompagnait toujours le début d'une nouvelle enquête.

Si ces enfants avaient été placés en foyer, il devait y avoir une bonne raison, s'avisa-t-il avant de demander :

— La femme a des antécédents de brutalité ? Elle battait ses gosses ?

— Pas que je sache, commissaire. Je ne connais pas très bien le cas, seulement ce qu'on raconte en ville. Les Stewart ont divorcé de la manière la plus discrète. Le juge vous en dirait davantage, et comme c'est votre oncle, je me disais qu'il vous serait facile de le joindre.

— Certainement, approuva Bryce. Bon, si les enfants ne sont pas en danger, il ne faut rien brusquer. Dites à Williams de s'assurer que la femme ne disparaît pas de chez elle, et de m'attendre pour intervenir. J'arrive le plus vite possible.

Bryce nota l'adresse, raccrocha, et redécrocha aussitôt.

Puisque le juge Olivier Donovan connaissait les faits, il serait la source d'information la plus immédiate et la plus fiable.

— ... Les ancêtres des Stewart ont fondé cette ville il y a deux cents ans. Des colons anglais fortunés, d'après la légende locale, expliqua le juge dès que Bryce lui eut exposé la raison de son appel. Ils n'encouragent guère les avances et ne se mêlent pas au commun des mortels. C'est dire que je les connais surtout de réputation. Ils sont la respectabilité incarnée et dépensent généreusement leur argent. Ils disposent d'une importante fortune foncière et traitent bien leurs locataires. Ils ont des participations plus ou moins importantes dans toutes les entreprises de la ville. Leurs employés reçoivent de bons salaires et bénéficient d'une couverture sociale décente. D'après ce que je comprends, le vieux Stewart tient encore les cordons de la bourse, et son fils surveille l'activité journalière de leurs affaires.

» Shannon Stewart est ce qu'on appelle une belle nana, avec un passé qui va avec son physique. On la dit fille d'une prostituée. Je me souviens de son arrivée ici, il y a douze ou treize ans. Même à l'époque de son adolescence, elle avait beaucoup d'allure, et se comportait en vraie femme du monde, avec une sorte de réserve tranquille. Elle a raconté qu'elle venait de la frontière canadienne, qu'elle était la fille unique de magnats du textile, que ses parents étaient morts dans l'incendie de leur usine, et qu'elle avait perdu famille et fortune en quelques heures. Tout le monde la plaignit. Elle s'est immédiatement trouvé un emploi dans le rayon des cosmétiques du grand magasin « Stewart », et c'est là qu'elle a rencontré Clinton.

Bryce ne voulut pas interrompre son oncle, mais n'en pensa pas moins. Il estimait logique que cette femme ait menti pour échapper à un passé haïssable, dans la mesure

14

où elle ne pouvait débarquer dans une ville aussi conservatrice que Southlakes en annonçant haut et fort qu'elle était la fille d'une pute.

D'un autre côté, ce genre de mensonge signifiait peut-être qu'il se trouvait confronté à une femme dans le genre de celle qui lui avait coûté sa carrière à Detroit. Au cours de sa vie de policier, il avait rencontré des dizaines de femmes affreusement démunies et prêtes à tout pour satisfaire leurs besoins émotionnels.

Olivier continuait son récit.

— Shannon a immédiatement fait tourner les têtes. Tous les garçons étaient amoureux d'elle, mais dès que Clinton Stewart l'a vue, il se l'est accaparée. Il était fou d'elle. Les parents Stewart ont commencé par résister, probablement parce qu'elle n'apportait aucune preuve tangible de son mélodramatique passé, mais Clinton a tant insisté qu'ils ont fini par consentir au mariage. Les noces ont été célébrées avec la pompe requise. Quand les bébés sont arrivés — des jumeaux —, Clinton et Shannon se sont installés dans une aile du manoir familial.

» Je ne sais pas quand les choses ont commencé à tourner au vinaigre. Shannon a demandé le divorce il y a deux ans, et Clinton le lui a accordé sans difficulté. Et puis, il y a trois mois, les avocats des Stewart ont commencé à évoquer le passé de Shannon et à la présenter comme une mère indigne. Ils ont réussi à créer un doute suffisant pour que les services sociaux placent les enfants dans un foyer temporaire, en attendant le jugement sur la garde définitive des enfants. Clinton affirme qu'il a surpris sa femme dans les bras de l'un de ses amis juste avant leur séparation. Rien n'a été prouvé, mais elle a refusé de répondre à la moindre de leurs accusations. Depuis leur divorce, elle travaille comme barmaid dans un bistrot mal famé des faubourgs de la ville. Elle laissait les enfants avec une baby-sitter tous les soirs, sauf le dimanche. Il y a eu des rumeurs selon lesquelles elle faisait plus pour ses clients que leur servir à boire. Clinton a toujours bénéficié de la garde jointe, mais il a décidé qu'elle exerçait une influence indésirable sur les enfants et il veut obtenir la garde pleine et entière des jumeaux. Selon les Stewart, Shannon tient aux enfants uniquement à cause de la pension alimentaire qu'elle reçoit.

Bryce écoutait attentivement.

— Et que fait-elle de cet argent? demanda-t-il.

Il était fort étrange que l'ex-épouse d'un membre de la famille la plus influente de la ville se donne le mal de travailler, surtout si son emploi était de nature à ternir encore une réputation déjà mal en point.

— Clinton dit beaucoup de choses, sans preuves à l'appui pour l'instant. Shannon aurait des habitudes coûteuses : elle serait incapable de tenir un budget, elle aimerait les jeux de hasard. Le problème concerne moins ce que Shannon fait de son argent que ce qu'elle ne fait pas. Les enfants ne bénéficient d'aucun des avantages que devrait leur procurer le nom qu'ils portent. Shannon Stewart n'a fourni aucun compte permettant d'analyser la gestion des fonds versés aux enfants. Elle prétend même n'avoir rien reçu.

— Si elle utilise cet argent pour satisfaire sa passion du jeu, alors elle s'expose à des ennuis encore plus graves que la perte de la garde de ses enfants, dit Bryce en se souvenant de son passage à la brigade des mœurs de Detroit.

— Si elle exerce la moindre activité illégale, dit le juge, les avocats de Stewart ne manqueront pas d'en apporter la preuve.

Bryce était surpris par le plaisir qu'il ressentait à discuter du dossier. Reprenait-il goût à l'existence?

— Pourquoi Clinton Stewart a-t-il laissé passer deux ans avant d'essayer de discréditer son ex-femme?

— Je suppose qu'il attendait qu'elle lui fournisse elle-même les armes dont il avait besoin. Les Stewart ne se lanceraient pas dans une bataille juridique s'ils n'étaient pas sûrs et certains de l'emporter *et* de s'en sortir eux-mêmes blancs comme neige. Ils veulent gagner, mais sans que la ville plaigne la jeune mère séparée de ses enfants. Ils feront en sorte que chacun partage l'indignation qu'ils manifestent en ce moment.

La curiosité de Bryce augmentait d'instant en instant. Qui étaient donc ces Stewart légendaires ? L'expérience lui avait appris que ceux qui paraissent irréprochables sont souvent ceux qui ont le plus à cacher. Mais il n'avait jamais vécu dans une petite ville. Il n'avait pas l'expérience de cette ancienne hiérarchie sociale qui semblait encore prévaloir à Southlakes.

— Pourquoi les enfants se trouvaient-ils dans un foyer de placement, et non pas avec leur père ?

— Ils ont refusé de vivre avec lui.

Le ton d'Olivier montrait qu'il trouvait cette attitude invraisemblable.

— ... Il se peut que leur mère les ait menacés d'une façon ou d'une autre, mais tant que le procès n'a pas eu lieu et que je ne dispose pas d'éléments tangibles, tant que les parties n'ont pas apporté la preuve de ce qu'elles avancent, je considère qu'il est préférable de laisser les enfants en terrain neutre.

— Donc, les services de l'enfance sont intervenus ?

— D'une certaine manière. Une assistante sociale m'a remis un rapport dans lequel elle recommande de confier la garde au père, mais je me demande si elle a rencontré Shannon Stewart avant de se déterminer. Je ne rejette pas son avis, mais je ne suis pas convaincu qu'elle échappe au cercle d'influence du clan Stewart.

Bryce évaluait la situation. Il imaginait assez bien les personnages : un homme riche et arrogant, qui se considérait au-dessus du commun des mortels, et une femme pervertie, dotée de la beauté du diable. Les jumeaux lui faisaient pitié.

— Pour le bien-être de ces enfants, je souhaite que le litige soit tranché au plus vite et le plus discrètement possible, conclut Olivier en exprimant ainsi à voix haute les sentiments de Bryce.

— Bon, je vais les chercher moi-même, dit-il avant de raccrocher.

Shannon savait qu'elle ne disposait que d'un temps limité. Elle venait de voir la voiture de police garée dans la rue. Drew Williams était au volant. De tous les inspecteurs du canton, il avait fallu que ce soit lui qui soit de garde ce jour-là...

— Par quoi voulez-vous commencer, les enfants ? Par ranger vos chambres ou par manger des brocolis ? dit-elle en conduisant Mindi jusqu'à la salle de bains.

Allège l'atmosphère. Ne leur laisse pas voir à quel point tu es angoissée.

— Des brocolis ? Quelle horreur ! protestèrent les jumeaux à l'unisson.

— Je vais ranger ma chambre, déclara Mike sans montrer son mécontentement.

Shannon le rattrapa par le col de sa chemise.

— Je plaisantais ! Viens, mon grand, j'ai besoin de ton aide pour soigner ta sœur.

Elle sortit une pommade antibiotique et cicatrisante de sa trousse de secours et lui confia la tâche de maintenir relevé le T-shirt de Mindi, tandis qu'elle appliquait la lotion sur la peau endolorie.

— Regarde bien, mon grand, comment je procède. Ainsi, tu pourras soulager ta sœur en mon absence.

— Tu nous donnes le tube, alors ? s'enquit la petite.

— Bien sûr, ma chérie. Tiens, mets-le dans ton sac. Que diriez-vous maintenant d'une partie de Monopoly?

— C'est une idée, dit Mike qui détestait les jeux de société, mais qui comprenait qu'on devait meubler l'attente.

Car, de toute évidence, ils pressentaient qu'ils n'auraient même pas le temps de terminer la partie. Shannon eut envie de pleurer en les voyant jouer avec autant de retenue. Ils n'ouvraient la bouche que pour faire les annonces nécessaires. Ils n'exprimaient pas leurs peurs, ils ne parlaient pas de l'heure du dîner qui approchait. Ils ne demandaient même pas où ils allaient dormir ce soir-là.

— Je t'aime, maman, dit Mindi en levant les yeux.

— Je t'aime, ma chérie. Je vous aime tous les deux, dit Shannon en contemplant avec tendresse les deux têtes brunes.

Par une sorte de justice, c'était à elle que les enfants ressemblaient. Elle avait jeté un coup d'œil par la fenêtre et constaté que la voiture de police se trouvait toujours en faction. Ce n'était pas la peine de prétendre que tout allait pour le mieux. Tout n'allait pas pour le mieux, et les enfants le savaient parfaitement.

— Je suis navrée, dit-elle d'une voix douce.

Comment leur expliquer qu'elle avait eu tort de les ramener chez elle, mais qu'il n'existait pas de bonne solution? Comment pouvait-elle les empêcher de se méfier du système qui gouvernait leur existence? Surtout quand elle s'en méfiait autant elle-même?

Michael et Minda Marie échangèrent un long regard plein de ces messages silencieux par lesquels ils communiquaient depuis leur plus tendre enfance.

— Nous, on n'est pas désolés, maman.

Mike était, selon leur habitude, le porte-parole. Ses yeux violets n'avaient jamais été si sérieux, ni si confiants.

— Quoi qu'il arrive, c'est drôlement agréable d'être à la maison.

Ils avaient des taches de rousseur, le seul signe de leur ascendance Stewart. Shannon regarda Mike jeter les dés et obtenir un double pour la troisième fois.

— En prison, dit-elle.

C'était une erreur de les garder ici, songeait-elle, de rendre la situation encore plus confuse à leurs yeux. Mais quel choix avait-elle eu ? En vingt-neuf ans, la vie lui avait enseigné que la justice était faite pour ceux qui avaient eu la chance de naître du bon côté de la barrière, et que l'équité était un mot sans signification dans le système judiciaire. Il était fort probable qu'elle s'était condamnée elle-même en essayant de protéger ses enfants. Mais qu'aurait-elle pu faire d'autre ?

Aller à l'hôpital ? Il appartenait aux Stewart. Les services sociaux ? Contrôlés par les Stewart et fermés le dimanche. Le commissariat ? Loin de prendre sa défense, la police l'avait toujours malmenée.

Le nœud qu'elle ressentait à l'estomac lui sauta à la gorge quelques minutes plus tard, quand on frappa lourdement à la porte. Elle resta pétrifiée. Les dés gisaient, abandonnés, sur le tapis du Monopoly. La tension était perceptible dans l'atmosphère. Rien de ce que Shannon avait lu dans sa jeunesse, pour se disposer à vivre en bonne citoyenne, ne l'avait préparée à une situation pareille.

Elle n'avait aucun plan. Elle ne savait pas ce qu'on faisait quand on était coupable d'un crime et que la main de la justice s'abattait sur vous. Il était inutile de s'enfuir. Cela, elle l'avait compris. Et c'était la raison pour laquelle ils étaient tous les trois assis là, dans son propre appartement, comme des canards d'appeaux.

Elle ne pouvait pas non plus ouvrir calmement la porte et renvoyer ses enfants, avant d'aller se livrer aux autorités. Ils ne la traiteraient pas d'une manière équitable, et ce seraient les enfants qui en souffriraient.

On frappa de nouveau.

— Ouvrez, madame Stewart. Je sais que vous êtes là. Je préférerais que ça se passe le plus tranquillement possible.

La grave voix masculine ne la rassura pas.

Michael disparut dans sa chambre et revint avec un pistolet en plastique.

— Allez, viens, maman. Nous n'avons pas peur, dit-il en tendant la main à Mindi pour l'aider à se lever.

Bouleversée par tant de courage, Shannon crut bon pourtant de le raisonner.

— Nous ne devons pas résister, Michael. Il représente la loi.

Puis elle s'interposa entre ses enfants et la sortie, avec l'idée assez absurde de leur éviter de recevoir des éclats de bois si jamais quelqu'un enfonçait la porte.

— J'attends, madame Stewart. Si vous aimez vos enfants, ne prolongez pas cette situation. Laissez-moi les ramener dans le foyer de placement où ils seront sains et saufs.

Comme il connaissait mal la véritable situation !

— Sains et saufs, c'est ce qu'il croit ! dit Michael entre ses dents. N'entrez pas, continua-t-il à voix haute. Je suis armé.

Mindi ne voulut pas être en reste d'héroïsme.

— Oui ! cria-t-elle. Nous ne voulons pas y retourner, et vous ne pouvez pas nous y forcer.

Shannon félicitait silencieusement ses enfants pour leur force d'âme : ils se battaient pour leurs droits. Mais en même temps son cœur saignait pour eux : ils n'avaient pas la moindre chance de l'emporter.

Elle prit la main tremblante de Mindi dans une des siennes et posa l'autre sur l'épaule de Mike.

— Ecoutez-moi, les enfants. Il est mal de menacer un officier assermenté. Cet homme ne fait que son devoir.

Elle ne pouvait pas aller plus loin. Elle ne leur dirait pas que la loi était juste, mais seulement qu'ils devaient apprendre à vivre dans les limites de cette loi.

Elle n'arrivait pourtant pas à se résoudre à ouvrir la porte.

Reprends tes esprits. Raisonne un peu, s'ordonna-t-elle.

Il n'existait pas de sortie à l'arrière de l'appartement, et même s'il y en avait eu une, Shannon savait qu'elle ne se serait pas enfuie. Elle songea à s'enfermer avec les jumeaux dans la salle de bains, mais l'illogisme de cette impulsion lui apparut à temps.

Il y eut un murmure dans le couloir à l'extérieur, et Shannon crut entendre les parasites d'une radio portative.

Etait-il en train d'alerter la gendarmerie ? se demanda-t-elle, soudain prise de panique. Devrait-elle aller en prison pour avoir ramené ses enfants sous son propre toit ? Comment pourrait-elle prouver ses aptitudes de mère si elle se trouvait derrière des barreaux ?

Le cœur de Shannon battait lourdement tandis qu'elle prenait conscience des conséquences de son acte.

— Je vais compter jusqu'à dix, madame Stewart. Si vous n'ouvrez pas d'ici là, je serai dans l'obligation d'enfoncer la porte.

Toute note conciliante avait disparu de la voix du policier.

Serrant toujours la main de Mindi et l'épaule de Mike, Shannon s'avança.

2.

Quand il entendit le déclic de la porte d'entrée, Bryce ne s'attendait certainement pas à voir, fixés sur lui, une paire d'yeux violets lourds de ressentiment. La femme menue qui se tenait devant lui ne ressemblait ni à une prostituée, ni à une aventurière qui chercherait à se donner des airs. Elle portait, comme ses enfants, un chemisier de coton, des shorts et une paire d'espadrilles. Son maquillage se limitait à un peu de mascara qui soulignait la couleur étonnante de ses prunelles.

Mais la dure expérience de la vie avait appris à Bryce que certaines femmes, surtout dans des moments d'émotion intense, étaient capables de dissimuler les sept péchés capitaux derrière un visage d'une suave féminité. Aussi s'ordonna-t-il, cette fois-ci, de raisonner avec son cerveau et rester inaccessible aux injonctions de ses sens.

En revanche, estima-t-il tout en constatant qu'ils semblaient en bonne santé, quoique petits pour leur âge, ce serait plus difficile de se cuirasser contre les jumeaux qui le foudroyaient du regard avec des mines à la fois effrayées et accusatrices.

— Si vous touchez à ma mère, je tire ! dit Michael qui échappa à l'étreinte de sa mère et pointa son pistolet droit devant lui.

Bryce eut désagréablement conscience de la taille du

garçon et de la direction dans laquelle son arme était pointée. Le gamin savait-il qu'il s'agissait de la seule partie de l'anatomie masculine qu'il était possible d'endommager avec un pistolet à plombs ? Allait-il vraiment tirer ?

— Michael, non.

Sa mère venait de lui donner cet ordre d'une voix douce mais extrêmement ferme.

Bryce fut frappé par l'effet que cette voix rauque eut sur lui. Il regarda son interlocutrice, tandis que le garçon abaissait le canon de son revolver. Shannon Stewart avait un corps superbe et une voix sensuelle. S'il devait en croire les rumeurs, elle vivait de cette combinaison. Or, lui-même menait une existence de chasteté depuis un an. Il était donc normal qu'il réagisse à ce genre de stimulants. Ça ne voulait rien dire. Il allait suivre la voix de la raison, et non celle de ses instincts les plus élémentaires.

— Je ne peux pas vous laisser les ramener, dit Shannon.

— Je suis désolé, madame, s'excusa-t-il, mais il faut.

Cette réponse automatique le mit en colère. Pourquoi s'excusait-il ? Parce qu'il était en train de faire son devoir ? Il avait sans doute en face de lui une prostituée, connue pour sa fourberie, et qui avait enfreint la loi. Le juge n'avait-il pas suggéré qu'elle ne tenait à ses enfants qu'à cause de l'argent qu'elle obtenait de la famille Stewart ? Une femme de ce genre ne valait pas qu'on s'inquiète pour elle.

Il se soucierait seulement des enfants.

— Je suis le commissaire Bryce Donovan. Je dois reconduire vos enfants auprès de la personne qui a été chargée de les garder. Si vous m'accompagnez, tout se passera bien.

On aurait dit qu'il leur proposait une promenade au parc.

— On est mieux ici, dit Michael.

Bryce dut reconnaître que le gamin avait du cran.

— Mme Wannamaker vous a préparé votre dîner.

La mère serra ses enfants plus fort.

— Ils ne retourneront pas chez cette femme.

Shannon se demandait si le commissaire la croirait si elle lui disait la vérité. Le système avait une drôle de façon d'ignorer ce qu'il n'avait pas envie de savoir. Elle se creusa la cervelle pour trouver un moyen d'échapper à la justice tordue qui lui faisait la guerre depuis toujours.

— Je crains qu'ils n'aient pas le choix.

Michael leva vers sa mère des yeux brillant de larmes, et Shannon fut déchirée par le regard éperdu de son fils.

Elle considéra le commissaire dont les cheveux bouclés ne parvenaient pas à adoucir les yeux d'un brun clair, plus froids et plus durs que le sol gelé durant les longs hivers du Michigan. Elle le haïssait, non pas à cause de ce qu'il était, mais à cause de ce qu'il représentait. Pourtant, elle allait le supplier. Il ne lui restait pas d'autre possibilité.

— Je vous en prie, ne les ramenez pas là-bas. Ils n'y sont pas en sécurité. Ma fille a des marques de coups sur le dos. Mme Wannamaker bat Mindi avec une cravache.

Elle avait mis tous ses espoirs dans sa courte plaidoirie. Les larmes contre lesquelles elle luttait lui brûlaient les yeux, tant le fait d'évoquer les sévices subis par Mindi rendait le crime commis contre son enfant encore plus effroyable.

Le premier instinct de Bryce fut de la croire, mais il se rappela que la femme était une affabulatrice connue. Elle avait disposé de plus de deux heures pour apprendre leur leçon à ses petits. C'était une mise en scène. Elle se raccrochait à un fétu de paille.

Il détourna le regard. Il y avait en elle quelque chose de trop fascinant, quelque chose qui parlait à ce qu'il y avait de plus caché et de plus vulnérable au fond de lui-même.

Il considéra les jumeaux, s'attendant à les voir dénoncer le mensonge de leur mère par des regards fuyants et des soubresauts nerveux. Mais les enfants n'exprimaient que la douleur et l'angoisse. Les grands yeux pleins de larmes de Mindi lui mangeaient tout le visage, et cherchaient désespérément du réconfort. Le garçon, lui, manifestait un mélange de combativité et d'espérance. Cet enfant-là portait sur ses épaules un poids beaucoup trop lourd pour lui.

— Puis-je voir les marques ? demanda-t-il.

Sans dire un mot, Shannon fit pivoter sa fille et souleva la chemise juste assez pour lui montrer les traînées violettes.

Bryce avala sa salive.

Il ne s'était pas attendu à ça. Il était venu arrêter une femme, lui prendre ses enfants pour les reconduire dans un foyer stable et sécurisant, avant de rentrer paisiblement chez lui. Il se trouvait en fait confronté à une famille blessée et incomplète. Où se trouvait donc l'homme qui aurait dû être là pour les protéger ? La rage l'habitait. Bryce avait envie de frapper quelqu'un. Il avait besoin d'un bouc émissaire.

Son cerveau fonctionnait à toute allure. Il devait mettre dans la balance son devoir de policier, des services sociaux très limités dans une si petite ville, le fait qu'il s'agissait d'un dimanche soir... Il désirait venir en aide à ces trois malheureux, mais il n'y avait pas grand-chose qu'il puisse faire. Il avait les mains liées. Il devait mener son enquête, interroger Mme Wannamaker, découvrir s'il y avait une autre explication aux marques révoltantes sur la peau de la petite Mindi. Il lui fallait du temps pour organiser différemment la vie des jumeaux. Au demeurant, la loi l'obligeait à arrêter leur mère.

Bryce avait provoqué la chute de caïds de la drogue, il avait côtoyé quelques-uns des plus dangereux criminels du pays, mais il s'était rarement trouvé dans une situation aussi difficile. Il s'adressa aux enfants.

— Nous allons avoir une petite conversation avec Mme Wannamaker, et décider ensuite comment résoudre cette situation.

— Mais nous ne voulons pas retourner là-bas! dit Michael, qui avait recouvré toute sa méfiance.

— Il n'y a pas d'autre endroit où aller pour le moment, mais je ferai en sorte que votre sœur et vous ne souffriez plus de rien. Je vous le promets.

— C'est tout? railla Shannon, le visage déformé par l'amertume. Il n'existe pas d'autre endroit pour eux, alors vous allez les ramener chez cette femme. Comme ça? Tout simplement? Quel genre de justice servez-vous, commissaire? Quel genre d'homme laisserait deux enfants innocents entre les mains d'une sadique?

L'expression farouche de Shannon n'avait d'égale que celle de Bryce.

— J'ai l'intention de les faire sortir de là dès ce soir, mais j'ai besoin d'une heure pour leur trouver un autre foyer. Entre-temps, j'instillerai une peur du diable chez cette femme. Si je trouve ne fût-ce qu'une égratignure de plus sur l'un de ces deux enfants, elle s'en repentira pendant le restant de ses jours.

Il n'ajouta pas qu'il jugeait préférable de les laisser chez Mme Wannamaker, plutôt que de les emmener au commissariat où ils seraient les témoins de l'arrestation de leur mère.

Parce que, aussi stupide que cela lui paraissait vu les circonstances, il devait toujours arrêter Shannon Stewart. Elle avait enfreint la législation qu'il était chargé de maintenir. Un kidnapping, ou une simple interférence dans les mécanismes de garde légale, constituait un crime qui pouvait peser lourd. Il ne lui appartenait pas de statuer sur les circonstances. C'était le rôle du juge.

Shannon se tut, comme si elle avait compris qu'elle n'avait plus rien à espérer de lui. Bryce la vit se voûter comme si elle venait de perdre le combat de sa vie. Il la regarda brièvement dans les yeux, vit son désespoir et, pendant cet instant fugitif, leurs esprits se rencontrèrent, non comme ceux d'un policier et d'une criminelle, mais comme ceux de deux êtres humains malmenés et meurtris par l'existence.

Sur le chemin de la maison de Mme Wannamaker, Shannon respirait avec peine tant la tension était suffocante. Elle rassurait les jumeaux de son mieux en leur disant qu'elle les aimait et qu'ils seraient bientôt réunis. Mais le souvenir d'un autre trajet effectué à l'arrière d'une voiture de police ne cessait de la hanter. Elle essayait de ne pas penser au grillage de fer qui séparait le siège avant de l'arrière du véhicule, mais elle se détestait pour avoir mis ses enfants dans une situation aussi pénible.

Des mensonges proférés par une adolescente désespérée de dix-sept ans méritaient-ils un châtiment pareil ? Elle s'était trouvée démunie au point d'épouser quelqu'un avant de savoir ce qu'était l'amour véritable. En était-elle pour autant une criminelle ?

Le commissaire Donovan arrêta son véhicule devant chez Mme Wannamaker et sortit sans un mot. Mindi s'était remise à pleurer, et Michael ne réussissait à conserver son impassibilité qu'au prix d'un effort considérable.

Le commissaire ouvrit la portière.

— Allez, fiston, c'est l'heure du dîner.

Mindi s'accrocha à sa mère.

— Je ne veux pas y aller, maman. Ne les laisse pas me prendre. Ne t'en va pas !

28

Elle sanglotait contre la poitrine de Shannon.

— Nous n'avons pas le choix en ce moment, Minda Marie. Nous ne gardons une chance de tourner leurs règlements à notre avantage que si nous commençons par les respecter. Allons, mes chéris, venez.

Shannon sortit en entraînant Mindi et Mike avec elle. Ils restèrent debout près du véhicule, serrés l'un contre l'autre.

— Je n'abandonnerai pas la bataille, leur promit Shannon. N'oubliez jamais, quoi qu'il arrive, que je suis à vos côtés.

Ils devaient être terrifiés à l'idée de retourner dans cette maison.

— Tu le jures ? dit Michael.

Shannon savait que ses enfants ne pouvaient compter sur rien dans la vie, sauf sur sa parole.

— Je le jure.

— Alors, allons-y, lui répondit Mike en lui prenant la main.

Mais Donovan dut s'interposer.

— Je suis désolé, fiston, mais ta mère doit m'attendre ici. Elle vous dira au revoir en agitant la main.

Donovan s'empara de la main libre de Mike et voulut prendre celle de Mindi.

— Non ! hurla Mindi en se rejetant en arrière.

Shannon s'interposa.

— Tu dois suivre le commissaire, Mindi. Je vous dirai au revoir de la voiture, exactement comme je le fais chaque dimanche. Sois une bonne petite fille, afin que les gens soient bons envers toi. Tu peux faire ça pour moi, n'est-ce pas ?

Mindi acquiesça de la tête en gardant les yeux baissés.

Shannon lui releva doucement le menton.

— Promis ?

Des larmes nouvelles semblaient prêtes à jaillir, mais Mindi étouffa ses sanglots.

— Promis.

— Je peux avoir un câlin?

Ils lui serrèrent la taille jusqu'à lui faire mal. Mais Shannon aurait bien supporté cette douleur-là tous les jours de sa vie.

Le commissaire toussota. Shannon savait qu'elle pouvait lui être reconnaissante du temps qu'il lui avait accordé pour calmer un peu ses enfants, ce qui ne l'empêchait pas de le haïr pour ce que, métier ou pas métier, il était en train de faire.

Elle perdit courage quand Donovan l'enferma à l'arrière du véhicule avant d'emmener les enfants. Pour la première fois depuis qu'elle avait ouvert au commissaire la porte de son appartement, elle eut peur pour elle-même, redoutant le prix qu'elle aurait à payer pour sa révolte instinctive.

Les jumeaux se retournèrent ensemble pour lui faire des signes d'adieu, et elle leur envoya un baiser à chacun, tandis que le commissaire les prenait par la main.

Sans doute celui-ci voulait-il ainsi éviter que les enfants n'aient la tentation de s'enfuir, se dit Shannon qui, pourtant, ne pouvait s'empêcher d'attribuer de la douceur à ce geste, comme si pour atténuer son désespoir, elle se fabriquait une dernière image avec laquelle elle puisse vivre sans trop de tourment.

Quand la porte s'ouvrit et se referma sur les enfants, Shannon éclata en sanglots, incapable de retenir plus longtemps ses larmes.

3.

Après un quart d'heure interminable, le commissaire fit sa réapparition, et Shannon ravala ses sanglots.

— Il y a dans la cour un vieux pneu, suspendu à une corde, qui sert de balançoire, dit-il en se remettant au volant. Mme Wannamaker dit que Mindi s'y est installée, que la corde a tournoyé et lui a « brûlé » le dos.

Shannon fut terrifiée en l'entendant. Tous ses efforts auraient-ils été vains ? Le commissaire n'avait-il plus l'intention de faire tout ce qui était en son pouvoir pour sortir les jumeaux de là ?

Elle essaya de maîtriser la panique qui la gagnait tandis qu'elle prenait conscience de son état de prisonnière qui l'empêcherait de s'occuper de ses enfants.

Comme le policier dépassait la bifurcation qui les aurait conduits à l'appartement, elle demanda dans un sursaut de panique :

— Mais où m'emmenez-vous ?

— Au commissariat. Je vous arrête pour violation des lois sur la garde des enfants, madame Stewart. Vous avez le droit de garder le silence...

Shannon n'entendit pas Donovan lui réciter la liste de ses droits. Elle l'avait déjà entendue douze ans auparavant, et son cerveau fatigué n'arrivait pas à croire que la scène puisse se reproduire. Après tant d'années, tant d'efforts et

31

de désillusions, tant de chagrins et d'humiliations, se retrouvait-elle à la case départ ? N'y avait-il personne capable de voir, sous les apparences sordides, la femme honnête qu'elle était véritablement ?

Elle se plia en deux, dans un geste convulsif, au moment où la fourgonnette s'arrêtait devant le commissariat. Et ce mouvement d'autoprotection était aussi instinctif qu'il l'avait été douze ans plus tôt. La peur qui la saisit au ventre était la même. Le cercle était-il bouclé ?

Le commissaire Donovan coupa le contact et se retourna.

— Ça ne me paraît pas vraiment utile de vous passer les menottes, madame Stewart, dit-il comme s'il lui donnait le choix.

On aurait cru qu'il essayait de lui rendre les choses plus faciles, mais Shannon refusa de se laisser convaincre. Aux yeux de la loi, n'était-elle pas déjà une criminelle ?

— Je n'abandonnerai pas mes enfants, commissaire, déclara-t-elle en s'efforçant de ne pas trembler. Je leur ai fait une promesse que j'entends bien tenir.

Donovan fit le tour pour lui ouvrir la portière, et lui tendit la main. Sa galanterie étonna Shannon. Un policier courtois ? Les choses avaient bien changé en douze ans.

— Non merci, dit-elle.

— C'est ça ou les menottes.

Shannon faillit rougir de sa méprise. Ce n'était pas de la galanterie. Elle était en état d'arrestation.

— Vous croyez au système que vous servez ? demanda Shannon en obtempérant.

— Dans l'ensemble, oui. La plupart du temps, répondit-il en la prenant fermement par le coude.

Shannon s'efforça de régler son pas sur le sien, afin qu'il n'ait pas à accentuer sa pression, mais sans pour autant renoncer à l'ébranler dans ses convictions.

— Et vous croyez que ce système fonctionne ?

32

Elle fut surprise de la réaction de Donovan. Il lui serra le bras jusqu'à lui arrêter la circulation du sang. Et puis il se détendit et reprit une attitude froide et impersonnelle.

— Je suis un bon policier.

Consciente d'avoir ouvert une brèche dans la carapace de l'homme, Shannon insista.

— Et vous croyez que votre système est juste, quand il arrache des enfants à une mère qui les aime pour les confier à une femme qui les maltraite?

Certes, ce disant, elle prenait le risque de s'aliéner un peu plus le commissaire, mais il fallait qu'elle se porte au secours de Mindi et de Mike, car, elle en aurait juré, les marques sur le dos de sa fille ne provenaient pas de la corde d'une balançoire.

— J'ai déjà prévu d'agir en fonction de ce que j'ai constaté, madame Stewart. Je n'aurai besoin que de deux ou trois coups de téléphone pour transférer vos enfants dans un autre foyer de placement.

Shannon fut si surprise qu'elle s'arrêta net.

— Alors vous croyez que Mme Wannamaker les maltraite? Vous croyez ce que les enfants vous ont dit?

Elle levait vers lui des yeux si limpides que, pendant un instant, il eut l'impression de voir clair en son âme.

De son côté, Shannon se demanda si elle n'avait pas enfin trouvé un allié du bon côté de la barricade.

— Oui, je les crois, dit-il doucement, avant de se détourner.

— Où iront-ils?

Ne se faisant aucune illusion sur ce qui l'attendait personnellement, elle avait besoin de les imaginer en sûreté, de savoir qu'ils seraient protégés pendant qu'elle-même purgerait sa peine.

— Jusqu'à ce que le juge établisse son verdict, vous n'avez pas le droit de savoir où ils se trouvent.

On aurait dit qu'il s'excusait des règlements.

Du coup, Shannon se remit à pleurer. Elle ne comprenait pas la compassion de cet homme, et elle s'y fiait encore moins. Il était comme les autres. Il la prenait pour une moins-que-rien. Elle l'avait lu dans ses yeux quand elle lui avait ouvert la porte qu'il aurait tôt ou tard enfoncée. Elle aurait presque préféré qu'il ne fasse pas semblant de s'inquiéter du sort de sa famille. Au moins, avec les autres, elle savait à quoi s'en tenir.

Elle s'enveloppa dans l'espèce d'état second qui lui avait permis de traverser les innombrables épreuves de son existence, et reprit sa marche silencieuse.

Néanmoins, une nausée lui souleva le cœur quand elle pénétra dans le commissariat.

— Vous voulez que je m'occupe d'elle, commissaire ? s'enquit une femme aux cheveux courts et à l'allure revêche.

— Faites votre travail, Adams.

Shannon réprima un recul instinctif en comprenant ce en quoi consistait la tâche en question. Elle se figea sur place tandis que la femme lui passait les mains sur le corps et sous les aisselles. Elle écarta les jambes quand elle en reçut l'ordre. Et pendant tout ce temps-là, elle ressentit l'indécence du regard que posait sur elle le commissaire Donovan, comme si c'était lui qui effectuait cette fouille corporelle.

— Rien sur elle, commissaire, annonça Adams.

— Prenez le registre, dit-il.

Adams alla chercher un gros livre et fit asseoir Shannon sur l'une des chaises rangées contre le mur.

— Nom ?

— Shannon Stewart, répondit-elle en gardant le regard fixé sur une tache grise incrustée dans le carrelage.

Les questions s'égrenèrent avec monotonie jusqu'à ce que la femme lui demande qui était son parent le plus proche.

— Minda Marie et Michael Stewart.

Le commissaire se rapprocha.

— Un adulte, madame Stewart. Quelqu'un que nous puissions prévenir en cas de besoin.

Shannon vit une paire de chaussures noires entrer dans son champ de vision et se superposer à la tache grise.

— Je n'en ai pas.

A une certaine époque, elle aurait répondu avec fierté : Clinton Stewart, mais cette période de respectabilité était bel et bien révolue.

Les chaussures s'éloignèrent. Adams lui mit sur les genoux un bac en plastique.

— Videz vos poches, s'il vous plaît, et ôtez vos bijoux.

Shannon enleva la chaînette en argent que les jumeaux lui avaient offerte pour la fête des Mères.

— Signez ici, dit Adams en lui tendant le registre.

Shannon signa, prit son reçu et recommença à contempler la tache grise sur le carrelage.

Le commissaire s'approcha de nouveau, et ses chaussures soigneusement cirées se retrouvèrent dans le champ de vision de Shannon.

— Voulez-vous maintenant me décrire les événements de l'après-midi ?

Shannon garda le silence.

Si elle avait cru qu'elle serait jugée de façon équitable, elle aurait plaidé sa cause avec flamme, mais elle ne se faisait aucune illusion. La première fois qu'elle s'était fiée à la justice, on l'avait condamnée pour prostitution, et la seconde fois on l'avait considérée comme indigne de la garde de ses enfants. Nul ne s'était intéressé à sa version des faits. Nul ne s'y intéresserait jamais. Ces gens-là ne cherchaient que des motifs pour la stigmatiser de nouveau. Les Stewart avaient des participations dans toutes les entreprises de la ville, services sociaux compris. Au moins, si elle ne disait rien, elle ne s'accuserait pas elle-même.

Comme elle gardait un silence obstiné, fascinée par la petite éraflure qu'elle venait d'observer sur le côté de la chaussure du pied droit, le commissaire reprit :

— Vous ne faites que rendre les choses plus difficiles, madame Stewart.

Shannon ne bougea pas et continua à se taire... et à observer les chaussures qui la narguaient. Les lacets n'étaient pas de la même longueur. On aurait pourtant pensé qu'un homme qui cirait si bien ses chaussures aurait soigné le laçage.

— Vous allez finir par passer la nuit en prison si vous refusez de coopérer.

Shannon allait de toute façon passer la nuit en prison. Le registre d'écrou était déjà rempli. Croyait-il qu'elle ne le savait pas ? Il ne pouvait plus la relâcher avant qu'elle ne soit passée devant le juge. Et aucun juge n'allait rendre son verdict un dimanche soir.

— Vous avez le droit de parler à votre avocat. Si vous n'en avez pas, la cour vous en désignera un d'office.

Si le commissaire Donovan avait connu le dossier, il aurait su que Shannon n'avait pas les moyens de s'offrir les services d'un avocat. On lui en avait déjà désigné un d'office, ce qui était précisément la raison pour laquelle elle se trouvait dans un pétrin pareil. Clinton payait des honoraires royaux à ses conseillers juridiques, et ceux-ci étaient chargés de la traîner dans la boue. Ce n'était pas tout. Ron Dinsmore, l'avocat commis d'office, était un condisciple de Clinton. La solidarité de classe jouait à fond. Shannon ne croyait pas un instant que cette désignation ait été le fruit du hasard. Elle serra les lèvres.

— Vous avez aussi le droit à un appel téléphonique. Y a-t-il quelqu'un que vous désiriez contacter ?

Shannon ferma les yeux. Si seulement elle pouvait parler à ses enfants, s'assurer qu'ils allaient bien... Mais il était inutile de formuler cette requête. La réponse aurait été non. Il n'y avait personne d'autre. Alors, elle ne dit rien.

Les chaussures noires reculèrent.

— Adams, prenez ses empreintes digitales. Histoire de vérifier qu'elle n'a pas d'antécédents.

La peur saisit Shannon. Elle avait des antécédents. Mais Clinton et sa famille ne les avaient jamais découverts. C'était la seule chose qu'elle ait réussi à cacher durant toutes ces années. Si jamais on découvrait le jugement rendu contre elle, elle perdrait la garde de ses enfants avant même d'avoir pu exposer son cas. Shannon n'espérait pas que le commissaire Donovan garderait l'information pour lui. Sa seule chance était qu'il ne l'obtienne pas. Elle avait changé de nom, et le commissariat de police de la petite ville où elle avait grandi n'avait jamais atteint l'âge des ordinateurs. Il était possible qu'il fasse chou blanc.

Adams lui prit ses empreintes et la photographia de face et de profil. Le système traitait les êtres humains comme des coupables jusqu'à ce que la preuve ait été faite de leur innocence. Puis elle suivit Adams jusqu'à la cellule qui ne contenait que le lit réglementaire et la tinette. La nuit serait longue.

La nuit, l'obscurité et la chaleur étaient les trois ennemis majeurs du commissaire Donovan. Il se tourna et se retourna dans son immense lit double en cherchant la position confortable qui lui permettrait de dormir. En vain.

Il rejeta son drap sur le plancher avec une telle violence qu'il faillit le déchirer. Mais ce mouvement d'humeur ne lui permit en aucune façon d'oublier les yeux violets hantés par un tourment inexprimable, comme si la fatalité s'amusait à le soumettre lui-même à la torture.

« C'est ça ! railla-t-il en son for intérieur. Faites d'un homme un policier, formez-le de manière à ce qu'il n'ait plus qu'un seul désir : servir la loi, et puis suscitez en lui un désir violent pour une femme à laquelle il ne puisse se fier — une criminelle. »

Dans un besoin fulgurant de défouler sa rage, Bryce envoya à plusieurs reprises son poing dans l'oreiller. Il posa son tête dans l'entonnoir ainsi formé, mais ne trouva pas davantage le repos. Il aurait pris Shannon Stewart pour la criminelle endurcie à laquelle elle avait joué au commissariat s'il ne l'avait pas vue avec ses enfants, s'il n'avait pas constaté lui-même leur attachement et leur respect, s'il n'avait pas lu toute l'angoisse du monde dans ses yeux quand il était revenu dans la voiture après les avoir laissés chez Mme Wannamaker. Il l'aurait prise pour une criminelle s'il n'avait pas éprouvé une telle solidarité avec elle, s'il n'avait pas eu l'impression qu'il appartenait à une même famille.

Bryce lâcha une bordée de jurons bien choisis, de ceux qu'on entendait dans les rues les plus chaudes de Detroit. La femme était une professionnelle. Il savait par expérience que certaines femmes ne se privaient pas d'utiliser leurs émotions pour s'attirer les sympathies d'un homme et obtenir de lui ce qu'elles désiraient. Si son mariage désastreux ne le lui avait pas appris, la rencontre entre son père et la femme du « Roi » s'en serait chargée.

Bryce roula sur le dos et croisa les mains sous sa nuque. Quelque chose sonnait faux dans le portrait qu'on lui avait peint de Shannon Stewart. Son instinct lui disait que l'histoire était plus compliquée qu'il n'y paraissait, mais son cerveau lui rappelait à quel point les femmes peuvent se montrer convaincantes quand elles savent ce qu'elles veulent.

Quoi qu'il en soit, il était séduit. Elle était belle à vous faire tomber raide. Et ce n'était pas une beauté de star hollywoodienne, tout en façade. La sienne venait de l'intérieur.

Et comment en était-il arrivé à une conclusion pareille ? Qu'en savait-il si sa beauté allait plus loin qu'une chevelure de jais et des yeux violets tourmentés, plus loin que les formes arrondies décelables sous l'ample chemisier et les shorts trop larges ?

Mais d'un autre côté, s'il ne pouvait pas se fier à son instinct, alors que diable faisait-il dans un métier comme le sien ?

Agacé par toutes ces questions sans réponse, Bryce se leva, passa dans la cuisine, tourna le commutateur et cligna des paupières.

Décidément, jamais il ne s'habituerait à cette lumière au néon, se dit-il en se versant un grand verre du lait chocolaté qu'il conservait toujours à portée de main dans le réfrigérateur.

Puis, déterminé à clarifier ses idées, il s'empara d'un bloc-notes, repoussa les papiers qui encombraient la table, et entreprit de ventiler les arguments à sa disposition dans deux colonnes « coupable » et « non coupable ».

Il noircit ainsi du papier pendant plusieurs minutes, raya certaines lignes, en transféra d'autres d'une colonne à l'autre, et finit par en établir une troisième qui plaidait pour la neutralité.

Quand il éteignit la lumière et regagna son lit, il n'était pas plus près de découvrir les secrets de Shannon Stewart, mais il était certain d'une chose : le système qu'il servait, le système auquel il croyait de toute son âme, accordait à l'individu une présomption d'innocence jusqu'à ce que sa culpabilité soit prouvée *sans l'ombre d'un doute.*

Or, pour autant que Shannon Stewart soit concernée, le doute subsistait.

4.

Shannon dormit en position fœtale, comme une enfant terrifiée qui chercherait à se protéger des démons de son inconscient. Quant à Bryce, après s'être tourné et retourné pendant des heures dans son grand lit confortable, il avait pris une douche, ciré ses chaussures et endossé un uniforme propre. Il se rendit au commissariat avec l'intention de voir à quoi ressemblait vraiment Shannon Stewart. Mais en arrivant devant la cellule, il ne vit sous la couverture qu'une sorte de boule aux formes indistinctes.

Le lit consistait en une simple plaque métallique montée sur quatre pieds. Bryce avait été surpris à son arrivée à Southlakes de constater à quel point l'équipement était rudimentaire. Aujourd'hui, avec cette femme roulée sur elle-même, il paraissait indécent.

La lumière irréelle de l'aube soulignait la solitude des lieux.

Shannon Stewart était tournée face au mur, mais Bryce reconnut la longue tresse noire et le bout de short en jean qui dépassait de la couverture trop petite. Il eut l'envie soudaine de rajuster la couverture pour faire disparaître de sa vue à la fois le tissu et la hanche arrondie qu'il habillait.

D'un geste impatient, il s'écarta des barreaux qui le

séparaient de la femme qui avait hanté sa nuit sans sommeil et regagna la partie éclairée du commissariat. Il sortit de la glacière un carton de lait chocolaté et but à grands traits. Il était temps de se mettre au travail.

Beaucoup plus tard ce matin-là, Bryce constata que le soleil qui brillait à l'extérieur n'avait pas eu le moindre effet positif sur son humeur. Il ouvrit la porte de la salle d'audiences, prêt à témoigner avec son professionnalisme habituel. Il était l'officier de police qui avait procédé à l'arrestation. Il relaterait les faits tels qu'ils s'étaient produits. Ce serait le rôle d'Olivier de déterminer l'étendue du crime et le châtiment adéquat.

Shannon était déjà debout à la droite du juge. Don Dinsmore, l'avocat désigné d'office plusieurs mois auparavant, se tenait à côté d'elle. Selon l'inspecteur Williams, Dinsmore était l'un des membres les plus compétents du barreau. Bryce l'évalua du regard. L'homme était un gagnant. Son costume impeccable sortait de chez un couturier en vogue, son attitude clamait la richesse et le succès.

— Commissaire Donovan, veuillez nous relater les faits tels qu'ils se sont produits hier après-midi.

— Je me suis présenté à la porte de Mme Stewart aux environs de cinq heures, à la suite d'un rapport indiquant qu'elle se trouvait chez elle avec ses enfants. Il n'a pas été nécessaire d'employer la force pour faire sortir Mme Stewart de son appartement, et elle a facilité le retour de ses enfants dans leur foyer de placement.

Il entendit Shannon reprendre brusquement sa respiration et se demanda pourquoi. Il s'était contenté de dire la vérité.

— Les enfants ne voulaient donc pas retourner chez les Wannamaker ? demanda Olivier.

41

Bryce savait que son oncle connaissait d'avance la réponse, puisque c'était lui qui lui avait permis de trouver un nouveau foyer d'accueil pour les jumeaux, dès la veille au soir.

— Non, monsieur le juge, ils ne voulaient pas.

— Savez-vous pourquoi ?

Olivier se comportait comme si Bryce était pour lui un étranger, et son expérience et son désir de clarté imposaient à ce dernier beaucoup de respect.

— Oui, monsieur le juge. Il y avait des preuves de sévices, des marques laissées par une badine ou une cravache sur le dos de la fillette. Les enfants n'ont cessé d'exprimer leur désir de rester auprès de Mme Stewart.

Bryce voulait que l'affection évidente des enfants pour leur mère soit mentionnée dans une déposition officielle.

Olivier hocha la tête et se tourna vers l'avocat de Shannon.

— Maître ?

— Ma cliente plaide coupable, dit Dinsmore.

Il se pencha sur son dossier avec un geste affecté, comme s'il vérifiait les éléments de sa plaidoirie, mais ne dit rien de plus.

Olivier regarda Shannon qui approuva d'une manière quasi imperceptible. Elle avait le regard vide.

Dinsmore restait silencieux.

— Avez-vous quelque chose à ajouter en faveur de votre cliente ? demanda Olivier à l'avocat.

— Simplement qu'elle a découvert sur le dos de sa fille les marques que le commissaire a mentionnées, ce qui tendrait à excuser l'acte irrationnel d'une mère. Ma cliente reconnaît cependant qu'elle savait commettre une action illégale en retirant ses enfants du foyer dans lequel ils avaient été placés.

Bryce jeta un regard aigu à Shannon. Elle ne paraissait pas surprise le moins du monde par le système de défense à double tranchant qu'employait son avocat. Son visage sans expression semblait taillé dans le plâtre. Comme si elle ne voyait pas l'utilité de se battre, comme si elle avait su d'avance que Dinsmore l'accablerait au lieu de la défendre.

Et puis Bryce remarqua qu'elle serrait les poings au point d'en avoir les jointures blanchies, et de nouveau il se demanda qui était réellement cette femme : une victime ou une criminelle ?

— Etant donné les circonstances rapportées par le commissaire devant la cour, et confirmées par votre avocat, je considère que votre acte constitue un délit, et non un crime, madame Stewart. Vous aviez sans doute de bonnes raisons pour vouloir retirer vos enfants de leur foyer temporaire de placement, mais il est sans excuse de ne pas les avoir présentés devant une autorité compétente. En conséquence de quoi vous êtes condamnée à trente heures de service communautaire, et vos droits de visite sont suspendus jusqu'au 18 juillet, date du procès concernant la garde légale de vos enfants Minda Marie et Michael Stewart.

Les derniers mots de la sentence se répercutèrent dans la salle presque vide. Le soulagement que Bryce avait ressenti en entendant la qualification de délit vola en éclats. Il pensa aussitôt à Mindi, à la petite fille qui avait sangloté si fort la veille, sur le siège arrière de son véhicule de patrouille, et acquit la conviction que la décision de tenir les enfants éloignés de leur mère pendant six semaines ne servait pas au mieux leurs intérêts, et ce en dépit des doutes qu'il gardait sur la moralité de Shannon Stewart.

Il resta silencieux pendant que le juge disait à Shannon qu'elle était libre de ses mouvements. Rien dans le comportement de la jeune femme n'indiquait une réaction dans un sens ou dans un autre, mais Bryce restait convaincu qu'à l'intérieur d'elle-même, elle était désespérée d'avoir perdu le droit de voir ses enfants.

Il l'attendit à la sortie de la salle du tribunal, lui tint la porte et la suivit dans le hall.

— Vous avez eu de la chance, madame Stewart, dit-il en s'efforçant de tâter le terrain.

Ressentait-elle l'angoisse qu'il lui prêtait, ou bien méritait-elle la réputation qu'on lui faisait en ville?

Le regard qu'elle lui jeta était lourd du poids de longues années de lutte et de souffrance.

— De la chance? dit-elle d'une voix hésitante.

Son ton de voix n'était ni belliqueux, ni sarcastique, ni amical. Il était sans vie, et il toucha Bryce plus que ne l'auraient fait des larmes ou des cris. Il exprimait un chagrin intraduisible par des mots, une souffrance trop profonde pour être décrite.

Et Bryce reconnut là l'angoisse contre laquelle il avait lui-même lutté durant tant de mois.

Il fallait qu'il fasse quelque chose pour soulager le tourment de Shannon. Elle avait peut-être une moralité discutable, elle avait peut-être commis tous les péchés dont l'accusait la famille de son ex-mari, mais elle était aussi un être humain.

— Oui, de la chance, dit Bryce. Vous auriez pu être frappée d'une peine d'emprisonnement.

— Vous ne croyez pas qu'être privée de mes enfants est bien pire que la prison?

Bryce n'avait rien à répondre à cette question. Il ne savait pas ce que c'était d'avoir des enfants.

— On les a transférés dans une autre famille. Des gens bien, ajouta-t-il pour la rassurer.

Elle ne demanda pas où ils se trouvaient. Elle savait qu'il n'avait pas le droit de le lui dire. Le respect qu'il ressentait pour elle s'en trouva accru.

Bryce repéra l'inspecteur adjoint Adams, qui attendait

à la sortie du bâtiment, les affaires de Shannon à la main. Shannon dut l'apercevoir également, car elle s'arrêta et regarda Bryce en face pour la première fois de la journée.

— On leur expliquera? demanda-t-elle d'une voix qui tremblait un peu.

Bryce ne pouvait pas regarder ces yeux-là et raconter des mensonges. Mais il ne voulait pas non plus la peiner davantage. Il avait envie au contraire de l'envelopper dans ses bras pour lui offrir son réconfort.

Il enfonça donc les mains dans les poches, et fit oui de la tête. Elle reprit alors sa marche vers la sortie, sans ajouter un mot et sans se retourner.

Bryce alla déjeuner et retourna à son bureau. Mais il eut beau vaquer à ses occupations, il ne put chasser l'image de la femme, avec ses grands yeux violets d'une tristesse désespérante, qui lui avait ouvert la porte la veille en sachant qu'il allait lui arracher des bras ses propres enfants.

A peine franchi le seuil de sa porte, Shannon se dirigea droit vers le téléphone. Le trajet de la veille à l'arrière de la voiture de police lui avait appris que la dignité et l'orgueil ne pesaient rien, comparés au risque de perdre ses enfants, ce qui ne l'avait pas empêchée de passer les heures les plus sombres de la nuit à lutter pour savoir où était à présent son devoir.

Elle ne se souvenait plus par cœur du numéro de Darla, mais le service des renseignements le lui donna sans problème.

La sonnerie ne retentit que deux fois.

— Darla à l'appareil.

Après dix ans, la voix n'avait pas changé.

— Darla, c'est Shannon. J'ai besoin d'aide.

Les mots avaient failli rester coincés dans sa gorge.

— Shannon! Où es-tu? Quelque chose ne va pas?

Shannon ne se faisait aucune illusion sur cette sollicitude, sachant combien Darla se souciait peu d'autrui.

— Je vais bien.

— Tu es toujours mariée?

Oui, Darla l'aimait autant que son égocentrisme le lui permettait. Le seul problème était que cet amour avait ruiné la vie de Shannon.

— Non.

— Oh! Vous êtes séparés depuis combien de temps?

Shannon comprit le sens de la question. Etait-ce la faute de Darla si Shannon ne vivait plus dans le luxe en compagnie de Clinton Stewart? Bien sûr, c'était la faute de Darla. En partie, du moins. Mais elle n'allait pas le lui dire. Elle arriverait mieux à ses fins si Darla gardait son humeur coopérative au lieu de se mettre sur la défensive. Et puis Shannon n'oubliait pas non plus que Darla était sa mère. Même si elle n'avait pas eu le droit de l'appeler autrement que par son prénom depuis l'âge de quatre ans, quand le mot de « maman » avait fait fuir l'un des clients de Darla.

— Depuis deux ans.

— Et ton bébé? Tu l'as mis au monde, n'est-ce pas?

Shannon savait ce que cette question coûtait à Darla dont le seul atout dans la vie était son physique. Elle était obsédée par son « allure jeune ». Avoir une fille adulte, ou pire : un petit-enfant, représentait un arrêt de mort dans son métier.

— J'en ai eu deux, Darla, et c'est la raison de mon appel. J'ai besoin d'argent.

Shannon voulait en terminer le plus vite possible afin d'aller laver sous une longue douche la saleté de la cellule qui l'avait souillée.

— Deux! Quand est né le second?

— J'ai eu des jumeaux, Minda Marie et Michael Scott.

Clinton m'a fait retirer leur garde, et il est en train d'essayer de prouver que je suis une mère indigne. J'ai besoin d'argent pour recruter un bon avocat, ou bien je risque de les perdre pour de bon.

— Pourquoi ne les laisses-tu pas avec lui? Ils seraient sûrement en bien meilleure posture dans l'existence s'ils bénéficiaient de l'argent et de la position des Stewart. Surtout si, de ton côté, tu n'as même pas de quoi t'offrir les services d'un avocat.

Shannon se raidit aussitôt. Certes, Darla avait les meilleures intentions du monde. La vie ne lui avait jamais fait le moindre cadeau. Faute d'avoir reçu quoi que ce soit, elle ne savait que prendre. L'amour inconditionnel lui était inconnu. Pourtant Shannon contrôlait mal sa rage. Elle lui aurait raccroché au nez si la pensée de Mindi et de Mike ne l'avait pas retenue.

— Peux-tu m'aider?

Elle n'aurait jamais cru que mendier fût si difficile.

— C'est-à-dire, tu sais combien ma situation est précaire...

— Oui, je sais.

Darla venait d'évoquer un passé dont Shannon ne voulait plus entendre parler. Elle ne voulait même plus y repenser. Mais sa mère, sans doute rongée par la culpabilité, chercha à se justifier.

— Tu étais mineure, Shannon. Tu ne risquais pas grand-chose, une admonestation du juge, peut-être quelques séances de psychothérapie. Tandis que moi, je me serais retrouvée en prison. Et ensuite, quoi? Qui aurait pris le risque de revenir me voir? Havenville est une trop petite ville. Il m'a fallu des années pour me bâtir une clientèle suffisante pour nous faire vivre confortablement, toi et moi. Le risque était trop grand.

Tirant le fil du téléphone aussi loin que possible, Shannon s'avança jusqu'au seuil de sa chambre. Elle apercevait de l'autre côté du couloir le lit de Mindi recouvert d'un édredon aux couleurs de l'arc-en-ciel. Ce fut sa façon à elle de lutter contre les images qu'évoquaient les paroles de sa mère. Pendant les années humiliantes de son enfance, elle allait à l'école dans des vêtements achetés par les pères de ses camarades de classe. Jusqu'à la dégradation finale...

Darla espérait de la compréhension, mais c'était plus que ce que Shannon pouvait lui offrir.

— Tu vas m'envoyer cet argent ?

— Je verrai ce que je peux faire, Shan, dit Darla d'une voix résignée. Donne-moi ton numéro de téléphone, et je t'appellerai dans deux ou trois jours.

Shannon remercia sa mère avant de raccrocher.

Puis elle composa un autre numéro, celui du bar dans lequel elle travaillait.

— Ory, j'ai besoin d'une faveur.

Elle entendait la cacophonie qui régnait dans la salle à l'heure du déjeuner.

— Tu veux ta soirée ?

Elle entendait Ory respirer bruyamment et l'imaginait fort bien, son éternelle cigarette au bec. Avec son cœur d'or, et sa silhouette d'ours mal léché imbibé de bière, Ory lui donnait envie de sourire. Elle n'aurait pu rêver d'un meilleur patron.

— Non, je veux un avocat.

Ory passait ses jours et ses nuits dans son bistrot mal famé des faubourgs de la ville, mais il connaissait de réputation tous les gens qui comptaient à Southlakes et dans les villes avoisinantes.

— Tu es encore dans le pétrin ? demanda-t-il avant de beugler à un certain Jack de s'installer en attendant sa commande.

— La marionnette de Clinton, Dinsmore, va me faire perdre la garde de mes enfants.

— Tu as de l'argent? demanda Ory quand un spasme de sa toux chronique lui en donna le loisir.

— J'en aurai. Mais il faudrait quand même trouver quelqu'un de raisonnable.

Il y eut une longue pause durant laquelle Ory aboya à la barmaid de jour l'ordre d'aller voir ce que voulait Jack, et de lui apporter une nouvelle chope au passage.

— Brad Channing, dit-il enfin. Il a grandi dans le coin. Septième ou huitième enfant d'une famille où le père était incapable de conserver le moindre emploi. Clinton lui a piqué une petite amie, et Brad l'a très mal pris. Un gars drôlement fûté. Il s'est dégoté une bourse dans une des universités les plus chic de la région, et maintenant il travaille dans un cabinet avec les gens de la haute, à Saint-Jean. Il te ferait probablement un prix. Je ne sais pas à combien s'élèvent ses honoraires.

Shannon nota soigneusement le nom. Elle savait que personne ne l'aiderait, sauf quelqu'un qui aurait un compte à régler avec les Stewart. Ce qui semblait être le cas de ce Brad Channing.

— Merci, Ory. A ce soir.

— Je ne sais vraiment pas pourquoi tu ne quittes pas cette ville.

Shannon savait qu'il s'inquiétait pour elle, même s'il prenait grand soin de cacher cette inquiétude derrière un ton bourru.

— Oh, si! vous le savez, Ory. Et même, vous êtes convaincu que mes enfants en valent diablement la peine.

— Tu crois? Eh bien! tâche de ne pas être en retard ce soir, parce que je n'ai aucune intention de faire ton boulot à ta place.

Ory n'avait pas nié qu'il ait des sentiments. Et s'il n'était pas le genre de personnage à produire devant la cour comme témoin de moralité, il n'en demeurait pas moins le meilleur ami que Shannon ait jamais eu. Il comprenait ce qu'elle ne disait pas et répondait toujours présent à l'appel, sans jamais poser de conditions.

Elle téléphona au cabinet d'avocats dans lequel travaillait Brad Channing. On lui répondit qu'il était en vacances, mais qu'il ne manquerait pas de la rappeler dès son retour.

Shannon survécut à la semaine suivante, simplement parce qu'elle n'avait pas le choix. Parfois, elle ne ressentait absolument rien, comme si elle s'était vidée de toute émotion. A d'autres moments, elle était habitée par une rage irrépressible contre les gens bien-pensants, et contre le système qui ne l'avait jamais défendue, bien au contraire. Mais la plupart du temps, elle souffrait d'une solitude si profonde et si persistante qu'elle en était effrayée. Pour la première fois de sa vie, elle était tentée d'abandonner la lutte.

Elle passait plusieurs heures par jour à planter des fleurs le long de l'avenue principale, servant ainsi sa dette envers la communauté, mais ce qui avait commencé comme une leçon d'humilité supplémentaire se révéla finalement une grâce salvatrice. Les pousses tendres qu'elle enfonçait dans le sol témoignaient de la capacité de résistance de la nature. Elles étaient capables de survivre aux éléments destructeurs, à la pluie et aux vents, et même d'en tirer leur subsistance, donnant à Shannon une telle leçon de vie qu'elle décida de suivre leur exemple en résistant, elle aussi, à l'adversité.

Leur beauté ravivait sa force intérieure. Elle reprit espoir.

La première lettre des jumeaux arriva cinq jours après leur départ. Les mains de Shannon tremblèrent sur la petite enveloppe blanche. Elle avait l'impression de tenir une porcelaine précieuse et fragile. Elle mourait d'impatience de la lire. Comme un enfant à Noël, elle voulait aussi profiter pleinement de ce moment de plaisir anticipé. Et en même temps, elle craignait que le message ne soit porteur de mauvaises nouvelles.

Le cœur battant, elle sortit le feuillet.

« Ma chère maman, »

L'écriture enfantive de Mindi lui fit monter les larmes aux yeux, et l'empêcha d'abord de déchiffrer les mots que sa fille lui avait écrits.

« Bryce dit que je peux t'écrire, mais que je dois lui montrer la lettre à cause de l'orthographe et des trucs comme ça. Il doit croire que c'est ce que tu fais avec nous, même pendant les vacances d'été. »

Bryce ? Quel Bryce ? se demanda Shannon en fronçant les sourcils de perplexité. Le seul Bryce qu'elle connaissait, c'était le commissaire qui avait déchiqueté son existence la semaine précédente. Bien sûr, c'était aussi lui qui avait fait en sorte que le juge transforme le crime en simple délit.

« Mike et moi, on est dans une maison beaucoup plus agréable maintenant. On doit encore aider, mais rien de plus que ce qu'on fait chez nous. Moi, je range la cuisine après les repas. Mike tond la pelouse et sort la poubelle. On a plein de temps pour jouer. Il y a une piscine, mais on n'a pas le droit de se baigner sans un adulte pour nous surveiller. Mike dit qu'on nous traite comme des bébés, mais moi j'aime nager quand même. Bryce est venu nous voir deux fois. Une fois pour nous dire que tu es occupée à travailler pour le juge, pour compenser, parce que tu nous avais emmenés sans permission. La deuxième fois, je ne sais pas pourquoi, mais il est gentil avec nous. Je le détestais avant, mais maintenant qu'il nous a emmenés dans cette nouvelle famille, je suis contente.

» Mike dit de t'embrasser. Il t'écrira la prochaine fois, mais je n'en suis pas sûre. Tu sais qu'il n'aime pas les rédactions. Tu me manques, maman. J'espère que tu auras bientôt fini ton travail. Je t'aime. Plein de bisous.

Mindi »

Et Shannon serra sur sa joue la lettre comme si elle avait pu sentir réellement les baisers que lui envoyait sa fille.

Le samedi, il y eut une lettre de Michael. Cette fois-ci, Shannon n'hésita pas avant de déchirer l'enveloppe. Elle avait lu et relu la lettre de Mindi si souvent qu'elle la connaissait par cœur.

« Maman, Mindi dit que je ne t'écrirai pas, mais si, je le ferai. Bryce nous a donné du papier, et il s'occupe de la poste. Il dit qu'on devrait t'écrire tous les jours, mais quand est-ce que toi, tu vas nous écrire ? Je crois que tu as eu des ennuis parce que tu nous as ramenés à la maison. Bryce raconte que tu travailles pour le juge, mais aucun juge ne va employer quelqu'un parce qu'il a fait des bêtises. Et puis je sais que si tu pouvais être ici, tu le serais. Alors, si tu n'es pas là, c'est que tu ne peux pas. Et on n'a pas le droit de te téléphoner. Je ne crois pas vraiment que tu reçois nos lettres, mais on t'écrit quand même, au cas où. Sauf qu'il raconte des carabistouilles, Bryce est sympa. Il nous a dit de l'appeler par son prénom. La dame chez qui on habite dit qu'elle connaît l'oncle de Bryce. C'est pour ça qu'on est chez elle. A part qu'on peut pas se baigner si on nous surveille pas, tout va bien. Mindi est bien soignée, et moi aussi. Tu me manques, et tout et tout. Ton fils,

Mike »

Malgré les lettres des jumeaux, Shannon se réveilla le lendemain au fin fond de la dépression. Le dimanche était son jour normal de visite. La présence de ses enfants lui manquait à tel point qu'elle avait envie d'enfouir la tête sous l'oreiller et de passer la journée à pleurer. Curieusement, ce fut aussi l'évocation de Mike et de Mindi qui finit par la tirer de son lit. Ils devaient être en train de penser à elle comme elle était en train de penser à eux, et elle devait se montrer solide pour tous les trois.

Après s'être forcée à se concentrer sur son manuel de comptabilité suffisamment longtemps pour remplir trois pages d'exercices, elle prit ses clés de voiture et quelques dollars, et se rendit au marché le plus proche pour y acheter des semences. Elle trouva ce qu'elle cherchait dès qu'elle vit l'étiquette : « Lys Harmony, fleurs très lumineuses. » Elle ne pouvait s'offrir des pots de terre cuite, mais elle acheta un sac de terreau. Puis elle rentra chez elle, l'esprit plus léger à la perspective de jardiner sur son balconnet.

Elle occupa son après-midi à planter ses graines en suivant religieusement les instructions de l'emballage. Elle perfora le fond de vieux pots de fromage blanc et les posa sur des soucoupes sorties de ses placards.

Et pendant qu'elle jardinait, elle se récitait les lettres de ses enfants, ce qui les rendait aussi présents qu'ils pouvaient l'être à ce moment-là. Elle repensait aussi au nouveau commissaire de Southlakes. Il était difficile de l'oublier, étant donné le nombre de fois où son nom était mentionné dans les lettres des jumeaux.

Les actions de cet homme la déroutaient, à commencer par sa déposition devant le juge le lundi précédent. Aucun policier n'avait jamais rien fait pour l'aider. Or, d'après Mike et Mindi, il continuait à se préoccuper de leur sort. Donovan ne pouvait pas savoir à l'avance que Mike ne se laisserait pas convaincre par sa version des faits, mais il avait du moins essayé de leur expliquer pourquoi elle ne pouvait plus aller les voir. Elle lui était infiniment reconnaissante d'avoir trouvé un foyer sûr pour ses enfants. Qu'il leur fournisse en plus du papier à lettres la dépassait complètement.

Elle ne faisait toujours pas confiance au policier qu'il était, mais elle ressentait de la gratitude à son égard. Serrait-il Mindi dans ses bras quand il lui disait bonjour ? Mindi aimait tant les câlins. Il y avait une douceur dans le comportement du commissaire qui répondrait peut-être aux besoins affectifs des jumeaux.

Elle conserva son optimiste le lendemain avec l'arrivée de la seconde lettre de Mindi. Mais le mardi, l'arrivée d'une lettre de Mike la démoralisa.

« Papa est venu nous voir hier soir. »

A l'annonce de cette nouvelle qui n'augurait rien de bon, le cœur de Shannon chavira d'angoisse. En fait, Clinton avait ignoré les jumeaux durant dix ans, incapable de voir en eux plus que les enfants d'une femme qu'il avait épousée sur la foi d'une fausse autobiographie. Et voilà qu'il leur rendait visite. Elle aurait bien voulu savoir ce qu'il avait derrière la tête. Il n'était qu'un étranger pour les jumeaux, et Mindi était toujours bouleversée quand par hasard elle le rencontrait.

« Papa dit que tu es à la maison et que tu ne viens plus nous voir parce que tu t'es attiré trop d'ennuis la semaine dernière, et que tu ne tiens pas à nous tant que ça. Il veut que nous allions habiter avec lui, chez grand-mère et grand-père Stewart. Mindi et moi, on en a parlé, et on se plaît mieux ici que chez eux. Mais si tu ne dois plus nous revoir, alors que va-t-il nous arriver ? Ne t'inquiète pas, maman. On sait que papa ne sait pas ce que c'est qu'aimer quelqu'un tout plein. Mais quand même, tu ne peux pas essayer un peu plus de venir nous voir ? Tu penses encore au jour où on sera tous ensemble chez nous ? Papa a dit qu'il reviendrait dans un jour ou deux.

Mike »

**

En finissant de lire la lettre désordonnée de Michael, Shannon tremblait des pieds à la tête. Elle se mit à arpenter la minuscule salle de séjour afin de contrôler la panique qui la gagnait. Que pouvait-elle faire ? Quel choix avait-elle ? Elle ne savait même pas où se trouvaient ses enfants.

Devrait-elle aller voir Clinton ? Essayer de le raisonner, de lui expliquer à quel point leurs enfants avaient besoin d'amour ? Non, ça ne servirait à rien. Les Stewart étaient toujours « comme il faut », mais il n'y avait pas de place pour les sentiments dans leur éducation. Clinton avait été élevé pour susciter le respect, et non l'affection. Comment aurait-il pu comprendre que ses enfants aient un besoin vital de quelque chose qu'il ignorait totalement ?

Il ne l'écouterait pas. Il ne la respectait pas. Mais, pourquoi, après s'être désintéressé de leur sort pendant deux ans, réclamait-il soudain leur garde ? Ce n'était pas parce que les jumeaux portaient son nom. Shannon savait qu'il les avait désavoués avant même qu'ils soient nés. Ils lui rappelaient constamment ce qu'il considérait comme une machination de Shannon pour le ridiculiser. Il n'oublierait jamais qu'il avait engendré des enfants qui sortaient par leur mère d'une lignée de bâtards.

Les grands-parents Stewart avaient toujours reconnu leurs petits-enfants, mais ils n'avaient rien su des origines de Shannon jusqu'à son divorce, deux ans plus tôt. Après avoir revendiqué Mike et Mindi pendant tant d'années, ils refusaient de faire porter à deux enfants innocents le poids des péchés de leur mère. Shannon était convaincue qu'ils avaient pour Mike et Mindi tout l'amour dont ils étaient capables. Certes, ils suivaient à la lettre le vieil adage selon lequel « on doit voir les enfants mais ne pas les entendre ». Les thés du mercredi après-midi chez leurs grands-parents représentaient un supplice pour les jumeaux, mais jamais les vieux Stewart ne s'étaient dérobés à ce qu'ils considéraient comme leur devoir.

Clinton, lui, s'était toujours appliqué à éviter de croiser le chemin de ses propres enfants qui lui rappelaient trop les mensonges de leur mère.

Shannon se maudit pour la cent millième fois en dix ans pour sa naïveté. Elle avait pris les désirs sensuels de Clinton pour de l'amour. Les marques d'attention et de respect que Clinton lui prodiguait pendant qu'il lui faisait sa cour l'avaient convaincue de sa bonne foi. Elle l'avait cru quand il lui avait promis une vie de ce bonheur-là. Elle l'avait épousé avec joie, décidée à être pour lui l'épouse idéale. Elle était tellement sûre que l'amour passionné dont on parlait dans les romans viendrait avec le temps...

Aller voir Clinton serait donc une erreur. Mais elle ne pouvait pas pour autant se croiser les bras quand l'avenir de Mike et de Mindi, leur équilibre intérieur, était en jeu.

D'abord elle repoussa l'idée. C'était de la folie. Elle n'avait jamais demandé l'aide de la loi. Mais après la dernière lettre de Mike, elle savait que son fils souffrait et qu'il avait peur.

Ce commissaire Donovan représentait sa seule chance. Il savait où se trouvaient les jumeaux. S'il était allé jusqu'à leur fournir du papier à lettres, il s'intéressait au moins un peu à leur sort. Il accepterait certainement de leur apporter une simple missive, surtout si elle insistait pour qu'il la lise auparavant...

Elle se hérissait à l'idée de quémander un service auprès de quelqu'un qui appartenait au « système », mais comparé à sa démarche auprès de Darla, ce serait du pain blanc.

Elle chercha le numéro du commissariat dans l'annuaire, s'interrompit pour essuyer l'eau qui débordait de ses pots improvisés, hésita encore. Que risquait-elle ? Au pire, il lui dirait non, ce qui n'aggraverait pas la situation dans laquelle elle se trouvait déjà. Et il y avait toujours une chance infime pour qu'il dise oui...

Bryce avala le reste de son lait. Le liquide froid lui fit du bien. Il devenait « lactoolique » pour reprendre l'expression moqueuse de ses adjoints qui menaçaient de distribuer ses berlingots aux prisonniers de la ville afin de libérer un peu de place dans le réfrigérateur du commissariat. Heureusement pour Bryce, les cellules étaient inoccupées.

Inoccupées depuis le départ de Shannon Stewart. Il hésitait à lui téléphoner. Il avait rendu visite aux jumeaux, et il se faisait du souci à leur sujet. Car, depuis la réapparition de leur père, les pauvres petits semblaient s'être retirés dans leur coquille. Ils ne comprenaient pas l'absence de leur mère. La dernière fois, Mindi s'était précipitée vers lui pour lui demander, avec des larmes dans la voix, des nouvelles de Shannon.

Mike l'inquiétait encore davantage. Alors que le gamin s'était toujours comporté avec la fierté d'un tigre, sûr de lui-même et de sa place dans le monde, la veille, il s'était montré gauche, intimidé, apathique. Il fallait agir rapidement, ou bien ces deux petits souffriraient d'un traumatisme qu'il faudrait des mois, ou peut-être des années, pour soigner.

Bryce disposait du moyen de les aider. A condition de convaincre Shannon de coopérer avec lui. Mais il ne risquait pas de la convaincre s'il n'arrivait pas à se résoudre à l'appeler. D'un autre côté, comment se résoudre à la contacter quand il savait pertinemment que sa santé mentale personnelle dépendait de la distance qu'il saurait maintenir entre elle et lui ?

Il massa son épaule douloureuse tout en pesant le pour et le contre. Peut-être que, s'il la revoyait, il réaliserait qu'il se faisait une montagne d'une souris. Depuis sa sortie de l'hôpital, il tendait à s'inquiéter pour des broutilles.

Un coup d'œil à cette femme le convaincrait sans doute qu'il était fatigué la semaine précédente, et qu'il lui avait attribué un charme sensuel qu'elle ne possédait pas. D'ailleurs, il ne s'agissait pas de Shannon Stewart, mais de deux enfants qui souffraient par la faute du système qui était censé les protéger.

Une fois sa décision prise, Bryce passa dans le vestiaire pour se changer. Il n'avait besoin ni de son uniforme ni de son arme pour rendre cette visite officieuse.

5.

Shannon ne laissa pas de message pour le commissaire. Elle avait besoin de son aide, elle croyait avoir une chance de l'obtenir, ce qui ne voulait pas dire qu'elle faisait confiance à ses adjoints.

En attendant de le rappeler, elle se mit à l'ouvrage. Elle plongea dans ses placards, à la recherche de sucre, de farine, de cannelle et de miel brun. Mindi adorait les biscuits, et Mike n'aimait rien tant que le pain d'épice. Si ses réserves le lui permettaient, elle pourrait préparer une double fournée. Quand elle réussirait à joindre Bryce Donovan, il n'aurait plus qu'à apporter aux jumeaux leur goûter favori. Avec ou sans lettre de sa part, Mike ne douterait plus de son amour maternel quand il aurait sur les genoux une pleine assiettée de pain d'épice ! Shannon refusait d'envisager l'hypothèse d'un refus — au demeurant fort possible — du commissaire.

Dès qu'elle fut assurée de disposer d'une quantité suffisante de beurre, elle mit le four à chauffer et se lança avec ardeur dans ses préparatifs.

Quand la sonnette de la porte d'entrée retentit, il y avait une fournée en train de cuire, une seconde fournée en attente, et Shannon préparait la troisième en roulant des boulettes de pâte dans un mélange de sucre et de cannelle.

Elle était couverte de farine. Repoussant du revers de la main une mèche rebelle, elle alla ouvrir, tout en consultant sa montre. Il ne lui restait que deux heures avant de devoir se préparer pour aller travailler, et il lui faudrait tout ce temps-là pour finir sa pâtisserie.

La dernière personne qu'elle s'était attendue à revoir sur son seuil était le commissaire Donovan, surtout en chemise blanche et jeans moulants. D'abord, elle crut qu'il acceptait de l'aider. Et puis, se rappelant qu'elle n'avait pas laissé de message — et que, par conséquent, il ignorait qu'elle avait tenté de le joindre —, elle passa de l'espoir à la crainte.

— Excusez-moi de vous déranger, je voudrais vous parler un instant.

Shannon crut déceler l'ombre d'un sourire. Rêvait-elle ? Un commissaire ? Un sourire ? Elle s'effaça pour le laisser entrer.

— Mes enfants vont bien ?

— Ils sont en parfaite santé.

Etant donné la tenue de Donovan, il ne s'agissait pas d'une visite officielle. Cette pensée ne la rassura pas, tant Bryce Donovan en civil avait un effet troublant sur son système nerveux.

Il continuait à lui sourire, et Shannon se dit qu'elle devait être ridicule avec pour tout maquillage un nuage de farine sur le nez et un T-Shirt extra-large des tortues Ninja appartenant à Mike. Sans parler de ses mains couvertes de cannelle sucrée. A la place du commissaire, elle aussi s'amuserait du spectacle. Et puisque ses enfants allaient bien, et qu'elle avait désespérément besoin de l'aide du commissaire, elle lui rendit son sourire.

— Je fais des gâteaux. Si ça ne vous ennuie pas de me suivre dans la cuisine, nous pouvons bavarder là-bas.

Au moins serait-elle occupée, pensa-t-elle. Elle écouterait ce qu'il avait à lui dire. Elle lui ferait peut-être goûter ses œuvres, et puis elle lui exposerait sa requête.

— Dieu du ciel! s'exclama Donovan en pénétrant dans la pièce aux odeurs affriolantes. Vous cuisinez toujours comme ça?

— Pas toujours, dit-elle sans s'étendre sur les raisons de cette activité débordante. Si vous voulez bien attendre que je me lave les mains, je peux vous offrir un verre d'eau ou de lait.

— De lait, volontiers.

En fait, Bryce n'avait jamais connu sa mère qui avait abandonné le foyer conjugal peu de temps après sa naissance, et donc ignorait la chaleur maternelle que la plupart des enfants considèrent comme un dû. Il n'avait jamais vu une femme en train de faire de la pâtisserie, sauf à la télévision.

Comment s'était-il attendu à la trouver? En train de revêtir une tenue sophistiquée peut-être, mais certainement pas en train de préparer un goûter suffisant pour nourrir une meute de louveteaux affamés. En cet instant, elle n'avait absolument rien à voir avec la femme froide et calculatrice que dépeignaient les Stewart.

Bryce s'assit en se rappelant qu'il n'était pas là pour s'intéresser à la personne de Shannon Stewart, mais pour la sauvegarde de deux enfants de dix ans qui méritaient mieux que ce que la vie leur offrait. Ce qui ne l'empêcha pas d'avoir le cœur battant quand Shannon se pencha sur la table pour déposer un verre de lait devant lui.

— Merci.

— Je vous en prie.

Elle se mit à rouler de petites boules de pâte dans un bol de sucre brun. Dans son domaine naturel, elle évoluait avec une aisance qui le frappa. Elle n'exprimait ni brusquerie ni amertume. Elle lui jeta à deux ou trois reprises un regard attentif, attendant manifestement qu'il lui expose l'objet de sa visite.

— Je suis venu vous parler de vos enfants.

Les larges yeux violets s'agrandirent encore sous l'effet de l'inquiétude. Elle suspendit son geste. La petite boule tomba dans le bol de sucre.

— Vous aviez dit qu'ils allaient bien.

— Ils vont bien, la rassura Bryce.

— Alors, pourquoi êtes-vous là?

— Parce qu'ils sont troublés. J'ai lu la lettre de Mike avant de la poster. J'y étais obligé, au cas où il vous aurait donné leur adresse.

Shannon accepta l'explication sans le moindre commentaire. Bryce ressentit un respect grandissant pour elle. Il avait bien des raisons de ne pas lui faire confiance, et pourtant elle ne cessait de le surprendre agréablement. Ce qui rendait ses projets d'autant plus dangereux pour son équilibre personnel.

— Voilà! Si vous acceptez de coopérer, je peux probablement vous aider.

Il s'entendit faire cette proposition au moment où il allait changer d'avis et regagner la sécurité du commissariat. Il avait suivi son instinct. Il se consola en se disant que la dernière fois qu'il s'était méfié de son instinct, ça lui avait coûté cher.

— Comment?

— Il faut d'abord que je vous pose deux questions.

Le visage de Shannon perdit toute expression, mais elle ne reprit pas ses activités culinaires.

— Lesquelles?

— Vous aviez l'air de n'attendre aucune aide de votre avocat, la semaine dernière. Pourquoi?

— Il a fréquenté le même pensionnat chic que Clinton, dit-elle avec un haussement d'épaules.

Bryce n'aimait pas ce qu'elle sous-entendait, mais il était bien obligé de reconnaître que l'attitude de Dinsmore devant le juge avait été pour le moins étrange. Toutefois, si elle s'était montrée aussi peu bavarde avec l'avocat appointé par la cour qu'avec lui, au commissariat, le dimanche soir, alors cela expliquait l'absence de plaidoirie. Shannon, connaissant les liens d'amitié entre son ex-mari et son avocat, avait peut-être basé sa réserve méfiante sur de simples suppositions.

Shannon l'interrompit dans ses réflexions.

— Vous aviez mentionné deux questions.

La seconde était plus délicate que la première.

— Pourquoi vos enfants détestent-ils leur père ?

— Ils ne le connaissent pas suffisamment pour le détester. Il faut comprendre Clinton, commissaire. Il a été élevé pour être l'image de la respectabilité et pour représenter dignement les Stewart. L'amour n'a pas de place dans cette éducation-là. On lui a appris depuis le berceau à dissimuler ses émotions, parce que les émotions sont sources de scandale. Le contrôle de soi constitue le fondement du comportement des Stewart. Ils ne connaissent rien d'autre. Pour eux, cette maîtrise des apparences est synonyme de plaisir et de sécurité. Pour Mindi et Mike, elle est synonyme de rejet. Ajoutez à cela le fait que Clinton garde rancune aux jumeaux de lui rappeler constamment l'erreur qu'il a commise, et vous n'avez pas exactement les bases d'une relation affective stable. Les enfants ne détestent pas leur père. Ils sentent que ce dernier ne les aime pas.

Bryce réfléchissait. Si ce que Shannon disait était exact, d'où venait leur nature affectueuse ? Ils avaient, après tout, passé les huit premières années de leur vie dans une des ailes du manoir Stewart. Etait-ce le résultat de l'influence de Shannon sur eux ? Ou bien lui avait-elle raconté des histoires pour obtenir sa sympathie ?

— Comment pouvez-vous m'aider ? demanda-t-elle en le bousculant dans ses pensées pour la seconde fois.

— Disons simplement que vous avez été mal défendue devant la cour, et que les besoins de vos enfants doivent être réévalués. Je crois que vous avez une chance d'obtenir des droits provisoires de visite, sous surveillance, bien sûr.

Shannon ne réagissait pas. Mais Bryce commençait à comprendre Shannon. Plus elle était bouleversée, et plus elle dissimulait ses véritables sentiments.

— Pourquoi prenez-vous mon parti ? s'enquit-elle avec plus d'incrédulité que de méfiance.

Il savait qu'elle lui poserait la question et avait préparé une réponse non compromettante.

— Vos gamins me plaisent, dit-il avec un haussement de sa bonne épaule.

— Vous croyez que j'ai vraiment une chance ?

En même temps qu'une connaissance trop profonde de la nature humaine, Bryce vit une lueur d'espoir au fond des yeux violets.

— Avec un commissaire de police comme chaperon, je ne vois pas pourquoi ça vous serait refusé.

Les mots étaient encore une fois sortis de sa bouche sans qu'il ait eu le temps d'en peser toutes les conséquences. Mais il était de plus en plus convaincu d'agir pour le bien des enfants.

Shannon répondit à cette offre par un sourire. Un grand sourire de bonheur. Un sourire venu du fond du cœur. Ses yeux brillaient maintenant comme deux étoiles dans la nuit. La petite voix de la raison, qui chuchotait d'une façon agaçante dans l'oreille de Bryce, allait devoir comprendre qu'il s'efforçait seulement d'être utile.

— Merci, dit-elle.

Et la voyant s'illuminer de bonheur, Bryce s'avisa que fort peu de gens connaissaient la Shannon Stewart qu'il avait en face de lui.

✳✳

Shannon flottait sur un grand nuage rose. Après le départ du commissaire, elle dansait presque dans la cuisine tout en finissant de préparer ses gâteaux et en imaginant les visages de ses enfants si elle obtenait la permission de les leur apporter elle-même. Elle éprouvait un sentiment de bien-être inconnu d'elle jusqu'à ce jour.

Shannon se faisait toujours un point d'honneur d'être honnête envers elle-même. Elle était trop intelligente pour croire que Bryce Donovan n'était rien d'autre que le Bon Samaritain personnifié, mais elle se réjouissait d'avoir enfin un représentant de l'ordre à ses côtés.

De plus, l'homme lui avait paru superbe, avec de larges épaules, une taille étroite, d'épais cheveux bruns et un regard qui pouvait exprimer de la chaleur humaine, même si cela risquait de prêter à confusion. Oui, elle avait remarqué son physique. Et après ? Elle était femme, et elle avait de bons yeux.

Elle finit de ranger la cuisine. Il lui restait un quart d'heure pour se glisser dans l'étroite jupe de cuir noir et le chemisier assorti qui constituaient son uniforme au Métro. Elle considérait cette tenue comme malsaine, et son emploi ne valait guère mieux.

Elle chantonnait pourtant quand le téléphone sonna. Craignant les mauvaises nouvelles, comme toujours quand ses enfants n'étaient pas auprès d'elle, elle se hâta de décrocher.

— Allô ?

— Bon ! voilà ce que je t'ai trouvé, dit Darla. J'espère que ça compensera le tort que je t'ai fait il y a douze ans...

Shannon s'assit sur le lit pour reprendre ses esprits. Elle avait espéré quelques centaines de dollars, pas quelques milliers. Avec cette somme, elle pouvait s'offrir les services de Brad Channing, et le payer rubis sur l'ongle.

— Shannon ? Tu es toujours à l'appareil ?

— Oui, oui, Darla. Mais tu es certaine ? Je ne m'attendais pas à autant. Je ne veux pas te priver de toutes tes économies.

Il y eut un silence sur la ligne.

— En fait, j'ai coupé la poire en deux. Les affaires ont été bonnes, finit par dire Darla.

Shannon refusa de la questionner davantage. Les occupations de sa mère ne lui avaient causé que des ennuis depuis sa naissance. Toutefois, elle ressentait quelques scrupules à l'idée d'en profiter indirectement.

— Je ne veux pas amputer ta retraite.

— Tu n'amputes rien du tout, Shan. Je peux me le permettre. Je vais opérer par virement bancaire. J'imagine que cela prendra une dizaine de jours. Bon ! Il faut que je file. J'ai un client qui arrive dans quelques minutes.

Shannon resta immobile un moment, l'appareil silencieux encore à la main. Elle était partagée entre la répulsion et le soulagement. Elle ne voulait pas de cet argent. Il était aussi pollué que l'avaient été les dix-sept premières années de son existence. Mais tout au fond d'elle-même, une petite fille se réjouissait que, pour une fois, sa mère soit venue à son secours.

— Ron Dinsmore, n'est-ce pas ?

Bryce avait fini par repérer l'avocat dans le seul club sportif de la ville et par se trouver sur son passage au moment où il sortait des vestiaires, et se dirigeait vers le bar.

Pendant un bref instant, Dinsmore eut l'air irrité, puis il reconnut son interlocuteur et lui tendit une main admirablement manucurée.

— Commissaire Donovan ! Quel plaisir de vous rencontrer !

— Vous êtes justement l'homme que je voulais voir, dit Bryce en lâchant la main aussi vite que la politesse le lui permettait.

— Vraiment? dit Dinsmore en posant son sac à ses pieds.

Bryce remarqua qu'il ne lui offrait pas de l'accompagner au bar.

— Il s'agit de Shannon Stewart et du rétablissement de ses droits de visite.

— Quoi!

Dinsmore le regarda comme s'il s'agissait d'une mauvaise plaisanterie, puis il se souvint qu'il avait en face de lui un représentant de la loi.

— Commissaire, dit-il de sa voix la plus persuasive, je sais que vous êtes nouveau dans la ville, et j'ai le plus grand respect pour votre oncle, mais je crois que vous ne connaissez pas encore très bien cette Shannon. Les Stewart en ont par-dessus la tête. Les mensonges que cette femme a racontés pour mettre la main sur l'argent de Clinton leur font mal au cœur. Bien sûr, beaucoup d'eau a coulé sous les ponts depuis lors, mais vous pouvez m'en croire sur parole, commissaire, ces enfants ont tout à gagner à rester séparés de leur mère.

Dinsmore ponctua ses paroles d'un hochement pensif de sa tête élégante. Mais, au lieu de décourager Bryce dans son entreprise, cette tirade eut l'effet inverse. Le policier était maintenant convaincu que l'avocat de Shannon servait en fait les intérêts de la partie adverse, et que les jumeaux méritaient mieux que les effets pervers d'une lutte entre adultes.

— Vous avez vu ces enfants récemment, maître?

Bryce eut la satisfaction de voir Dinsmore ouvrir la bouche... et rester muet. Il avait la réponse à sa question.

Un quart d'heure plus tard, le juge Olivier Donovan ouvrait la porte de sa vieille ferme fortifiée.

— Bryce! Qu'est-ce qui t'amène?

— Shannon Stewart, répondit Bryce sans préambules inutiles.

Olivier s'écarta pour laisser son neveu entrer dans la vaste et belle demeure, et appela sa femme pour lui demander d'apporter du café pour lui, et un grand verre de lait pour Bryce.

Babsy, le caniche-nain de tante Martha, aboya joyeusement, et sauta sur les genoux du commissaire dès que celui-ci se fut installé dans l'un des grands fauteuils de cuir de la bibliothèque. Bryce caressa l'animal d'un air pensif pendant qu'Olivier rangeait les papiers épars sur son bureau.

Martha arriva bientôt avec une tasse de café, et un grand verre du lait chocolaté qu'elle achetait régulièrement depuis que son neveu s'était installé à Southlakes.

— Bryce, tes visites me font toujours plaisir. Je ne savais pas que tu venais ce soir, dit-elle avec un large sourire.

— Moi non plus, tante Martha ! Merci pour le lait. Tu es plus ravissante que jamais.

Il adorait voir sa tante rougir. Il trouvait merveilleux qu'une femme de son âge puisse garder des réflexes aussi juvéniles.

— Bryce est venu me rendre une visite professionnelle. Je ne le savais pas moi-même.

Martha déposa le café à portée de main d'Olivier et appela son caniche d'un claquement de langue.

— Dans ce cas, je vous laisse entre hommes.

— Merci pour le café ! dit Olivier avant qu'elle ne disparaisse.

Alors que la porte se refermait, il garda un sourire attendri aux lèvres, laissant de nouveau Bryce stupéfait à l'idée que deux personnes puissent exprimer une telle tendresse mutuelle après quarante ans de mariage.

— Et maintenant, venons-en à Shannon Stewart, dit Olivier en reprenant son sérieux.

— Je crois qu'il serait dans l'intérêt des enfants de rétablir certains de ses droits de visite, dit Bryce d'une voix calme.

Olivier nota l'attitude solide de Bryce.

— Pourquoi ?

Bryce savait que la perspicacité de son oncle lui dirait s'il s'illusionnait lui-même, aussi s'appliqua-t-il à rester sincère dans sa réponse.

— Je les ai vus.

Il était impossible de nier ce fait-là.

— ... Ils ne méritent pas d'espérer la visite de leur mère, alors que celle-ci, légalement, n'a pas le droit d'aller les voir. Il faudrait au moins qu'ils sachent à quoi s'en tenir. Et ils méritent aussi que ces mauvaises nouvelles leur soient annoncées par quelqu'un qu'ils connaissent.

— Continue.

— En moins d'une semaine, j'ai remarqué chez eux des changements préoccupants. Ils ne savent plus où ils en sont. Ils ont peur. Le garçon n'est plus trop sûr de l'amour de sa mère.

— Ce n'est sans doute qu'une question d'adaptation. Les enfants sont résistants. La semaine prochaine, tout ira peut-être mieux.

— Peut-être, dit Bryce en soutenant le regard astucieux de son oncle et en gardant son ton le plus détaché.

— Alors ?

— Leur père leur a rendu visite. Il leur a dit que leur mère ne les aimait pas assez pour prendre la peine de venir les voir. Il essaie de les convaincre d'emménager chez ses parents à lui.

— Il est possible que ce soit la meilleure solution, dit Olivier en jouant avec l'agrafeuse posée sur son bureau.

Bryce avait craint que le juge ne partage cette opinion trop objective. N'avait-il pas lui-même considéré cette option ?

— Effectivement, mais pas dans ces conditions. De toute évidence, ces enfants adorent leur mère. Leur faire croire qu'elle ne leur rend pas l'amour qu'ils lui portent, alors qu'en réalité on lui a interdit de les voir, est à la fois injuste et malsain.

Olivier garda le silence durant plusieurs minutes. Bryce savait qu'il était en train de peser les éléments nouveaux du dossier et de les comparer à ce qu'il savait déjà.

— Il s'agit d'une requête tout à fait inhabituelle, dit-il enfin.

— Mais légale, dit Bryce.

— La présence constante d'un chaperon serait requise, fit remarquer Olivier.

— On peut arranger ça.

— Ce canton ne peut s'offrir un chaperon, Bryce. Surtout si l'on considère que les Stewart sont non seulement nos plus gros contribuables, mais aussi nos plus généreux donateurs.

Bryce avait une réponse toute prête à cette objection.

— Alors, je le ferai moi-même, gratuitement.

Il resta imperturbable sous le regard perçant d'Olivier. Ses doutes ne regardaient que lui-même.

— Est-ce prudent? demanda Olivier qui semblait soudain perdu dans la contemplation de sa tasse de café.

La lourdeur de l'air indiquait que le juge venait de franchir la ligne de démarcation entre l'éthique professionelle et l'éthique personnelle. Bryce avait-il révélé de lui-même plus qu'il n'en avait eu l'intention?

— Tu doutes de moi? demanda-t-il à son oncle.

— Pas le moins du monde, dit Olivier.

— Dans ce cas, quand puis-je organiser cette visite? dit Bryce en poussant son avantage.

— Donne-moi vingt-quatre heures, et n'oublie pas de passer par mon bureau demain matin pour établir ta requête par écrit.

— Merci, dit Bryce en se levant.

Il ressentait un léger malaise en constatant le soulagement qu'il éprouvait. Il s'agissait d'un problème professionnel qui n'aurait pas dû avoir sur lui d'effet émotionnel.

Mais sans doute son trouble était-il tout simplement dû à de la fatigue, pensa-t-il avant de souhaiter le bonsoir à son oncle et à sa tante.

Il tenta de téléphoner à Shannon dès qu'il rentra chez lui, et recommença, à intervalles d'une demi-heure durant toute la soirée, mais sans obtenir de réponse. Il finit par comprendre qu'elle devait être en train de travailler. On lui avait décrit le Métro comme un bar minable avec un juke-box tonitruant. Dégoûté, il abandonna son appareil et s'en fut se coucher.

Mais au lieu de s'endormir, il resta allongé sur le dos dans le noir, furieux contre lui-même, et furieux aussi contre Shannon Stewart. Ça l'agaçait profondément de l'imaginer en train de servir à boire aux clients plus que douteux qui devaient fréquenter le Métro. Et son agacement l'agaçait encore plus !

Il s'énerva tant que, bientôt, le doute s'insinua en lui. Peut-être n'avait-il pas l'impartialité nécessaire pour être utile aux enfants... Peut-être devrait-il renoncer à jouer au Bon Samaritain et se contenter de faire sans états d'âme le travail pour lequel il était payé... Peut-être ferait-il mieux, surtout, d'écouter la voix de la raison qui lui commandait de rester à bonne distance de Shannon Stewart...

71

6.

Le petit Michael Stewart n'aimait pas du tout le tour que prenaient les événements. En dépit des explications de Bryce, il avait vraiment espéré que sa mère viendrait les voir le dimanche. Bryce ne connaissait pas sa mère. Elle ne les avait jamais déçus, et pourtant Mindi et lui avaient attendu toute la journée, et elle n'était pas venue. Il n'arrivait toujours pas à le croire. Il ne savait plus quoi dire à Mindi. Elle avait encore plus besoin que lui de leur maman. Et ça faisait la deuxième fois de la semaine qu'ils descendaient la rue principale de la ville en compagnie de leur père.

Il jeta un coup d'œil à Mindi. Elle avait un air perdu qui lui fit peur. Si seulement leur père leur faisait la conversation, la situation semblerait peut-être moins bizarre.

— Alors, les enfants, vous avez besoin de vêtements?

Mindi se tourna vers Mike.

— Non, monsieur, dit Mike.

Leur père leur avait déjà posé la question la dernière fois. Est-ce qu'il croyait qu'ils passaient leur temps à déchirer leurs habits? se demanda Mike, un peu désorienté. A moins qu'il n'ait oublié ce qu'ils lui avaient répondu.

En fait, le petit garçon ne comprenait pas pourquoi leur

père se donnait le mal de venir les voir. Il ne les emmenait jamais nulle part, sauf dans ses différents magasins, où il souriait à tout le monde. Il ne parlait que de choses embêtantes. Mindi et lui n'avaient rien à lui dire. Ce n'était pas comme avec maman. Avec elle, le temps passait à toute allure. Avec leur père, ça durait et ça durait, mais au moins on était content quand c'était terminé.

— Il faut que je m'arrête à la banque, les enfants. Nous allons entrer doucement et nous asseoir sans bouger sur des chaises près de la porte jusqu'à ce que nous ayons fini ? C'est compris ?

Mike regarda Mindi, et ils hochèrent tous les deux la tête, sans comprendre néanmoins pourquoi leur père disait « nous » quand il ne voulait pas du tout dire « nous ».

Ils sortirent de la banque à la queue leu leu, Mike en tête. Soudain Mindi se mit à crier. Elle venait de se prendre les doigts dans la porte. Leur père la dégagea tout de suite, et il eut même l'air anxieux. Mindi ne saignait pas, mais elle devait avoir mal parce qu'elle pleurait très fort. Elle se blottit contre son père comme si elle voulait un câlin.

— Voyons, Mindi ! dit Clinton en l'écartant. Tiens-toi correctement ! Tu es en train de tacher ma chemise avec tes larmes. Tu es une grande fille maintenant.

Ce fut à ce moment-là que Mike sut qu'il préférait mourir plutôt que d'aller vivre avec son père. Il en aurait pleuré lui aussi, mais il savait que son père serait furieux de le voir sangloter en public. Aussi cligna-t-il des yeux pour refouler ses larmes, agrippa la main indemne de Mindi et l'attira vers lui pour la consoler lui-même.

Shannon n'entendit pas parler du commissaire le mercredi. Elle passa pourtant toute la journée à proximité du téléphone, ne sortant que pour regarder dans sa boîte aux lettres désespérément vide.

Mais ça ne voulait rien dire, se raisonna-t-elle pour lutter contre la déception. Ces choses-là prenaient du temps.

Pour tromper l'attente, elle s'appliqua à étudier son cours de comptabilité par correspondance. Les jumeaux seraient fiers d'elle quand elle aurait obtenu son diplôme, et elle pourrait trouver un travail qui leur permettrait de vivre plus à leur aise.

En tout cas, se répétait-elle avec philosophie, se faire du souci ne servait à rien. Ça ne l'aiderait pas à retrouver ses enfants plus tôt.

En dépit de ses belles résolutions, elle avait l'estomac noué et le cœur en berne quand l'heure vint de se rendre au Métro.

Une serveuse déprimée ne récolte pas de bons pourboires, comme elle put le constater en faisant ses comptes à deux heures du matin. Le bar était fermé, mais elle n'avait pas encore commencé son nettoyage. Le cliquètement de ses talons sur le sol la suivit le long des tables, au fur et à mesure qu'elle les débarrassait de leurs éclaboussures de bière et de leurs pelures de cacahuètes.

— Hé, Shan! cria Ory depuis la pièce du fond, j'ai la gueule de bois. Tu te débrouilleras pour fermer toute seule?

— Mais oui. A demain, Ory.

Elle préférait rester seule dans les odeurs d'hommes sales et les relents d'alcool. Elle n'avait aucune raison de se dépêcher. Ses enfants ne l'attendaient pas à la maison. L'intérieur miteux du Métro se mariait parfaitement avec son humeur sombre.

Quand les jumeaux étaient là, elle prenait le premier service pour être de retour à minuit. Connaissant mal la procédure de fermeture, il lui fallut un temps fou pour tout ranger. Ory étant monté se coucher, elle était aussi censée faire l'inventaire du bar et remettre le stock à jour.

Il était près de quatre heures du matin quand Shannon rentra chez elle, épuisée. Elle se glissa en titubant sous la douche. Elle ne pensait plus à rien, sauf à se laver. Elle s'essuya et se glissa sous les draps frais en soupirant d'aise, heureuse de pouvoir oublier tous ses soucis dans le sommeil.

Elle eut l'impression qu'elle venait de se coucher quand elle fut réveillée par quelqu'un qui tambourinait à sa porte. Elle était déjà dans le couloir quand elle se souvint qu'elle s'était couchée sans chemise de nuit. Faisant demi-tour, elle agrippa une robe d'été dans son placard et l'enfila tout en retraversant son petit appartement.

— Une minute !

Elle se boutonnait aussi vite que possible. Le tambourinement cessa. Elle jeta un coup d'œil à l'horloge de l'entrée. Midi ! Elle n'avait pas eu l'intention de dormir si tard.

Bryce Donovan, en uniforme et chaussures cirées, se tenait sur le seuil. Mal réveillée, elle lui dit la première chose qui lui passa par la tête.

— Vous n'êtes pas venu hier.

— Je suis ici maintenant, répondit-il, quelque peu sur la défensive.

Shannon le considéra des pieds à la tête et dut se persuader que le policier debout devant elle était le même homme qui, dans sa cuisine, lui avait proposé de transformer ses rêves en réalité. Elle rejeta ses cheveux en arrière.

— Alors, qu'ont-ils dit ? s'enquit-elle non sans une certaine appréhension.

— Vos enfants vous attendent pour aller déjeuner.

Ce fut le sourire qui souligna la bonne nouvelle plutôt que les mots eux-mêmes qui pénétra l'entendement de Shannon.

— C'est vrai ? Je peux les voir ?

Elle voulait être sûre d'avoir bien entendu avant de donner libre cours à sa joie.

— Il va falloir que je vous chaperonne. Mais vous aurez le temps. Je dispose de mon après-midi.

— Oh ! Merci !

Versant des larmes de bonheur, Shannon se jeta dans les bras de son bienfaiteur sans réfléchir. Bryce Donovan l'étreignit à son tour pendant les quelques secondes qu'il fallut à Shannon pour prendre conscience de son excès de familiarité. Mortifiée, elle recula aussitôt.

— Excusez-moi, dit-elle en battant en retraite. Si vous me donnez cinq minutes, je vais me préparer.

Laissant Bryce sur le seuil, elle se précipita dans sa chambre, prit des vêtements corrects, passa dans la salle de bains, noua ses cheveux et s'aperçut qu'elle n'était pas prête du tout à rejoindre le commissaire Donovan.

Elle croyait avoir perdu depuis longtemps tout intérêt pour les plaisirs des sens — si elle en avait jamais éprouvé le moindre. D'après l'expérience qu'elle en avait, il n'y avait rien de bien intéressant là-dedans. Alors pourquoi, après des années de mariage en chambres séparées, suivies par deux ans de célibat tranquille, ressentait-elle soudain des choses qu'elle n'avait jamais ressenties auparavant ? Elle voulait croire qu'il s'agissait de gratitude envers le commissaire qui l'avait aidée à un moment où le reste du monde se détournait d'elle, mais elle ne pouvait pas se mentir à elle-même. En fait, elle trouvait Bryce Donovan fort séduisant.

Elle aurait dû pavoiser en s'apercevant qu'après tout, elle était une femme normale, et que les duretés de son existence ne l'empêchaient pas d'éprouver des désirs naturels. Or, loin de la réjouir, cette découverte la terrifia.

Car, elle ne l'oubliait pas, le commissaire Donovan appartenait au système dont elle avait mille bonnes raisons de se méfier. Il avait aussi le pouvoir, à travers son oncle le juge, de lui retirer ses enfants. Il était l'homme qui attendait le résultat de la recherche d'antécédents qu'il avait lancée.

Mieux valait donc, conclut-elle sagement, remettre immédiatement en hibernation ses sens bourgeonnants, et se contenter, aussi longtemps qu'il accepterait de lui procurer le moyen de voir ses enfants, des services qu'il voudrait bien lui rendre en ce sens.

Shannon resta silencieuse durant le trajet jusqu'à la maison de Bessie Thompson, une veuve qui se trouvait maintenant être la mère d'accueil des jumeaux.

Bryce ne chercha pas à percer le secret des pensées de sa passagère, lui-même trop occupé à maîtriser les réactions de son corps en présence de Shannon. Lui qui avait été si fier du contrôle qu'il exerçait sur lui-même ! Il avait prévu de l'accompagner au restaurant avec ses enfants — tout en restant discrètement à l'écart si sa présence devenait embarrassante — et de ne la revoir qu'à l'occasion de la prochaine visite parrainée. Oui, il avait envisagé de conserver l'attitude la plus impartiale... jusqu'au moment où elle s'était jetée dans ses bras.

Cet élan n'avait eu absolument rien de commun avec des avances d'ordre sexuel, il le savait dans sa tête, mais Bryce avait le plus grand mal à convaincre son corps de l'innocence du mouvement. Le fait qu'il ait répondu à cet élan en la serrant contre sa poitrine et qu'il se soit aperçu du même coup qu'elle ne portait rien sous sa légère robe d'été n'avait en rien calmé son trouble.

— Que comptiez-vous faire avec tous ces petits gâteaux l'autre jour ? demanda-t-il en indiquant d'un regard les boîtes de fer blanc empilées sur les genoux de Shannon.

Shannon s'était demandé quand il s'apercevrait qu'elle s'était mise à faire la cuisine *avant* qu'il ne lui offre son aide.

— J'espérais prouver à Mike que je l'aimais encore.

— Et comment comptiez-vous lui remettre ces pâtisseries ? demanda-t-il avec un sourire, tout en s'arrêtant à un feu rouge.

Shannon, de son côté, contenait mal son bonheur. Dans quelques secondes, elle pourrait enfin de nouveau serrer Mike et Mindi dans ses bras.

— Par votre intermédiaire.

Le feu passa au vert. Bryce se concentra sur la route. Il conduisait sa voiture personnelle, plutôt que la fourgonnette de police sans poignées intérieures à l'arrière.

— Mon intermédiaire ? dit-il, surpris.

Shannon ne vit plus d'inconvénient, si près du but, à lui dire qu'elle avait compté sur lui avant même qu'il ne propose son aide.

— Les enfants m'ont si souvent parlé de vous dans leurs lettres que j'ai compris que leur sort ne vous était pas indifférent. C'est pourquoi j'étais décidée à demander votre aide. Vous étiez ma seule chance. J'espérais vous convaincre de porter aux jumeaux sinon une lettre de ma part, du moins ces gâteaux... Oh ! commissaire ! les voilà ! Vite, je veux descendre !

Elle posa les boîtes à ses pieds.

Bryce coupa le moteur, mais il resta au volant tandis que les enfants se jetaient dans les bras de leur mère. La petite famille était si heureuse de se voir reconstituée que personne ne semblait se souvenir de sa présence. Un large sourire se dessina sur le visage de Bryce. Son analyse psychologique était juste. Quelle que soit la nature véritable de Shannon Stewart, ses enfants lui portaient un immense amour. Ils avaient besoin de son étreinte.

Ils allèrent chez « Tante Hattie », le seul restaurant à

Southlakes où l'on puisse trouver des frites à toute heure du jour. Le seul moment de gêne fut quand Shannon ouvrit son sac et s'aperçut qu'il lui manquait cinquante-neuf centimes. Bryce se souvint des informations selon lesquelles on l'accusait de perdre son argent au jeu, mais il n'allait pas gâcher une si belle journée en lui posant directement la question. Il tira son portefeuille de sa poche, et régla lui-même l'addition.

Les enfants n'arrêtaient pas un instant de parler. Avec un luxe extraordinaire de détails, ils racontaient à leur mère leur vie durant les dix derniers jours. Bryce fut content de constater que sa présence parmi eux ne semblait pas les dérouter le moins du monde. S'il avait été vaniteux, il aurait même pu s'offusquer de la manière dont ils bavardaient tous les trois, exactement comme s'il n'était pas là.

Si Bryce avait du mal à suivre les jumeaux, Shannon, elle, ne semblait pas perdre une miette de leur conversation simultanée.

— Il est revenu nous voir, disait Mike en savourant ses dernières frites.

— « Il » a un nom, le reprit doucement Shannon.

— Il ne le mérite pas, grommela Mike, la bouche pleine.

— Que tu approuves ou non sa conduite, cet homme reste ton père. L'abaisser, c'est t'abaisser toi-même, dit Shannon.

Le respect de Bryce pour Shannon grimpa d'un nouveau cran. Mais en même temps, une voix cynique lui susurrait à l'oreille qu'il avait là un échantillon admirable des talents de comédienne de la jeune femme.

— Je ne veux pas vivre avec lui, disait Mindi. On ne va pas nous forcer, dis ?

Bryce se fit aussi petit que possible.

— Tout ce que je sais, c'est que Mme Thompson va continuer à vous garder pendant quelque temps.

Sa calme assurance rassura davantage les jumeaux que ses paroles. Bryce lui reconnaissait des qualités maternelles indéniables. Il avait remarqué le soin avec lequel elle s'abstenait de leur faire la moindre promesse pour l'avenir.

Mindi saisit la salière et la renversa sur ses frites.

— Hé! doucement, jeune fille! dit Shannon en lui reprenant l'objet avec douceur et fermeté.

Mike abandonna son lait frappé et fronça les sourcils de perplexité.

— Eh bien, moi, je ne comprends pas pourquoi il vient nous voir. Avant, il n'avait même pas le temps de faire le tour du parc avec nous. Et maintenant, il nous emmène dans la rue pour se promener, mais il n'arrête pas de regarder sa montre comme s'il attendait le moment d'être ailleurs.

Shannon se raidit.

— Votre père est un homme occupé.

Mindi repoussa son assiette encore à moitié pleine.

— Je sais qu'il ne m'aime pas, maman.

Bryce ne lui connaissait pas ce ton d'adulte, et, tout à coup, il n'eut plus faim, lui non plus.

Shannon serra la petite fille contre elle.

— Tu ne peux pas en être sûre, Mindi. Nous ne savons jamais ce qu'il y a à l'intérieur des gens, s'ils ne nous le montrent pas eux-mêmes. Mais tu sais que je t'aime assez pour dix, et c'est plus que ce qu'ont la plupart des enfants. Tu as aussi un frère fantastique. Et maintenant, qui veut du dessert?

— Moi! dit Mike en abandonnant aussitôt la paille de son lait frappé.

Shannon se pencha pour lui ébouriffer les cheveux.

— Mais comment ai-je réussi à avoir pour fils un ogre pareil? dit-elle pour le taquiner.

— Tu as de la chance que je ne mange pas les mamans! répondit Mike du tac-au-tac.

Il avait un sourire radieux. Il s'épanouissait pleinement dans la certitude absolue d'être aimé.

— Toi, tu es trop fûté! dit Shannon en sortant son porte-monnaie.

Elle le tendit à son fils tout en interrogeant Mindi.

— Comment fais-tu pour vivre avec lui?

— Oh! il ne mange pas non plus les petites filles! rétorqua Mindi avec un sourire aussi large que celui de son frère.

Bryce s'était promis de rester neutre, mais ces plaisanteries familiales le remplissaient d'un bien-être étrange. Cette atmosphère semblait le résultat d'années de soins attentifs. Une pensée le frappa soudain : un passant impartial les prendrait certainement pour une famille heureuse s'offrant un déjeuner en ville, et non pour un policier surveillant une mère aux droits de visite limités à deux heures par semaine.

La bonne humeur régna jusqu'à ce que Bryce se fût garé devant la maison de Bessie Thompson une heure plus tard. Il avait eu l'intention de proposer un tour à l'espace de jeux du parc, mais voyant que les jumeaux nageaient dans le bonheur au restaurant, ne demandant que l'attention pleine et entière de leur mère, il n'avait pas voulu rompre le charme.

Shannon se tourna vers sa fille.

— Montre-moi ton dos, Mindi, lui demanda-t-elle avec une voix emplie de tendresse mais ne laissant pas de place pour un refus.

Mindi obéit sans un mot. Les traces étaient encore visibles.

Shannon ne montra aucun signe de la rage qui devait l'habiter.

— Ça fait encore mal? dit-elle en passant le doigt sur les marques en voie de cicatrisation.

— Plus maintenant.

— Tu n'oublies pas ta pommade ?

— Je lui en mets tous les soirs, comme tu me l'as dit, la rassura aussitôt Mike.

— Alors, cette période désagréable de notre vie se trouve derrière nous, et nous pouvons commencer à l'oublier, n'est-ce pas ? dit Shannon en rajustant la tenue de Mindi.

Bryce suivait la scène dans son rétroviseur. Shannon regarda ses enfants l'un après l'autre, et ils hochèrent la tête en signe d'assentiment, sans sourire, mais sans verser de larmes non plus. D'une manière tranquille, les sévices subis par Mindi avaient été évoqués et transposés en une expérience qui appartenait au passé.

Bryce devait mettre à l'actif de Shannon ses dons maternels exceptionnels. En un après-midi, il l'avait vue plaisanter avec ses enfants sans oublier de les discipliner, les aimer, rire avec eux, et traiter avec sensibilité un problème très délicat. Elle avait attendu la fin de sa visite pour mentionner les conséquences de la brutalité de Mme Wannamaker, un sujet qui demandait à être abordé, mais qui aurait pu gâcher le peu de temps qu'ils passaient ensemble. Et Shannon avait quand même réussi à quitter ses enfants sur une note de bonheur : les deux jumeaux sourirent jusqu'aux oreilles en découvrant les gâteaux que Shannon leur offrit au moment où ils descendaient de voiture. Ils remontèrent l'allée de Bessie Thompson, fiers comme de petits coqs, avec dans les bras la preuve de l'amour indéfectible de leur mère.

Bryce reconduisit Shannon. Il sentait en elle une paix qui ne l'habitait pas à l'aller, faite du bonheur de savoir désormais où se trouvaient ses enfants.

Bryce ne comprenait plus comment quiconque pouvait la soupçonner de vouloir la garde de ses enfants pour des motifs mercantiles. Ça ne correspondait à rien de ce qu'il avait pu constater de ses propres yeux.

82

Il garda pourtant le contrôle de ses émotions. Les soupçons qui pesaient sur Shannon Stewart dépassaient largement le problème de la garde de ses enfants et de ses droits de visite. Elle était censée recevoir une pension alimentaire fort généreuse, et pourtant elle travaillait la nuit, bien après l'heure où les gens respectables allaient se coucher. Son emploi n'était pas de ceux que les femmes honnêtes recherchaient. Et elle n'avait pas assez d'argent dans son sac pour offrir à ses enfants des frites et du lait frappé. Bryce n'était pas encore prêt à se fier entièrement à une Shannon Stewart.

Ce qui ne l'empêchait pas de remettre en question le comportement de la partie adverse. Pourquoi Clinton promenait-il ses enfants dans la ville s'il ne l'avait jamais fait auparavant ? Cherchait-il à passer pour un père attentif ? Ou s'intéressait-il réellement au sort des jumeaux ?

— Est-ce que jeudi prochain vous conviendrait ? demanda-t-il à Shannon après l'avoir raccompagnée jusqu'au seuil de son appartement.

— Jeudi ? s'étonna-t-elle en fouillant dans son sac à la recherche de sa clé.

— Oui, parce que je prends souvent la garde du dimanche pour libérer les policiers qui ont une famille.

— Alors, va pour le jeudi, dit-elle d'un ton qui indiquait que ses convenances personnelles n'avaient pas grande importance.

Bryce lui prit la clé des mains et lui ouvrit la porte. Il aurait dû lui rendre sa clé et s'en aller, au lieu de quoi il lui posa une main dans le dos pour l'aider à franchir le seuil. Ce contact ne dura qu'un instant. Elle se dégagea aussitôt.

— A jeudi, alors, dit-il en lui rendant sa clé.

Elle parut prête à dire quelque chose, mais se ravisa et lui ferma la porte au nez.

Désappointé, et un peu vexé, Bryce regagna sa voiture.

— Commissaire !

Il se retourna. Shannon était ressortie.

— Oui ?

— Merci.

Ce simple mot, plus que le reste de la journée, lui causa une satisfaction qui le déconcerta.

Si une expression de gratitude aussi concise avait sur lui un effet pareil, se dit-il, alors tous ses efforts pour se tenir à distance de Shannon Stewart n'avaient abouti qu'à un échec flagrant.

Le téléphone sonna au moment même où Shannon rentrait chez elle.

— Je désirerais parler à Shannon Stewart, s'il vous plaît, dit une voix masculine plaisante.

— Elle-même à l'appareil.

— Je suis Brad Channing, madame. J'ai trouvé votre message à mon retour de vacances.

Les battements de cœur de Shannon s'accélérèrent. C'était l'avocat qu'Ory lui avait indiqué. Le reste de son existence dépendait probablement des quelques minutes suivantes.

— Mon assistante a mentionné un problème de garde concernant vos enfants ?

— C'est exact, dit Shannon qui commença à lui donner une description concise de la situation.

Elle lui parla de son divorce et du fait que Clinton ne s'était pas manifesté durant deux ans, sauf sur l'ordre de ses parents. Elle prenait des cours de comptabilité par correspondance, elle n'avait pas reçu un sou de la pension alimentaire que Clinton était censé verser pour leurs enfants.

Elle ne lui cacha aucune des allégations qui couraient en ville sur son compte. Elle conserva son ton le plus neutre. Elle avait besoin de l'aide d'un avocat, et non de sympathie. Elle lui dit même que Clinton affirmait l'avoir découverte dans les bras de l'inspecteur Drew Williams peu de temps avant leur divorce.

— Et il vous avait surprise avec lui ?

Shannon se sentit rougir d'embarras, mais elle comprenait que Channing cherchait seulement à connaître le dossier. Dinsmore, lui, ne lui avait jamais posé la question.

— Non. Un soir, Clinton et Drew se sont enivrés. Clinton buvait beaucoup à l'époque, mais, pour autant que je puisse le savoir, jamais dans un lieu public où il risquait d'être reconnu. Cette nuit-là, il était encore plus soûl que d'habitude et il offrit l'hospitalité à son copain. Il insista pour que je me montre... accommodante, arguant que si j'étais « une bonne épouse », je devais me montrer « gentille » avec ses amis. De toute évidence, les deux hommes avaient passé une sorte de pacte.

— Et ensuite ?

— J'ai réveillé les enfants et je suis partie avec eux m'installer dans une chambre d'ami.

— Mais vous êtes restée en ville ?

— Il le fallait bien. Clinton et moi avions la garde jointe des jumeaux. Je ne pouvais pas partir avec eux, et je ne voulais pas partir sans eux.

Channing continua à la questionner, et la confiance de Shannon s'accrut. Il lui prêtait une oreille attentive. Il lui donnait sa chance.

— Comment justifiez-vous votre décision de quitter vos enfants six soirs par semaine ?

Il ne la jugeait pas, s'intéressant seulement à sa vision des choses.

Shannon croyait qu'elle avait les meilleures raisons du monde. Elle répondit avec d'autant plus de conviction que nul ne s'était jusque-là préoccupé de ses motivations.

— Je suis chez moi le matin pour préparer mes

enfants, et les conduire à l'école quand il pleut. Je suis disponible pour les soigner s'ils sont malades. Je suis là l'après-midi, quand ils rentrent, pour les aider à faire leurs devoirs, les emmener au club de football, au stade, ou encore aux jeannettes et aux louveteaux. Je fais la cuisine, leur donne leur dîner, surveille leurs ablutions. Et puis, quand ils s'endorment, je vais travailler. Quelle meilleure solution auriez-vous voulu que je trouve ?

Oh ! que ça faisait du bien de s'expliquer enfin.

— Parlez-moi de la pension alimentaire.

— Là encore, c'est sa parole contre la mienne, mais je ne vois pas comment il peut prouver qu'il me l'a versée, alors qu'il ne l'a jamais fait. Il faudrait qu'il présente des chèques endossés, ou l'équivalent, n'est-ce pas ?

Shannon avait beaucoup réfléchi au problème, et elle en était arrivée à la conclusion qu'en dépit de sa réputation en or massif, Clinton ne pouvait pas prouver quelque chose qui n'existait pas.

— Tout est possible, madame Stewart, mais vous avez un dossier solide.

— Et Dinsmore ? Il a été désigné pour me représenter, même si, de toute évidence, il voudrait surtout me voir perdre mon procès.

— Il suffira de votre signature, et d'une démarche ou deux. Nous devrions être débarrassés de lui avant votre prochaine comparution devant la cour.

— Nous ? demanda Shannon en retenant sa respiration. Vous voulez dire que vous acceptez de me défendre ?

— Je crois que je peux vous être utile. Et pour ne rien vous cacher, je ne serais pas fâché de voir, pour une fois, Clinton Stewart jugé selon ses mérites.

7.

— Hé! poupée! si tu te ramenais de ce côté-ci avec une pression bien fraîche?

La voix vulgaire résonna dans tout le bar, en dépit de la musique claironnante du juke-box.

— Commande enregistrée! lança Shannon par-dessus son épaule, tout en se frayant rapidement un passage entre les tables.

Un plateau en équilibre sur sa paume largement ouverte, elle s'arrêta devant un groupe d'hommes qui attendaient leur commande de whisky et de bière. Elle ignora avec bonne humeur leurs remarques cavalières au moment où elle se baissait pour déposer leurs verres sur la table, et n'oublia pas de jouer le jeu en souriant à chacun d'eux, consciente que son pourboire en dépendait.

— Ce sera dix-sept dollars, les gars! dit-elle en servant le dernier consommateur.

Le plus gros des quatre découvrit une rangée de dents cariées et leva un billet de vingt dollars.

— Tu nous donnes encore un de tes jolis sourires, et tu peux garder la monnaie!

Ses trois copains firent chorus.

Shannon songea à Channing qui avait accepté non seulement de la défendre, mais aussi de la débarrasser de Ron Dinsmore. La vie la traitait avec générosité. Elle pouvait se permettre d'être généreuse à son tour. Elle imagina la tête de Clinton quand il apprendrait que Dinsmore ne serait plus là pour lui garantir une victoire facile. Elle se fabriqua un sourire coquin, attrapa au vol son billet de vingt dollars et empocha mentalement son pourboire.

Quand elle repartit en direction du bar pour aller chercher la bière-pression de Jack, elle repensait à ses jumeaux. *Les gâteaux ont eu le succès que j'espérais. Les jumeaux flottaient sur un nuage rose en rentrant chez Bessie Thompson.*

— Shannon, ma beauté, on n'a plus de cacahuètes !

— J'arrive.

Mike ferait mieux de ne pas manger tout son pain d'épice d'un coup, ou bien il risque de se rendre malade. J'aurais dû emballer des portions séparées.

Elle servit la bière de Jack et se dirigea vers la table de billard.

— Quelqu'un veut quelque chose ?

— Un baiser ! lança aussitôt un dénommé Derek Miller.

— C'est ça ! Pour qu'Ory me flanque aussitôt à la porte ! répondit Shannon sans perdre sa jovialité.

— Remettez-moi ça, dit le jeune homme. A condition de me l'apporter vous-même !

— Vous voyez quelqu'un d'autre en train de faire le service ?

Mike m'a embrassée si tendrement...

Comme une main quelque peu tremblante se tendait pour la caresser, Shannon la rabroua au passage d'une tape formelle, sans perdre le fil de ses pensées.

Comme Mindi se serrait contre moi...

Shannon continua ses rondes en s'assurant que les verres de ses clients étaient pleins et que leurs mains restaient à distance, et elle récolta plus de pourboires ce soir-là que durant toute la semaine précédente. Si seulement elle gagnait assez pour payer les honoraires de Brad Channing... Elle était si contente de l'avoir à ses côtés dans la bataille qui s'engageait, mais l'idée de régler les factures avec l'argent de Darla continuait à la rendre malade. Elle se consolait en pensant que sa mère, pour la première fois de sa vie, se sacrifiait pour elle. Si Darla se débarrassait de ses remords à coup de dollars, alors ça en vaudrait la peine. Shannon ne voulait pas se venger de son passé. Elle voulait l'oublier.

Bryce courait si vite que l'adrénaline se répandant dans ses veines lui faisait mal. Il n'avait jamais vu un brouillard pareil. Les sons lui parvenaient déformés. Il perdait le sens de l'orientation. Son épaule le faisait souffrir, mais il continuait à avancer. Elle avait besoin de lui, et il avait besoin d'elle, lui aussi. Il revoyait sa peau sans défaut, ses yeux mélancoliques...

Il courait dans le dédale de la vieille ville de Detroit. Il haletait. Il perdait la respiration. Sa poitrine allait exploser. Il sortait du labyrinthe, mais elle n'était pas là. Elle était sur un lit d'herbes fraîches, en pleine campagne, et elle l'appelait.

Il avait promis de la sauver. Il se frayait un passage à travers les plantes sauvages qui lui arrivaient jusqu'à la taille. Il se prenait les pieds dans les racines. Il trébucha et tomba sur sa mauvaise épaule. La douleur le transperça, mais déjà elle était là et se penchait sur lui, susurrant des mots réconfortants.

Il la prit alors dans ses bras. Il allait la posséder quand l'air se remplit de bruits de détonations et de hurlements d'enfants. Une odeur acide se répandit autour d'eux. Il voulut se raccrocher à elle. Elle avait disparu.

**

Lâchant un cri, Bryce se redressa brusquement. Il devait avoir roulé sur sa mauvaise épaule durant son sommeil, et la douleur, heureusement, l'avait extirpé de son cauchemar. Repoussant son drap, il se leva et se dirigea sans peine dans l'obscurité pour gagner la salle de bains. Il n'avait plus besoin de lumière pour s'orienter, tant il avait pris l'habitude, depuis que Shannon hantait son sommeil, d'aller se doucher pendant la nuit.

Tandis que giclait l'eau glacée, Bryce cessa de se prétendre à lui-même que Shannon Stewart ne lui faisait pas plus d'effet que l'inspecteur-adjoint Adams. Quand il revint dans sa chambre, il consulta son réveil et constata avec agacement qu'il n'était pas encore minuit. Il avait donc dormi moins d'une heure. Shannon, elle, devait être encore en train de travailler.

Plusieurs fois déjà, Bryce était passé en voiture devant le Métro. L'aspect miteux du bar l'avait frappé, tout autant que les rires gras qui s'échappaient par la porte ouverte sur la rue. Mais il n'avait jamais pénétré à l'intérieur. Il était peut-être temps de se familiariser avec les lieux. Il était peut-être temps de connaître enfin la véritable Shannon Stewart.

Bryce entra dans la pièce remplie de fumée un quart d'heure plus tard, les cheveux encore mouillés après sa douche. Son jean et son T-shirt lui auraient permis de se fondre dans la foule du lundi soir s'il avait omis de laver ses vêtements de la veille, et les avait de nouveau portés toute la journée. Mais dans sa tenue impeccable, il se faisait l'impression d'être un sou neuf et brillant au milieu de vieilles pièces de monnaie noircies par le temps.

Il s'installa discrètement à une table du fond. A côté de lui, un homme mal rasé caressait sans se cacher la femme qui se vautrait voluptueusement sur ses genoux.

Il aurait été grand temps pour eux de gagner un lieu moins public, estima Bryce, mal à l'aise par tant de sans-gêne, tel que le siège arrière de leur voiture, ou l'hôtel de passe situé sur la route départementale, juste à la sortie de la ville.

Soudain Bryce ne s'intéressa plus du tout au couple lascif. Shannon venait d'apparaître dans son champ de vision. Un seul regard à la minijupe de cuir noir et au chemisier trop serré suffit à lui donner des crampes d'estomac. Bryce s'aperçut avec horreur qu'il était écartelé entre la colère et le désir.

Il avait l'habitude de voir Shannon porter des vêtements amples qui dissimulaient sa silhouette. Tout à coup, chacune des lignes et des courbes de son corps était exposée à la vue de tous. La chute de ses reins...

Elle se pencha pour servir trois de ses clients, et laissa voir un décolleté de nature à damner un saint. Bryce détourna la tête afin de ne pas s'appesantir trop long-temps sur les regards affamés des trois hommes que Shannon était en train de servir, tant l'envie le déman-geait d'aller leur casser la figure.

Comment pouvait-elle se comporter de la sorte? se demandait-il, outré. Ces individus la mangeaient des yeux, et elle continuait à leur sourire comme si elle se plaisait en leur compagnie. Bryce sentit le sang lui mon-ter à la tête. Il réalisa, mais trop tard, que la jalousie l'emportait sur le dégoût. Reprenant fermement le contrôle de ses émotions, il se redressa sur son siège, et se drapa dans une impassibilité toute professionnelle.

Il sut exactement quand Shannon s'aperçut de sa pré-sence. Elle circulait entre les tables avec dextérité, ramas-sant les verres vides, bavardant avec les consommateurs et prenant leurs commandes, quand, soudain, sa démarche se fit hésitante. Ses talons hauts résonnèrent avec moins de force sur le plancher. Elle finit par se rapprocher, et par s'arrêter devant la table de Bryce.

— Bonsoir, commissaire. C'est la première fois que je vous vois ici.

Elle gardait les yeux obstinément baissés. Le sourire dont elle gratifiait la clientèle quelques instants plus tôt avait disparu, et son visage était dénué de la moindre expression.

— Probablement parce que c'est la première fois que j'y viens.

— Vous... euh... désirez quelque chose ? bégaya-t-elle.

Bryce ne lui connaissait pas ce ton incertain. Sa présence la gênait visiblement. A moins qu'il ne s'agisse d'un sentiment de culpabilité. Ou des deux.

— Généralement les gens qui entrent ici espèrent boire un verre, dit-il sans rien faire pour alléger l'atmosphère.

Elle posa devant lui une petite serviette blanche.

— Que puis-je vous apporter ?

Tandis qu'elle tripotait nerveusement la pile de serviettes qui demeurait sur son plateau, il s'avisa que ce n'était pas l'endroit idéal pour commander un verre de lait chocolaté.

— Une bière, dit-il tout en se demandant ce qu'il était venu faire au Métro.

— Tout de suite.

Elle se dirigea à la hâte vers le comptoir. Deux fois au passage, elle dut s'arrêter, mais elle ne souriait plus à aucun de ses clients.

Bryce la suivait des yeux. Shannon avait des jambes de rêve qui suscitaient en lui les fantasmes les plus fous.

— Ce sera deux dollars cinquante, dit-elle en déposant une chope devant lui, quelques instants plus tard.

De nouveau, de près cette fois, il put apprécier le décolleté qu'elle arborait sans vergogne. Quand il releva les yeux, il crut, en dépit de la pénombre, détecter une certaine rougeur sur son visage. Mais aussitôt, il se dit

92

qu'il avait dû rêver. Shannon Stewart, rougir ? Est-ce que les femmes comme elle étaient capables de rougir ? Mais alors, quel genre de femme était-elle ?

— Vous pouvez me donner une carte de crédit, dit-elle après avoir vainement attendu qu'il sorte son porte-monnaie.

— C'est inutile. J'ai ce qu'il faut.

Il sortit de sa poche un billet marqué d'un cinq.

— Voici. Gardez le reste.

Les traits de Shannon se durcirent sous l'effet de la colère.

— Ce ne sera pas nécessaire, commissaire.

Elle plongea la main dans la sacoche de toile qu'elle portait en ceinture et plaqua bruyamment une liasse de billets sur la table. Bryce verdit de confusion. Il était passé par la banque en rentrant chez lui ce soir-là. Tous les billets de banque américains ayant la même couleur et le même format, il lui avait donné par erreur un billet, non de cinq, mais de cinquante dollars.

— Shannon ! dit Bryce en lui agrippant le poignet.

Il ne voulait pas qu'elle parte en s'imaginant que...

— Lâchez-moi ! dit-elle sans élever la voix.

Bryce l'entendit à peine par-dessus les voix qui s'échauffaient avec la bière, le cliquetis des boules de billard et la musique du juke-box. Pourtant il perçut la fureur qui émanait de Shannon avec plus de force que si elle avait hurlé.

Il ne pouvait pas la laisser s'éloigner sans explication.

— Shannon, je suis désolé. Je croyais vous avoir donné un billet de cinq dollars.

Elle gardait le regard fixé sur un point lointain derrière l'épaule de Bryce. Son visage avait la dureté transparente de la porcelaine.

— Shannon, regardez-moi.

Il fallait qu'elle comprenne qu'il n'avait pas voulu l'insulter.

Elle continua à regarder droit devant elle.

— Hé, mon gars ! faut pas être égoïste ! cria quelqu'un.

— Ouais ! on veut de la bière ! lança une autre voix.

Mais il aurait fallu plus de deux ivrognes pour détourner Bryce de sa route.

— Dans une minute ! répliqua-t-il.

Il baissa de nouveau la voix.

— Je ne vous lâcherai pas avant que vous ne m'ayez regardé.

Elle le foudroya du regard.

— Je suis désolé, répéta Bryce en encaissant la colère de Shannon. Si j'avais voulu vous faire des propositions, je l'aurais fait l'autre jour, quand je vous avais dans mes bras.

Il obtint la réaction qu'il cherchait... d'une certaine façon. Elle rougit pour la seconde fois de la soirée.

Il savait qu'il aurait dû la libérer, mais il appréciait trop le contact de la peau lisse contre sa paume calleuse.

— Vous êtes seule à faire le service ?

— Depuis minuit. Ory est derrière le bar, et je m'occupe de la salle.

Son menton tremblait, et Bryce se demanda ce qu'il avait encore fait pour la bouleverser ainsi.

— Alors, je suppose que je dois vous laisser repartir, dit-il en la lâchant à regret.

— Oui, sans doute, dit Shannon.

Il la rappela au moment où elle s'apprêtait à reprendre sa ronde.

— Shannon ?

— Oui ?

Elle paraissait encore nerveuse.

— Vos enfants m'appellent Bryce. Vous croyez que vous pourriez les imiter ?

Elle hésita, comme si elle allait remettre en question la

94

sagesse d'une telle proposition, ou son opportunité, mais au même instant, une autre voix s'éleva pour réclamer à boire. Renonçant alors à discuter, elle hocha la tête et se hâta de répondre à l'appel de ses clients.

Après l'incident du billet de cinquante dollars, Bryce recouvra son impartialité. Il resta jusqu'à l'heure de la fermeture, sirotant son unique bière et observant Shannon qui effectuait son service avec un art admirable. Elle gardait une démarche de reine, malgré ses vêtements trop suggestifs. Elle repoussait les avances sans se départir de son sourire et esquivait les mains baladeuses avec une dextérité remarquable. La poche de tissu plaquée contre sa hanche s'alourdissait à vue d'œil, alors qu'il ne s'agissait que d'un jour de semaine. Quel pourcentage recevait-elle en pourboires?

Quand Bryce se retrouva seul dans la salle, il fit un signe de la main à Shannon qui était occupée à débarrasser les tables, et sortit dans la nuit. Il huma l'air humide à pleins poumons. Il venait de passer deux heures dans un endroit où, sans un motif professionnel, il n'aurait jamais mis les pieds, et il n'avait toujours pas découvert ce qui se cachait derrière les yeux trop profonds de Shannon Stewart.

Sa tenue irréprochable rendait-elle compte de sa nature véritable, ou bien Shannon était-elle une actrice consommée qui avait joué devant lui un rôle préfabriqué? se demandait-il encore et encore.

Quoi qu'il en soit, il n'oubliait pas qu'elle désirait le retour de ses enfants, et qu'il était en mesure de l'aider dans ce sens.

Il dut attendre près d'une heure que Shannon en ait fini avec ses tâches de nettoyage. L'humidité nocturne commençait à lui pénétrer les os.

— Shannon...

Elle fit volte-face, prête à se défendre. Puis elle le reconnut.

— Com... Bryce, vous m'avez fait une peur bleue. Que diable faites-vous encore par ici ?

Le soulagement la rendait presque bavarde.

Bryce aima la façon dont son prénom sonnait sous les lèvres de la jeune femme.

— J'avais l'intention de veiller sur vous jusqu'à ce que vous soyez chez vous.

Il n'allait pas lui avouer qu'il avait voulu s'assurer qu'elle rentrait seule chez elle. Elle était bien sortie seule du Métro, mais Bryce pouvait encore la suivre jusqu'à son appartement pour être certain qu'un client ne l'y attendait pas.

La proposition de Bryce parut lui faire plaisir.

— Ce n'est pas vraiment nécessaire, vous savez. Je me raccompagne moi-même depuis des années !

— Je vous suis quand même !

— Je suis trop fatiguée pour discuter, dit Shannon en se dirigeant vers sa voiture.

Bryce reprit la sienne et la suivit. Arrivé à destination, il se gara dans la place voisine et sortit de son véhicule dans l'intention d'escorter la jeune femme jusqu'à sa porte.

— Vous aimez l'air humide ? demanda-t-il en la voyant remonter sa vitre.

— Ça vaut mieux que pas d'air du tout. Mon système d'air conditionné est tombé en panne le mois dernier.

Elle sortit à son tour, et ils se dirigèrent ensemble vers l'immeuble.

— Pourquoi ne le faites-vous pas réparer ?

— J'ai deux enfants à ma charge.

Il se rappela la poche alourdie par les pièces et les billets. Il pensa à tout l'argent qu'elle recevait des Stewart, et aussi à son portefeuille presque vide le jour de leur sortie au restaurant.

— Vous avez une double pension alimentaire pour subvenir aux besoins des jumeaux.

Alors que cette remarque mesquine laissait dans la bouche de Bryce une odeur plus âcre encore que celle des cigarettes de mauvaise qualité du Métro, Shannon se tourna vers lui et le dévisagea de ses grands yeux améthyste.

— Vous croyez vraiment, commissaire?

La question vibrait d'une amertume si ambiguë qu'il hésita à pousser son avantage.

Ils remontèrent l'allée en silence.

— Pourquoi êtes-vous venu au Métro ce soir? demanda Shannon en l'étudiant d'un regard à la fois fatigué et déconcerté.

— J'essaie de saisir la véritable personnalité de Shannon Stewart.

Bryce s'efforçait d'être honnête. Il se considérait comme tel, et n'avait encore rien constaté dans le comportement de Shannon qui l'empêche de la considérer, elle aussi, comme une honnête personne.

— Pourquoi?

Bryce ne savait plus que dire.

— N'est-ce pas évident?

Il ne savait pas lui-même ce qu'il entendait par là. Etait-ce une manière de lui dire qu'il s'intéressait à elle sur un plan personnel, ou simplement l'expression de son sens de la justice et de son inquiétude à propos des droits de Shannon sur ses enfants?

Le visage de Shannon avait recouvré son impassibilité.

— Pour moi, ce n'est guère évident.

Bryce avoua sa propre ignorance.

— Pour moi non plus.

Elle ouvrit la bouche, comme si elle allait ajouter quelque chose, puis au contraire se mordit la lèvre inférieure. Bryce, fasciné, ne réussissait pas à la quitter des yeux. Si seulement il avait pu, lui aussi, mordre dans ces lèvres pleines...

Shannon prit sa clé et l'introduisit dans la serrure.

— Il est temps que je rentre.

Bryce fut tenté de la prendre dans ses bras, puis il se souvint de sa mission officielle et comprit que ce serait une faute professionnelle. Il y avait encore trop de rumeurs qui couraient sur le compte de Shannon, malgré toutes ses observations qui allaient en sens contraire, et il avait lui-même, sur le plan privé, trop de souvenirs qui lui encombraient le cœur.

— A jeudi, alors, dit-il avant de s'éloigner.

— Bonjour ! Ici, le service des pensions alimentaires. Nous ne donnons pas d'information financière par téléphone. Pour toute autre information, veuillez patienter, s'il vous plaît. Merci.

Bryce jouait avec son stylo tout en écoutant le message enregistré qui se répétait, au fur et à mesure que la connection tardait à intervenir. Cet appel était le premier sur sa liste. Il avait entamé ses recherches afin de découvrir la vérité en ce qui concernait Shannon Stewart. Après l'avoir vue la veille au Métro, il voulait croire qu'un motif d'ordre moral, ou une véritable nécessité matérielle, l'obligeait à travailler dans un endroit pareil. Il avait encore dans l'oreille sa réaction amère : *Vous croyez vraiment, commissaire ?*, quand il avait fait allusion à la pension alimentaire qu'elle recevait pour les jumeaux.

— Allô ? Pam Brown à l'appareil. En quoi puis-je vous être utile ?

— Je suis le commissaire Bryce Donovan, je vous appelle de Southlakes. Je désire des informations financières, et je ne dispose pas du numéro du dossier.

Si Clinton Stewart versait cette pension depuis deux ans, il devait exister des preuves abondantes.

— Disposez-vous d'un mandat ?

Elle semblait coopérative.

— Non. Est-ce qu'il m'en faut un ?

Il était policier, et non avocat. Ayant fait toute sa carrière dans la criminelle, c'était la première fois qu'il avait à traiter une affaire de ce genre.

— Il existe deux autres possibilités. Vous pouvez demander à l'une des parties de vous donner directement une autorisation écrite, ou bien recourir à l'entremise de leurs avocats.

Bryce s'assombrit. Il ne faisait guère confiance aux avocats, et il préférait que les parties restent pour l'instant dans l'ignorance de l'enquête qu'il menait. Il fallait d'abord qu'il fût sûr de ses propres motivations. Etait-il un policier dans l'exercice de ses fonctions ? Ou un homme qui désirait en savoir davantage sur la femme qu'il... qu'il... quoi au juste ?

— Merci de votre obligeance, madame Brown, dit-il avant de raccrocher.

Son esprit fonctionnait déjà à vive allure. S'il ne voulait pas s'adresser à Clinton Stewart, ni à Shannon, ni à leurs avocats, il ne lui restait qu'une possibilité : Olivier. Il composa le numéro qu'il connaissait à présent par cœur.

— Le cabinet du juge Donovan, dit une voix.

— Ici, le commissaire Bryce Donovan. Puis-je parler au juge ?

— Un moment, commissaire. Je vais voir s'il est disponible.

Bryce dut patienter quelques minutes en écoutant vingt fois le même extrait musical.

— Donovan à l'appareil.

— C'est Bryce, monsieur le juge.

Bryce utilisait cette appellation formelle afin de bien signifier à son oncle qu'il n'espérait de lui aucune faveur personnelle quand leurs responsabilités respectives les mettaient en contact professionnel. Il n'aurait même pas contacté son oncle si, depuis sa conversation avec Mᵉ Dinsmore, il ne se méfiait pas de l'appareil judiciaire du canton de Southlakes.

— Quel est l'objet de ton appel?

— J'ai besoin d'un mandat pour obtenir accès à un dossier du service des pensions alimentaires.

— Une plainte a-t-elle été déposée?

— Pas encore. J'en suis au tout début de mes investigations. Une importante pension alimentaire aurait été versée, mais il n'existe aucune preuve écrite de ces versements.

— De quel dossier s'agit-il?

— De celui des jumeaux Stewart.

— Dans ce cas, tu n'as pas besoin d'un mandat, tout simplement parce qu'il n'existe pas de dossier.

— Pas de dossier?

Bryce ne cachait pas sa surprise. Tout le monde parlait de cette pension touchée par Shannon comme d'une évidence, et il n'y avait pas de preuve matérielle?

— Toutes les pensions alimentaires ne sont pas versées par le biais du service public, expliquait Olivier. Le prestateur peut déposer une pétition en vue d'obtenir l'autorisation d'effectuer des versements directs au prestataire, sans passer par un compte judiciaire. Les Stewart ont tellement d'argent qu'ils ne savent pas quoi en faire. Ils bénéficient d'une réputation en or massif. Je n'avais aucune raison de rejeter leur demande.

— Et Stewart s'est acquitté de ses versements?

— Il l'affirme, et il n'y a aucune raison de mettre sa parole en doute. L'homme a les moyens de payer les pensions alimentaires d'une douzaine d'enfants, alors pourquoi chercherait-il les ennuis en refusant d'en payer deux? Les Stewart ne font jamais rien qui risquerait de nuire à leur image de marque.

Bryce remercia son oncle et raccrocha. Cette conversation avait soulevé plus de problèmes qu'elle n'en avait résolu. Tant qu'il avait cru que la pension alimentaire avait été versée sous le contrôle de la justice, Bryce avait été convaincu que Shannon la recevait avec la régularité d'un métronome. Mais si Clinton avait la liberté d'effectuer ces versements à sa guise, alors l'hypothèse d'une défaillance devenait envisageable. Il était parfaitement possible que Shannon ne reçoive rien de son ex-époux.

D'un autre côté, comme Olivier l'avait fait remarquer, il n'y avait aucune raison non plus pour que Clinton prenne le risque d'être condamné pour non-respect de ses obligations légales. Qu'y aurait-il à gagner ? Avait-il des motivations ignorées de tous ?

Ou bien Shannon était-elle incapable de gérer ses ressources ? Avait-elle des vices cachés, comme le jeu ?

Le problème était-il d'une nature entièrement différente ?

Une fois de plus, Bryce était assailli de questions sans réponse.

8.

Il faisait une chaleur étouffante sur la plage en ce jeudi après-midi. Shannon, assise sur une couverture, les bras autour de ses genoux repliés, ne se souciait pas de la brûlure du soleil. Elle était trop occupée à sourire aux jumeaux qui jouaient aux dauphins dans les eaux glacées du lac Michigan.

— J'ai pris de la lotion anti-solaire n° 30 pour les enfants et du n° 15 pour nous, dit Bryce dans son dos.

Shannon se retourna. Dans son bermuda blanc et son T-shirt noir, Bryce était magnifique. Du point de vue de Shannon, sa tenue mettait même un peu trop en valeur sa superbe musculation.

— C'est parfait, merci, dit-elle en essayant de ne plus penser au physique de Bryce.

Il laissa tomber les flacons sur la couverture et ôta son T-shirt. Shannon remarqua la cicatrice qui lui barrait l'épaule, à la jointure du bras. C'était la seule imperfection de son buste. Shannon détourna hâtivement les yeux.

Elle sentit le regard dont, à son tour, il l'enveloppait.

— Vous êtes en train d'attraper un coup de soleil, annonça-t-il en s'asseyant à côté d'elle.

Elle était brûlante, elle en convenait, mais ce n'était pas dû à l'effet du soleil. En fait, elle absorbait la chaleur du corps de Bryce à travers tous les pores de sa peau, comme si un torrent de lave fumante se répandait dans ses veines.

— Je commence toujours par rougir un peu, mais ça vire tout de suite au brun.

Elle espérait que son ton de voix ne trahissait pas son émoi intérieur.

— Vous devriez quand même mettre de la lotion. Ce serait honteux d'abîmer une peau pareille.

Ces derniers mots n'avaient pas exactement la note impersonnelle que Shannon aurait souhaitée.

Elle était gênée par le désir grandissant et presque inconvenant que lui inspirait le commissaire Bryce Donovan. Son corps réagissait à la présence de cet homme comme il ne l'avait jamais fait devant quiconque dans le passé. Et elle pouvait lire, dans ses paroles et ses attitudes à lui, que cette réaction était réciproque.

Mais soudain, le doute la déstabilisa encore plus. Et si elle se trompait ? Si elle projetait sur Bryce des sentiments qui n'existaient que de son côté ?

Bryce enleva le bouchon de la bouteille de lotion anti-solaire et s'en versa dans la paume.

— Pourquoi ne portez-vous pas de maillot de bain ?

Elle se concentrait sur les voiliers qui passaient devant eux et mit quelques instants à comprendre le sens de sa question.

— Parce que je n'en possède pas.

— Vous n'avez pas de maillot de bain ? demanda-t-il tout en s'enduisant les bras et les épaules de crème.

Shannon cessa de compter les voiliers et contempla les enfants qui pataugeaient devant elle, mais l'odeur de noix de coco éveillait dans son esprit des images ensorcelantes de pectoraux recouverts d'une toison brune et bouclée.

— Euh... non, pas cette année. J'ai employé l'argent autrement.

Elle s'interrompit, aussi incapable de se justifier que

103

furieuse de se comporter devant cet homme comme une adolescente perturbée. La houle recouvrit Mindi qui réapparut bientôt, dégoulinante et riant de bonheur.

Bryce reprit la bouteille d'ambre solaire et s'en remplit de nouveau le creux de la main. Quand Shannon, qui continuait à surveiller ses enfants, devina ce qu'il avait l'intention de faire, il était trop tard.

— Arrêtez! cria-t-elle en retirant sa jambe avant que Bryce n'ait senti les tressaillements que ce bref massage avait provoqués. Je peux faire ça moi-même.

Elle espérait que son ton de voix n'avait pas changé. Elle était déjà suffisamment embarrassée par l'effet que Bryce avait sur elle, sans le lui laisser voir par-dessus le marché.

Bryce s'essuya la main sur l'une des serviettes.

— Dans ce cas, dit-il d'une voix sèche, sans doute vexé d'avoir été rabroué, je vais chercher les enfants pour que vous puissiez leur mettre de la lotion à eux aussi.

En fait, le visage rembruni du commissaire reflétait plus de tristesse que de colère, se dit Shannon qui le regarda s'éloigner vers le rivage en se demandant ce qui pouvait réellement le chagriner ainsi. Regrettait-il, comme elle, les circonstances qui les empêchaient d'explorer un chemin plein de promesses? Ou bien songeait-il à quelque chose de tout à fait différent?

Les jumeaux arrivèrent en sautillant sur le sable brûlant. Seuls.

— Venez vite, avant d'être racornis par le soleil!

Ils l'aspergèrent de gouttelettes en gloussant de rire.

— Oh! maman! ce n'est pas la peine! protesta Mike.

Il considérait que l'huile solaire devait concerner uniquement la beauté des filles.

— Oh! si! c'est la peine, dit Shannon. Tu sais fort bien, Michael Scott, que si je ne m'occupe pas de toi tout de suite, tu auras ce soir les épaules plus rouges que des pommes d'api.

Mais les épaules qui hantaient l'esprit de Shannon étaient celles de Bryce qui fendait en ce moment les flots d'un crawl puissant. Cherchait-il à épuiser ainsi une ardeur aussi forte que celle qui animait Shannon ?

Bryce resta dans le lac près d'une demi-heure. Les jumeaux réclamèrent son attention à grands cris. L'un après l'autre, il les projeta dans les vagues pour leur plus grande joie. Malgré son épaule gauche visiblement handicapée, il semblait l'image même de la force et de l'épanouissement et impressionnait Mike et Mindi qui n'avaient jamais eu l'occasion de voir leur père jouer avec eux.

L'amertume submergea Shannon. Certes, Clinton avait transmis son nom à ses enfants et n'avait jamais exercé de sévices sur eux, mais il les avait évités, voire méprisés, et elle ne lui pardonnait pas de s'être vengé ainsi sur des êtres innocents.

Les cris de bonheur de Mindi firent fleurir un sourire de contentement sur les lèvres de Shannon dont le cœur se gonflait de joie de voir, pour la première fois depuis des mois, sa fille reprendre confiance en l'avenir.

Son sourire ne s'effaça que lorsqu'elle vit Bryce revenir vers elle. Il se frottait l'épaule avec une grimace de douleur.

— Qu'est-ce qui ne va pas ? lui demanda-t-elle aussitôt.

Il suivit le regard de Shannon, et cessa de se masser.

— Rien.

Elle n'aurait pas insisté s'il n'avait pas de nouveau grimacé en s'asseyant sur la serviette.

— Que s'est-il passé ?

Il enfila son polo.

Shannon n'était pas sûre d'obtenir une réponse. Elle s'était peut-être aventurée, sans y être invitée, dans un territoire secret. Pourtant l'atmosphère entre eux était en train d'évoluer. Elle avait envie de le connaître mieux, surtout si elle devait passer quelques heures chaque semaine en sa compagnie.

Et puisque ces quelques heures représentaient le grand moment de sa semaine, elle décida qu'elle pouvait s'autoriser à baisser quelque peu sa garde en l'observant à la dérobée.

Manifestement, Bryce hésitait à se confier, mais les traits de son visage et la profondeur de son regard perdu à l'horizon indiquaient qu'il avait eu dans l'existence sa part d'épreuves.

— J'ai été blessé dans l'exercice de mes fonctions, expliqua-t-il enfin.

— Une blessure par balle ?

Elle aurait dû se montrer plus compatissante, mais la révélation de la vulnérabilité de l'homme qu'elle avait cru invulnérable l'effrayait. Le métier de Bryce ne consistait pas seulement à escorter des femmes divorcées et leurs enfants, dans une petite ville endormie de la province.

Le regard toujours lointain, Bryce acquiesça d'un léger signe de tête. Les voiliers glissaient sur l'onde que troublait parfois un hors-bord, et la tranquillité de la scène ne comblait guère la curiosité inquiète de Shannon.

— Que s'est-il passé ? demanda-t-elle de nouveau.

Elle espérait qu'il s'agissait d'un tir perdu, et que la réticence de Bryce n'était due qu'à un orgueil masculin mal placé.

Pourquoi tenait-elle tant à vérifier que le danger était passé ? Ce qu'elle désirait vraiment, c'était qu'il lui donne l'assurance que cet accident ne se reproduirait pas.

Mais quelle raison avait-elle de poser une question pareille ?

Bryce la fouillait du regard. Shannon ne cachait plus ni son inquiétude ni sa sympathie. Elle ne se souciait même plus de lui dissimuler le désir qu'il lui inspirait.

— Comme je le disais tout à l'heure à Michael, j'appartenais à la brigade anti-drogue de Detroit. Mon... partenaire et moi, nous avions passé des mois sur la piste d'un roi de la pègre. On l'appelait d'ailleurs « le Roi ». L'homme faisait du trafic de drogue, écoulait des voitures volées sur une grande échelle, contrôlait des réseaux de prostitution. Chaque fois que nous croyions le tenir, il nous filait entre les doigts. Puis, un jour de printemps, nous avons touché le gros lot, ou nous nous imaginions l'avoir touché. Nous avons refermé le piège, mais cela s'est retourné contre nous.

Bryce racontait les événements sans la moindre intonation, comme s'il lisait un rapport de police. Mais sa souffrance perçait sous chaque mot.

Shannon réagit comme elle ne le faisait qu'avec ses enfants. Elle lui prit la main et la serra entre les siennes.

— Je suis navrée.

Bryce s'accrocha à elle si fort qu'elle craignit d'avoir les phalanges broyées. Puis il la relâcha et se pencha pour ramasser ses chaussures de tennis.

— Il est temps de rentrer. Je vais prévenir les jumeaux.

Shannon ramassa les serviettes et les bouteilles de lotion solaire. Elle secoua la couverture pour en ôter le sable, la replia et la remit dans le sac de plage qu'elle avait préparé si joyeusement quand Bryce avait suggéré cette escapade sur les bords du lac. Elle gardait l'impression diffuse d'une histoire inachevée. Bryce ne lui avait pas tout raconté. Il était blessé dans son être autant que dans sa chair, et sa souffrance ne venait pas simplement d'une balle à l'épaule reçue dans l'exercice de ses fonctions. Elle se reprocha un excès d'imagination, et puis elle se souvint de l'hésitation de Bryce au moment de mentionner son « partenaire ». Qu'était-il arrivé à ce partenaire en cette journée de printemps ? Portait-il la responsabilité de la bavure ? S'agissait-il d'un flic pourri ?

Shannon ne connaissait pas les réponses à ces questions, mais elle avait le sentiment que Bryce était désormais pour elle bien davantage que le chaperon de son droit de visite. Cette constatation ne lui plaisait guère, mais elle ne perdrait pas son énergie à nier l'évidence, tant elle avait besoin de la moindre parcelle de son courage pour traverser les semaines à venir.

Les jumeaux obtinrent quelques minutes de grâce et replongèrent dans les flots.

Bryce se taisait à présent. Seules la rigidité anormale de sa posture et la manière qu'il avait eue de s'éclipser après lui avoir confié des souvenirs douloureux, indiquaient qu'il regrettait de s'être épanché. Mais Shannon pouvait difficilement le blâmer de ses reticences. N'avait-elle pas ses secrets, elle aussi ?

Les jumeaux bavardèrent sans arrêt sur le chemin du retour. Comme à l'aller, Michael ne cessait de poser à Bryce des questions sur sa vie de policier dans une grande ville. Bryce aurait volontiers choisi un autre sujet, mais il était soulagé de ne pas avoir à renouer sa conversation avec Shannon. Tout en évoquant des attaques de banque et des poursuites en voiture pour la plus grande joie du petit garçon, il se demandait ce qui lui avait pris de dévoiler ainsi devant Shannon un pan aussi intime de son existence.

Quand il s'agissait simplement d'une attirance sensuelle, le problème restait relativement simple : il lui suffisait de contrôler ses instincts primaires. Mais cet après-midi-là, elle l'avait regardé sans cacher les sentiments qu'il lui inspirait : de l'affection et du désir. La situation s'était encore compliquée quand il lui avait ouvert son cœur. N'avait-il pas évoqué devant elle une période de son existence dont il avait toujours refusé de parler, même avec le psychologue de la police ?

Autant dire que le tour pris par les événements ne lui plaisait pas du tout.

— Vous avez fait des « planques » ? demandait Michael.

Désireux d'échapper à ses pensées personnelles, Bryce passa rapidement en revue la centaine de planques auxquelles il avait participé, en cherchant un exemple qui se soit bien terminé.

— Quelquefois, dit-il.

— Oui ? Et il est arrivé quoi ? demanda Michael en frémissant d'appréhension.

Bryce jeta un coup d'œil dans le rétroviseur et s'attendrit de voir dans les yeux de son petit protégé une réelle admiration.

— Un de nos concitoyens les plus riches était convaincu que sa fille avait été kidnappée et qu'elle était retenue prisonnière dans un bâtiment désaffecté de la vieille ville.

Bryce fit une pause destinée à ajouter du sel à son récit.

— Et alors ?

Sans réfléchir, Bryce jeta un coup d'œil vers Shannon. Elle souriait comme lui de l'enthousiasme de Mike.

— Nous sommes restés à monter la garde devant l'immeuble pendant quarante-huit heures, sans que personne n'entre ni ne sorte. Le père venait aux nouvelles trois ou quatre fois par jour. Bien sûr, nous n'attendions aucun mouvement pour une raison toute simple : nous savions que la fille ne s'y trouvait pas.

— Vous le saviez ! s'exclama Michael sans cacher sa surprise.

— Eh oui ! dit Bryce.

— Mais alors pourquoi êtes-vous restés en faction pendant deux jours ? demanda Michael d'une voix dégoûtée.

— D'abord parce que la fille en question s'était enfuie

pour se marier en paix, et que ce n'était pas notre rôle de vendre la mèche. Nous avons bien tenté de lui expliquer que, selon nos informations, sa fille était parfaitement en sécurité, mais il a refusé de nous écouter, et il a insisté pour que nous ne relâchions pas notre surveillance.

Michael semblait très déçu par le récit.

— Et la fille ? Elle était trop jeune, ou quoi ?

— Elle avait quarante-deux ans ! conclut Bryce en savourant la surprise de ses auditeurs.

— C'est une blague ! dit Shannon en éclatant de rire.

Il n'avait jamais entendu la jeune femme rire, et son rire était si communicatif que Bryce souhaita qu'il ne finisse jamais.

— Je jure qu'il s'agit là de la vérité pure, dit-il en joignant son rire au sien.

— Et comment avez-vous découvert qu'elle n'avait pas été kidnappée ? demanda Michael dont l'intérêt s'était soudain réveillé.

En fait, l'histoire du mariage l'avait un peu déçu, et il pensait se rattraper avec le déroulement de l'enquête.

— D'abord, à cause de la demande de rançon, dit Bryce en s'engageant dans la rue où se trouvait la maison de Bessy Thompson. La femme l'avait envoyée elle-même, et le montant requis était ridiculement faible. Nous savions donc qu'il ne s'agissait pas d'un véritable enlèvement. N'importe quel individu prenant le risque de passer le reste de ses jours en prison aurait demandé une somme correspondant au danger encouru. Cinq mille dollars ! Elle aurait dû fixer sa rançon à cent mille dollars au moins.

— Et quoi d'autre ? fit une petite voix sur la banquette arrière.

Bryce constata avec étonnement que son histoire passionnait Mindi autant que son frère.

— La lettre indiquait l'immeuble désaffecté comme

lieu de remise de la rançon, mais ne précisait pas l'heure. Un véritable kidnappeur n'aurait pas commis cette erreur, parce que cela revient à donner à la police l'opportunité d'établir une souricière.

— Mais comment saviez-vous qu'elle allait se marier ? insista Mindi.

— Eh bien ! dit Bryce en se garant devant la maison d'accueil des jumeaux, nous avons enquêté sur son lieu de travail. La dame travaillait dans une bibliothèque, et nous avons découvert que le directeur de la bibliothèque avait également disparu. Il ne nous restait plus qu'à consulter les bans publiés dans les mairies, et nous avons sans peine retrouvé la trace de nos deux tourtereaux.

L'histoire était terminée.

— Et maintenant, embrassez vite votre maman, car Mme Thompson doit vous attendre pour dîner.

Bryce détestait assister à ces scènes d'au revoir. Il n'imaginait que trop bien le déchirement de Shannon, même si elle affichait un grand sourire et agitait joyeusement la main pour rassurer ses enfants qui remontaient l'allée en se retournant tous les trois mètres pour lui envoyer des baisers d'adieu.

Puis, s'avisant que tout en affichant un visage réjoui, elle crispait le poing gauche au point de s'enfoncer les ongles dans les chairs, il se rappela qu'elle excellait dans l'art de donner le change.

L'idée insupportable d'être manipulé le fit démarrer sur les chapeaux de roues dès que les enfants furent rentrés.

— Depuis votre divorce, Clinton vous a-t-il payé la pension alimentaire des enfants ? demanda-t-il sans préambule, soudain décidé à tirer au clair les hiatus qu'il n'avait pas voulu souligner devant les enfants.

En premier lieu, il ne s'expliquait pas pourquoi Shannon Stewart ne pouvait s'offrir un simple maillot de bain.

— Il s'agit d'un interrogatoire, commissaire ? demanda Shannon.

Elle se retranchait à présent dans une dignité si glaciale que Bryce en resta un moment stupéfié.

Où était la femme qui lui avait pris la main sur la plage avec une tendresse si ingénue ? se demanda-t-il, complètement désorienté par le changement qui s'était opéré en elle en l'espace de quelques secondes.

En fait, s'il avait posé cette question, c'était uniquement par souci de la sauvegarder. Car, qu'elle s'en rende compte ou non, Shannon avait besoin de quelqu'un sur qui s'appuyer, mais il ne pourrait pas être ce quelqu'un si elle refusait de coopérer.

— Je préférerais que vous ne considériez pas notre conversation sous cet angle-là, rétorqua-t-il sans montrer le moins du monde sa contrariété.

— Donc, je n'ai pas besoin de vous répondre ?

Elle avait revêtu son masque sans expression, et Bryce tenait d'autant plus à le lui ôter qu'il savait maintenant ce qu'elle cachait sous sa fausse impassibilité.

— Non, mais je serais déçu que vous ne le fassiez pas. Je cherche à vous aider, et pour cela, c'est moi qui ai besoin de votre aide.

Shannon hésita si longtemps à répondre que Bryce crut revivre la scène du commissariat, où elle s'était murée dans un silence résigné.

— Je n'ai pas reçu un centime de Clinton depuis que j'ai quitté le manoir des Stewart, il y a deux ans.

— Mais le jugement l'oblige à vous verser cette pension le cinq de chaque mois, dit Bryce sur le ton du policier qu'il n'avait pas cessé d'être.

— Et il affirme l'avoir fait, conclut Shannon à sa place.

— Si vous ne receviez rien, pourquoi n'avez-vous pas réclamé votre dû ?

— Oh ! je l'ai réclamé plusieurs fois. Mais c'est sa parole contre la mienne. Alors, qui pensez-vous que l'on a cru ?

Elle gardait une voix neutre, sans demander de la compréhension, ni se mettre sur la défensive.

Bryce savait fort bien qui on avait cru. Dans des circonstances analogues, il aurait lui-même fait davantage confiance à un Clinton Stewart. N'était-ce pas plus logique ?

— Vous auriez pu le traîner en justice.

— Ce qui m'aurait coûté plus d'argent que je n'en avais. D'ailleurs, à mes yeux, ça n'en valait pas la peine. Je ne veux pas de son argent, et il le sait fort bien. Tant qu'il nous laissait tranquilles, les enfants et moi, je ne me souciais de rien d'autre.

— Et il était prêt à abandonner ses enfants ?

— Si Clinton avait su plus tôt d'où je venais, il aurait commencé par ne pas les engendrer. Il disait que je l'avais piégé, que les jumeaux m'appartenaient, et qu'il espérait ne plus nous voir.

Bryce pesait le pour et le contre. Certes, la version de Shannon expliquait les faits, mais se heurtait à la logique. Car pourquoi Clinton aurait-il refusé de verser cette pension, puisqu'il pouvait si facilement s'offrir cette dépense ? Pourquoi aurait-il couru le risque d'être pris en flagrant délit de mensonge, alors qu'il se présentait, lui, comme un homme qui avait attendu deux ans afin de recueillir des preuves suffisantes pour récupérer ses enfants ?

Ne sachant plus que penser, Bryce haussa un sourcil perplexe.

— Et maintenant ?

— Maintenant, il va avoir un sacré mal à prouver qu'il m'a donné cet argent puisqu'il n'a pas la plus petite ombre de reçu !

En lançant cette affirmation avec la vigueur d'une trompette à l'ouverture d'un tournoi, la jeune femme eut l'impression d'étouffer les derniers soupçons du commissaire.

Néanmoins, celui-ci réfléchissait encore, tant il lui paraissait impensable que Clinton Stewart se fasse piéger aussi facilement.

Non, jamais, se dit-il, celui-ci ne prendrait le risque d'être découvert s'il se trouvait dans *l'impossibilité* de prouver qu'il avait versé la pension alimentaire de ses enfants au cours des deux années qui venaient de s'écouler.

9.

Shannon restait troublée. Deux jours après leur après-midi à la plage, son esprit était encore tout plein de Bryce. Elle rêvait de lui, et se réveillait en proie à une énergie nerveuse qu'elle défoulait en briquant son logis avec acharnement. On aurait pu se mirer dans les parquets, et se croire à la campagne, tant régnait partout l'odeur de ses produits de nettoyage aux herbes fraîches.

Elle parlait à ses plantations sans arrêt, pour encourager les graines qui n'avaient pas encore terminé leur période de germination, à sortir.

— Vous savez, leur dit-elle tout en les arrosant d'eau fraîche enrichie de fertilisants, je ne crois pas que Bryce ait vraiment confiance en moi. Ce qui signifie que je ne peux pas non plus lui faire confiance. Au fond de lui-même, il est peut-être comme tous les autres...

Elle passa délicatement le bout du doigt sur un petit monticule. Elle sentit la pousse exactement comme elle avait, dans le passé, senti les dents sous les gencives de ses enfants. Elle repensa à la cicatrice en travers de l'épaule de Bryce et à l'expression de profonde détresse qu'elle avait surprise sur son visage. Elle tenait à lui plus qu'elle ne l'aurait voulu. Et les questions qu'il lui avait posées dans la voiture l'avaient blessée.

— Il ne me croit pas quand je lui dis que je n'ai jamais

reçu cette pension alimentaire. Et il me croira encore moins quand il découvrira les fiches de police me concernant, dit-elle au lys Harmony prêt à éclore.

Elle s'attendait à souffrir parce que, désormais, elle ne pouvait plus se murer dans un cocon protecteur. Elle n'était plus indifférente à l'opinion de Bryce. Elle espérait seulement que ces fiches ne réapparaîtraient qu'après le jugement, quand elle aurait récupéré la garde de ses enfants.

— Mike et Mindi... Ça ne fait que deux jours, et ils me manquent déjà terriblement...

Le monologue de Shannon fut interrompu par le bruit du postier qui glissait du courrier dans la boîte montée sur la porte. Aussi excitée qu'un enfant qui attend la réponse du Père Noël, elle se précipita... au-devant d'une déception. Aucune écriture enfantine n'annonçait des nouvelles des jumeaux. En revanche, Shannon reconnut l'encre couleur lavande qu'utilisait Darla.

Elle hésita à ouvrir le pli. Des émotions contradictoires l'agitaient : le soulagement, car elle aurait maintenant de quoi s'assurer les services de Brad Channing ; l'incrédulité à l'idée que, cette fois-ci, Darla était bel et bien venue à son secours ; la honte de s'être abaissée à mendier ; et une once de l'amour d'une petite fille pour la mère dont elle avait toujours espéré le soutien.

Elle ouvrit doucement l'enveloppe et en sortit une feuille blanche. Pas un mot. Darla n'avait pas envoyé le moindre message à la fille qu'elle n'avait pas revue depuis dix ans. Mais le papier protégeait un virement bancaire de plusieurs milliers de dollars.

L'argent de la culpabilité. Darla s'acquittait ainsi de la dette contractée douze ans plus tôt. Quand Darla avait repris contact avec Shannon, au moment où elle était enceinte des jumeaux, ce n'était pas parce qu'elle s'inquiétait pour une fille disparue. C'était le souvenir du

116

procès qui la hantait. Elle éprouvait des remords pour la première fois de son existence. Elle avait vécu, le cœur léger, dans une bulle de pur égoïsme. Mais, l'âge venant, le procès truqué subi, par sa faute, par sa fille la rendait malade.

Shannon ne voulait pas des excuses de sa mère. Certaines blessures étaient trop profondes pour être guéries par le pardon. Mais elle ne pouvait pas non plus haïr Darla. Cette femme l'avait mise au monde, alors qu'elle aurait fort bien pu choisir de ne pas le faire. Elle l'avait gardée chez elle, et elle avait subvenu à ses besoins. Shannon détestait la vie que menait sa mère. La façon dont elle avait été associée malgré elle à ses activités lui donnait mal au cœur, mais elle ne la haïssait pas. Elle garderait donc l'argent envoyé par sa mère, parce que cette manifestation de culpabilité lui disait que Darla l'aimait, à sa façon.

Bryce réchauffa un plat surgelé, et s'installa devant la télévision pour dîner tout en regardant les programmes du samedi soir. Il mâcha une bouchée, l'avala, en prit une autre, sans même savoir ce qu'il mangeait. Après un quart d'heure, il ignorait toujours en quoi consistait l'émission. Son cerveau refusait de se laisser détourner du puzzle que constituait Shannon Stewart. Les différents morceaux ne correspondaient pas.

Il éteignit son appareil et rapporta son plateau dans la cuisine. Peut-être avait-il besoin de voir Shannon dans la foule du samedi soir ? Si, comme l'insinuaient les Stewart, certains de ses clients recevaient d'elle plus que des chopes de bière, ceux-là se trouveraient certainement au Métro pendant le week-end.

Il se doucha et se changea, ce qui lui parut le comble de l'ironie, étant donné l'objectif de sa sortie. Puis il traversa la ville au volant de sa voiture personnelle, sans réussir à se convaincre qu'il n'attendait pas avec impatience de revoir Shannon.

Le feu passa au rouge. Bryce s'arrêta et, par un réflexe professionnel, se mit à inspecter les environs.

De l'autre côté du croisement, une Jaguar s'immobilisa en pleine lumière.

Belle voiture, songea Bryce en observant plus attentivement les deux hommes assis à l'avant : le conducteur, jeune et blond, et un passager plus âgé. Un troisième personnage, assis sur la banquette arrière, se pencha entre les deux sièges, et Bryce reconnut l'inspecteur Drew Williams.

Le feu passa au vert. Les deux véhicules se croisèrent. Bryce se demanda quelles relations mondaines Williams entretenait dans un milieu où on roulait en Jaguar.

— Hé ! On veut de la bière, par ici !

Les six ou huit hommes attablés près du juke-box s'impatientaient. Shannon, malgré son mal de tête et ses pieds douloureux, accéléra sa cadence. Fort heureusement, c'était son tour de quitter le service à minuit.

— Ils te font courir ce soir ! dit Ory avec un sourire au moment où elle s'arrêtait devant le comptoir pour renouveler son stock de consommations.

— Ton chiffre d'affaires ne s'en plaindra pas, répondit Shannon d'un air entendu.

Son patron s'était toujours montré bienveillant. Il comprenait qu'elle ait parfois besoin de prendre une soirée à cause de ses enfants, et ne lui en voulait même pas de haïr à peu près tout dans son travail. Elle profita de ce que son plateau était posé sur le comptoir pour rajuster sa tenue. Nul ne lui avait jamais appris comment porter du cuir noir de façon décente.

— On dirait que ce commissaire de tes amis est encore là, remarqua Ory.

— Où donc ?

— A la même table que la dernière fois, cria Ory pour se faire entendre malgré le bruit du mixeur qu'il avait mis en marche.

Shannon se retourna. Bryce, même de loin, avait belle allure. Shannon rentra le ventre en espérant que sa jupe tomberait un peu plus bas.

— Je suis toujours content d'avoir de nouveaux clients, mais je préférerais que le commissaire n'en fasse pas partie. Ça pourrait décourager ma clientèle. Allez ! Voilà ta commande.

Shannon fit glisser le plateau sur sa paume en éventail, tout en étouffant la joie qu'elle éprouvait de revoir Bryce Donovan. Elle n'aurait pas dû être aussi contente, surtout après la façon dont il l'avait interrogée le jeudi précédent. Il avait réussi à gâcher un merveilleux après-midi. Et puis, comme l'avait souligné Ory, en venant ici, il risquait d'indisposer la clientèle, et donc de lui faire perdre son travail. Ne pouvait-il comprendre qu'elle devait gagner sa vie ? D'autant que les jumeaux auraient bientôt besoin de vêtements pour la rentrée scolaire.

Elle s'arrêta quelques minutes plus tard devant la table de Bryce.

— Alors, commissaire, on vient me surveiller ?

Elle était sur la défensive et détestait son propre ton de voix. Elle haïssait encore plus la honte qu'elle ressentait à se tenir ainsi debout devant lui dans sa tenue de travail.

— Vous êtes toujours aussi aimable avec vos clients ? lui demanda-t-il. Nous n'en sommes plus à nous appeler « commissaire », et « madame Stewart ».

Shannon serra les dents. Elle avait cru, elle aussi, qu'ils avaient dépassé ce stade depuis longtemps, mais c'était Bryce qui avait repris son rôle de policier. S'imaginait-il qu'elle n'avait pas remarqué qu'il la suspectait de mentir?

— Bon! Alors, Bryce, ce sera quoi?

Il valait mieux capituler que lui montrer à quel point son attitude la froissait.

— Vous êtes encore blessée par les questions que je vous ai posées l'autre jour? Bon sang, Shannon! Comment voulez-vous que je découvre la vérité si je ne pose pas de questions?

Il ne souriait pas. Il n'essayait pas de lui faire du charme, mais il y avait une note de tendresse dans son indignation qui parut à Shannon un véritable baume. Il essayait de lui faire comprendre une attitude qu'il n'avait aucune raison de justifier.

Elle n'oubliait pourtant pas qu'il doutait du non-versement de la pension alimentaire des enfants. Or elle voulait qu'il la croie, et ce avant même d'avoir les preuves de ce qu'elle affirmait.

— Et vous avez découvert la vérité? ne put-elle s'empêcher de lui demander.

En fait, elle sentait qu'en prenant la peine de discuter, elle allait au-devant d'une nouvelle déception. Mais son besoin de savoir l'emportait sur son instinct d'autoprotection.

Elle désirait plus que jamais connaître les pensées de Bryce. Y avait-il la moindre chance pour qu'il s'efforce de la croire?

— Disons que je n'ai pas encore découvert le mensonge, dit-il avec un demi-sourire.

Ainsi, se dit-elle, circonspecte, ce n'était pas la confiance absolue, mais on s'en approchait.

— Alors, disons que je me contenterai de ça pour l'instant, répliqua-t-elle en lui rendant son sourire.

Elle se dit qu'elle prenait là une décision consciente et logique, mais pour la première fois de sa vie elle se demanda si elle ne composait pas un peu trop avec ses désirs.

La musique retentissait, les rires remplissaient l'atmosphère enfumée, des voix réclamaient son attention, mais Shannon ne voyait que Bryce. Il l'emportait dans un monde de loyauté, de chaleur, d'équilibre serein.

— Hé, poupée ! Et nous alors, on n'existe plus ?

Shannon sursauta. Le cœur battant trop vite, elle reprit contact avec la réalité.

— Ce sera une bière, n'est-ce pas ?

— Parfait.

Elle reprit sa ronde.

Bryce resta jusqu'à ce que Shannon ait fini son service. Il sirota la même bière toute la soirée. Shannon, qui, comprit-il, aurait contrarié les donneurs de pourboires en montrant une préférence pour un homme plutôt que pour un autre, l'ignora complètement.

Mais dans ce bar fréquenté par tous les hommes musclés de la ville, Shannon restait sensible à la présence de Bryce comme s'il était le seul mâle vivant sur la planète.

Bryce l'attendait déjà sur l'aire de stationnement en bas de son immeuble, quand elle rentra chez elle après avoir achevé son travail. Ayant passé près de trois heures à la regarder s'activer dans une salle pleine d'hommes qui n'avaient rien de mieux à faire qu'à la reluquer, Bryce avait atteint les limites de sa patience.

— Pourquoi faites-vous ça ?

— Quoi, ça ?

— Tout. Le Métro. Cette tenue.

Il regretta aussitôt de s'être montré si catégorique. Il avait lui aussi, comme les autres, passé la soirée à fantasmer. Et voilà qu'il se prenait pour la sainteté incarnée.

Shannon haussa les épaules sans paraître s'offusquer.

— C'est tout ce que j'ai trouvé. Je n'avais pas de qualifications. On ne m'a offert ailleurs que des emplois à des tarifs trop bas pour subvenir aux besoins de ma famille. La respectabilité se paie, commissaire.

En réalité, elle était offensée et outragée.

Bryce en revenait toujours au manque d'argent de Shannon. S'il ne trouvait pas une preuve de l'honnêteté de Clinton, il lui faudrait découvrir pourquoi il n'avait pas rempli ses obligations.

— Je suis désolé, Shannon. J'ai l'impression de ne pas pouvoir passer cinq minutes en votre compagnie sans vous mettre sur la défensive.

Il ne savait pas ce qui le frustrait le plus : le désir qu'il éprouvait pour elle, ou son incapacité à lui faire aveuglément confiance.

Le visage de Shannon avait l'impassibilité de la pierre.

— C'est probablement parce que nous suivons des chemins opposés.

Bryce lui posa une main sur le bras.

— Il semble au contraire que nous marchons dans la même direction, dit-il d'une voix altérée par l'émotion qui le gagnait.

Il avait besoin de la pousser un peu, de voir si elle réagissait autant que lui à l'étrange intimité qui se développait entre eux.

— La route n'est pas longue entre ici et ma porte, répondit-elle sans qu'il pût déceler ce qu'elle entendait par là.

Il attendit pendant qu'elle cherchait ses clés, s'adjurant de ne plus la toucher. Mais alors qu'elle entrait, il ne put résister à l'envie de la guider en la prenant par la taille. Puis il s'immobilisa pendant quelques secondes, afin de lui laisser l'opportunité de le repousser. Il eut le bonheur de constater qu'elle ne s'écartait pas. Mais elle ne se rapprochait pas non plus.

La nuit était chaude et moite. Bryce se crut au bord d'une aventure amoureuse magnifique. Il avait oublié son

122

métier de policier, les enfants de Shannon et cette question de pension alimentaire.

La jupe de cuir bâillait légèrement à la taille, et il en profita pour lui caresser doucement, du bout des doigts, le creux du dos.

Elle était brûlante. Lui aussi. Leurs réactions chimiques approchaient de la phase de combustion.

Il sentit l'instant précis où elle se rétracta. Elle ne changea pourtant pas de position, mais cette tension soudaine suffit à retenir les ardeurs qu'il ressentait.

— Bonne nuit, Bryce. Merci de m'avoir accompagnée.

Sa voix chavirée de désir faillit le dissuader de partir. Il hésita et se dit qu'elle avait raison de se protéger en refusant de céder à leur attirance mutuelle. Il désirait lui-même garder vis-à-vis d'elle une distance suffisante pour préserver son impartialité.

Il voulait cependant lui indiquer clairement qu'il était plus qu'un commissaire et un chaperon. Doucement, il s'enhardit et se pencha pour lui effleurer les lèvres. Mais il garda les mains fermement croisées dans le dos. Shannon ne se rétracta pas, et Bryce décida de se contenter de ce petit bonheur.

— Dors bien, souffla-t-il.

Puis il pivota sur ses talons et regagna sa voiture, heureux de constater qu'alentour, aucun homme n'était là à attendre le retour de Shannon. Oui, contrairement à ce qu'il avait redouté, aucune voiture suspecte ne croisait dans les environs, ce qui signifiait que l'honorable Clinton Stewart avait — tout au moins sur ce point — menti pour diffamer son ex-femme.

Et fort de cette déduction, Bryce se sentit mieux qu'il ne l'avait été de toute la journée.

**

De sa fenêtre qu'elle avait maintenue dans l'obscurité pour rester elle-même invisible, Shannon avait amoureusement regardé Bryce partir.

— Dors bien, murmura-t-elle quand la voiture disparut au détour du virage.

Une heure plus tard, allongée sur son lit, elle se demandait si elle arriverait jamais à trouver le sommeil. Elle s'était douchée et avait revêtu une fine chemise de coton. Sa fatigue physique ne l'accablait pas. Elle changea de position, repoussa sa couverture, tira son drap, fit un câlin à son oreiller. Rien ne marchait.

Elle se leva et rendit visite à ses plantes. Puis elle essaya de lire ou de regarder la télévision sans réussir à se concentrer. En désespoir de cause, elle se fit couler un bain chaud, en espérant s'y détendre agréablement. Elle se plongea dans l'eau qui caressa ses cuisses et sa poitrine. Ses bouts de seins se durcirent instantanément. Shannon comprit soudain ce qui n'allait pas. Pour la première fois de sa vie, elle souffrait d'une frustration d'ordre sexuel. S'avisant alors que ce n'était pas un bain chaud qu'il lui fallait, mais une douche froide, elle actionna la vidange et manœuvra le robinet d'eau glacée.

La sonnerie du téléphone la réveilla. Elle tendit la main sans ouvrir les yeux. Elle était en train de rêver au baiser de Bryce. Le baiser le plus chaste qu'elle ait jamais reçu...

— Shannon ? C'est Bryce. Ce qu'il vous faut, c'est un autre avocat.

Elle se rassit en essayant de contrôler les battements désordonnés de son cœur.

— Je... j'ai un avocat.

— Faites une croix sur Dinsmore. Il est plus nuisible qu'autre chose.

Ainsi, se dit Shannon en réprimant un sentiment de triomphe, le commissaire Donovan venait d'admettre que son précieux système, ou du moins une partie de ce système, ne fonctionnait pas. Se serait-elle enfin fait comprendre ?

— Mais j'ai déjà fait une croix sur Dinsmore, dit-elle d'un ton radieux, et mon nouvel avocat s'appelle Brad Channing. Son cabinet se trouve à Saint-Jean.

— Channing ? A Saint-Jean ? s'exclama Bryce d'une voix agréablement surprise.

— Oui, vous le connaissez ?

— Non, mais c'est certainement une bonne idée d'avoir choisi quelqu'un qui ne réside pas en ville. J'allais justement vous suggérer de chercher un avocat en dehors de Southlakes.

Cette démarche comblait la jeune femme. Certes, elle n'en déduisait pas que Bryce lui faisait soudain une confiance aveugle, mais au moins lui prouvait-il ainsi qu'il prenait en considération ce qu'elle lui avait confié. Ce n'était pas suffisant, mais c'était un commencement.

— Brad Channing est de la génération de Clinton, mais ils n'appartenaient pas au même cercle social.

Elle voulait que Bryce sache que Brad ne se laisserait pas abuser par la prétendue honorabilité des Stewart.

— Il faut que vous l'appeliez, Shannon. Assurez-vous qu'il est en train de vérifier les comptes en banque de Clinton, et le niveau habituel de ses dépenses. Il s'en occupe probablement déjà. Ce devrait être très simple de prouver que vous n'avez rien reçu, si Clinton ne peut pas fournir de chèques encaissés.

Une semaine plus tôt, Shannon se serait sentie offensée de recevoir ainsi des ordres. Mais maintenant, à l'idée que Bryce se préoccupait d'elle et la conseillait, une douce chaleur intérieure lui donnait une sorte de vertige.

Il était vrai qu'une semaine plus tôt, elle n'avait pas

encore admis qu'elle tenait à lui, ni qu'il était bien agréable que quelqu'un s'occupe de vous.

— Il n'a pas besoin d'un mandat de perquisition, ou de quelque chose comme ça ?

— Il a besoin d'une assignation qu'il obtiendra sans peine.

Shannon se radossa à ses oreillers.

— Je vais l'appeler, promit-elle.

— Shannon ? dit Bryce d'une voix hésitante.

— Oui ?

L'angoisse la reprenait soudain.

— Et ses honoraires ? Je croyais que vous n'aviez pas les ressources suffisantes pour choisir votre avocat.

— J'ai emprunté à ma mère la somme nécessaire.

Elle avait eu du mal à articuler sa réponse. Bryce avait forcément entendu parler de Darla, et Shannon se prépara à subir quelque réaction de dégoût et de désappointement à l'idée qu'elle ait accepté de l'argent si mal acquis.

— Ça a dû être difficile de vous y résoudre, dit Bryce avec une sincérité évidente.

Cette marque de compréhension et de compassion eut plus de valeur pour Shannon que des serments d'amour éternel.

— Oui, dit-elle en battant des paupières pour effacer les larmes qui lui montaient aux yeux.

Personne jusqu'à cet instant ne s'était rendu compte que le fait d'avoir grandi auprès d'une call-girl n'impliquait pas forcément de sa part de la complaisance, voire de la complicité. Et personne ne semblait avoir jamais compris qu'elle avait honte de sa mère.

— Bryce ?

— Oui ?

— Comme je l'ai dit hier soir, la respectabilité a son prix, mais je n'ai pas l'intention de passer le reste de ma vie au Métro. Je suis des cours de comptabilité par cor-

126

respondance, j'ai déjà réussi plusieurs examens, et j'obtiendrai très bientôt mon diplôme.

Elle se tut soudain, gênée à l'idée d'ennuyer Bryce avec ses projets d'avenir.

— Cette nouvelle ne me surprend pas, Shannon. J'aurais eu du mal à me persuader que vous vous seriez satisfaite de servir des bières jusqu'à la fin de vos jours...

Dès qu'elle fut levée et habillée, Shannon téléphona à Brad Channing. Sa confiance en lui fut consolidée dès qu'il l'informa des démarches déjà entreprises en vue d'obtenir l'accès aux relevés de comptes de Clinton. Elle raccrocha le cœur si léger qu'elle ne se reconnut pas.

Et dire, songea-t-elle, que deux semaines plus tôt, elle était seule au monde, sans personne pour l'aider à supporter le poids de l'existence ! Et maintenant, de façon quasi miraculeuse, deux hommes représentant l'ordre et la loi la soulageaient d'une partie de son fardeau.

Shannon n'était pas naïve au point de croire que Bryce avait fait une complète volte-face et qu'il était prêt à la croire sans preuves. Elle avait remarqué le « si » qu'il avait employé : *si Clinton ne peut pas fournir de chèques encaissés*. Mais il l'écoutait. Il prenait en considération les informations qu'elle lui donnait. C'était un pas immense dans sa direction. Elle avait presque honte de reconnaître que la confiance de Bryce, en tant qu'homme, importait plus à ses yeux que d'avoir de son côté le commissaire de police de la ville — de surcroît neveu du juge de canton — dans la bataille qui l'opposait à son ex-mari pour la garde de ses enfants.

10.

— Vous prenez trois boules de glace, Bryce? demanda Mike à son mentor. Je peux avoir la même chose?

Si Shannon n'avait pas été elle-même si attirée par Bryce, elle se serait formalisée du fait que Mike se soit tourné vers quelqu'un d'autre qu'elle-même pour obtenir ce genre de permission.

Bryce semblait tout content de cette requête.

— Certainement, si tu te crois capable de la finir, dit-il en s'avançant jusqu'à la vendeuse pour passer leur commande.

Shannon le laissa régler les consommations et savoura autant sa glace à la vanille que son plaisir d'être invitée par un homme si prévenant. Elle se pardonnait presque d'imaginer pour une heure ou deux qu'ils formaient une famille normale, sans souci plus grave que de choisir la taille d'un cornet en gaufrette.

Ils redescendirent la rue principale, leur glace à la main. Le ciel était d'un bleu limpide. Les habitants de la ville les croisaient d'un pas hâtif. Shannon se souvenait de l'époque où les gens traversaient la rue pour avoir l'honneur de lui parler. Maintenant, ils prenaient soin de l'éviter.

Ils longèrent le grand magasin « Stewart », dépassèrent

le restaurant que les Stewart venaient de racheter, et se dirigèrent vers la droguerie qui appartenait, elle aussi, aux Stewart. Bryce, Shannon et Mindi avaient tous les trois fini leurs sorbets, tandis que Mike continuait vaillamment à lécher le sien. Mindi s'étouffait de rire à force de le taquiner.

Shannon souriait de ses plaisanteries, tout en plaignant Mike qui avait eu les yeux plus gros que le ventre. Elle ne voulait pas qu'il se sente gêné devant Bryce. Elle savait ce que le commissaire représentait maintenant pour son fils, et elle savait aussi à quel point des rapports d'homme à homme étaient importants pour un garçon de l'âge de Mike.

— Tu n'es pas obligé de la terminer, si tu n'as plus faim, dit-elle d'un ton détaché.

— Oh! elles sont si bonnes que j'en mangerais bien quatre pareilles! rétorqua Mike pour sauver la face.

— Tu sais, fiston, moi j'ai encore un creux à l'estomac, dit Bryce en ménageant l'orgueil de Mike, et en gagnant ainsi une place permanente dans le cœur de Shannon. Ça t'ennuierait beaucoup de partager avec moi?

Mike se mit à réfléchir un peu trop ostensiblement.

— Si vous avez faim à ce point-là, vous pouvez en prendre une lichette.

Il tendit son cornet à Bryce qui le termina au soulagement de tous.

Au moment où ils arrivaient à la hauteur de la voiture de Bryce garée à proximité de la banque des Stewart, Mindi, qui marchait entre Bryce et Shannon, poussa une exclamation étouffée.

Les deux adultes se tournèrent vers elle.

— Qu'est-ce qui ne va pas, ma chérie? demanda Shannon, étonnée.

— Regarde, murmura Mindi en indiquant un point devant elle d'un geste du menton plein d'anxiété.

— Oh! fit Shannon à son tour en ralentissant le pas.

Bryce regarda, lui aussi, et reconnut à quelques pas d'eux les deux hommes qu'il avait vus le samedi soir précédent dans la Jaguar, en compagnie de l'inspecteur Williams.

Mike, qui marchait devant eux, aperçut lui aussi les deux hommes et se retourna, obligeant ainsi Shannon, Mindi et Bryce à s'arrêter.

Voyant que sa mère semblait trop préoccupée pour renseigner Bryce, et que celui-ci attendait des explications, Mike crut bon de s'en charger.

— C'est notre père.

De plus en plus perplexe, Bryce se demanda qui les avait engendrés : le jeune blondinet plein de fatuité, ou l'homme brun à la peau plus mate.

Précédés par les effluves de leurs coûteuses eaux de Cologne, les deux hommes se rapprochaient.

Lequel des deux avait épousé Shannon? se demandait Bryce qu'un pincement de jalousie commençait à tarauder.

— Bonjour, les enfants, dit le blondinet qui ressemblait à une gravure de mode. Je ne m'attendais pas à vous rencontrer en ville aujourd'hui.

Mindi se blottit contre sa mère, tandis que Mike se redressait comme un jeune coq. Les jumeaux marmonnèrent un bonjour et se murèrent dans le silence.

— Vous avez de la glace sur le menton, Michael, dit Clinton en sortant un mouchoir de sa poche. Otez-moi ça tout de suite.

Il s'agissait d'un ordre. Il n'y avait rien à redire à la tenue et au ton de voix de Clinton, et pourtant Bryce trouva qu'il manquait de tact : il ne se rendait même pas compte de l'embarras qu'il causait à son fils.

Stewart ne prit pas la peine de saluer Shannon. Mais il la déshabilla du regard d'une manière franchement insul-

130

tante. Les voitures ralentissaient à leur hauteur, et les conducteurs observaient sans se gêner une rencontre d'autant plus intéressante qu'elle était fortuite.

Bryce s'avança en tendant une main volontairement ouverte.

— Je ne crois pas que nous nous soyons déjà rencontrés. Commissaire Bryce Donovan.

Clinton serra fermement la main tendue, et afficha un sourire.

— Bonjour, commissaire. Je ne m'attendais pas à vous rencontrer en pantalon de toile et chaussures de tennis, mais j'en suis ravi. Drew dit de vous le plus grand bien.

Bryce ne s'était donc pas trompé. L'inspecteur Drew Williams fréquentait bien les propriétaires de la Jaguar.

Stewart se répandit en éloges sur les vertus de South-lakes. Bryce acquiesçait poliment tout en s'interrogeant sur l'identité du compagnon muet de Clinton Stewart. L'homme s'était rétracté au moment précis où Bryce s'était présenté. Il avait adopté un air d'ennui souverain, et prétendait maintenant contempler avec intérêt les scènes de la rue, mais sans pouvoir cacher son malaise à un policier expérimenté comme Bryce.

— Je ne connais pas encore très bien la ville, dit Bryce pour mettre fin à la litanie de Stewart. Ce que j'en ai vu me plaît beaucoup.

— Je suis navré du travail supplémentaire que nos petits problèmes familiaux vous causent, dit Clinton sans regarder Shannon mais en jetant vers elle un regard nuancé de dégoût. Je suis en mesure d'espérer que ce sera bientôt une affaire réglée !

Clinton claironnait sa confiance en lui, alors que Mindi et Mike semblaient se ratatiner sur eux-mêmes.

Un couple s'arrêta à leur hauteur, et Clinton ne manqua pas de les saluer avec une courtoisie qui tranchait sur son attitude vis-à-vis de Shannon.

Bryce mourait d'envie de rabaisser un peu le caquet de Clinton Stewart, mais il se souvint à temps de son rôle de chaperon et d'observateur impartial. Il sourit, comme si Shannon et ses enfants ne représentaient pour lui rien d'autre qu'une tâche professionnelle quelque peu inhabituelle.

Apparemment satisfait de Bryce, Clinton consulta sa montre avant de s'adresser aux jumeaux.

— J'ai un emploi du temps chargé aujourd'hui et demain. Quant à cette fin de semaine, vos grands-parents et moi-même, nous avons des obligations à remplir. Aussi vous verrai-je le week-end suivant. Je pourrai passer une heure, ou peut-être deux, avec vous. Y a-t-il quelque chose de spécial que vous ayez envie de faire ?

De toute évidence, il n'avait pas l'habitude de parler avec ses enfants. Mindi resta muette. Mike haussa imperceptiblement les épaules. Ils ne semblaient pas avoir peur de leur père. Ils étaient simplement mal à l'aise en sa présence. Bryce trouva ce comportement étrange et préoccupant, surtout si on le comparait avec leur spontanéité habituelle. Leur froideur était-elle imputable à Shannon, comme le prétendaient les Stewart ? Bryce n'en était pas si sûr. Il avait vu Shannon réprimander Mike simplement parce qu'il s'était référé à son père à l'aide d'un « il ». Ce n'était pas la réaction d'une femme qui essaierait de monter ses enfants contre leur père. Ou bien cette admonestation n'avait-elle été faite que pour détourner les soupçons ?

Clinton fronçait les sourcils. Il ne savait plus quel comportement adopter, et il était d'autant plus ennuyé par la froideur de ses enfants qu'elle se produisait devant témoins.

Il sortit de sa poche une liasse de billets et en tira vingt dollars.

— Que diriez-vous d'aller chez le marchand de jouets,

Mindi ? Vous pourriez y acheter une dînette toute neuve pour vos poupées.

Mindi ne fit pas un geste pour prendre le billet qu'il lui tendait.

— Non, merci, père.

Enervé, Clinton se tourna vers son fils.

— Et vous, Mike ? Vous n'avez pas envie d'un nouveau pistolet à plomb ?

Il lui tendit le même billet de vingt dollars.

— Vous m'en avez offert un pour Noël, lui fit remarquer Mike.

Les narines frémissantes, Clinton rempocha son argent. Mais il ne se permit pas d'autre manifestation de colère, et il n'abandonna pas la partie pour autant.

— Vous comprenez que, si vous avez besoin de quoi que ce soit, il vous suffit de le demander...

Bryce sentit Shannon se crisper à ses côtés. Un bref coup d'œil lui permit de constater qu'elle s'enfonçait une fois de plus les ongles dans les paumes de ses mains.

— Dans ce cas, nous irons rendre visite à vos grands-parents, disait Clinton. Ils ont pour votre avenir des projets que j'approuve pleinement. Dès que vous en serez informés, vous comprendrez, j'en suis sûr, qu'il est dans votre intérêt de réintégrer le domaine familial. Je sais que le juge s'en rendra compte, lui aussi, et toute cette boue appartiendra alors au passé.

Bryce intercepta le regard de frayeur que se jetèrent les jumeaux et décida qu'il était temps de partir. Certes, Mike et Mindi n'étaient pas « ses » enfants, mais durant le temps de visite imparti à leur mère, il était personnellement responsable de leur bien-être.

— J'ai été ravi de vous rencontrer, dit Bryce en tendant la main à Clinton.

Le blond prétentieux regarda Bryce droit dans les yeux.

— Je suis soulagé de voir qu'un policier de grande ville comme vous est trop intelligent pour se laisser duper par un joli minois.

Les pupilles de Bryce se rétrécirent. Il se demanda si Clinton avait simplement exprimé son opinion de lui à haute voix, ou bien s'il venait de lancer un avertissement à peine voilé au nouveau commissaire de Southlakes.

Bryce décida qu'il ne s'abaisserait pas à répondre.

Clinton recula d'un pas et fit un petit signe de la tête.

— Commissaire... Les enfants...

Ce fils de bonne famille aurait touché le rebord de son chapeau s'il en avait porté un, songea Bryce, plus critique qu'impressionné par les manières de l'individu qui dénotaient un vernis ancestral. En tout cas, malgré toute sa bonne éducation, ou peut-être à cause de cette éducation, Stewart prenait congé sans paraître remarquer la présence de son ex-épouse.

Le trajet de retour chez Bessie Thompson fut silencieux. Bryce trouvait la scène qui venait de se produire extrêmement bizarre. Il ne croyait pas que Clinton puisse sciemment faire du mal aux jumeaux, même si celui-ci n'avait aucune idée de la façon de communiquer avec eux. En revanche, il était convaincu que Clinton Stewart ne s'intéressait à la garde de ses enfants que d'une manière accessoire et se demandait avec curiosité quel pouvait bien être son but principal.

Il y avait aussi autre chose d'étrange, concernant le compagnon de Clinton. L'homme n'avait pas été présenté. Il s'était détourné dès qu'il avait été informé de l'identité du commissaire. Après être monté en voiture, Bryce avait regardé dans son rétroviseur latéral. L'inconnu s'était retourné deux fois, comme pour vérifier que Bryce était bien parti avant de se décider à suivre

Clinton à l'intérieur de la banque. A moins que l'homme n'ait été en train de surveiller les jumeaux Stewart. Bryce se fit mentalement une note : il demanderait à l'inspecteur Williams l'identité du quidam.

Ils descendirent de voiture devant la maison des Thompson. Ce ne fut qu'au moment où les enfants embrassaient leur mère que Mike posa la question qu'ils avaient tous au bord des lèvres.

— Maman ? Tu crois que nous risquons vraiment de perdre ?

Shannon n'hésita pas une seconde.

— Non, certainement pas.

Michael accepta cette réponse et se serra contre elle pour lui dire au revoir.

Mindi insista, d'une voix gonflée de larmes retenues.

— Tu es sûre ?

— Sûre et certaine, mon cœur. Ça n'arrivera pas, je le promets.

Bryce se souvint de sa première rencontre avec Shannon et ses enfants, au moment où ils retournaient chez les Wannamaker, quand elle leur avait promis de ne jamais abandonner la partie. Elle leur avait dit qu'elle tenait toujours parole, qu'ils pouvaient compter sur elle quoi qu'il arrive. Mais cette fois-ci, il se demanda si elle ne s'était pas avancée un peu loin.

Pourtant, quand le visage de Mindi s'éclaira soudain d'un grand sourire, il comprit qu'il ne pouvait blâmer Shannon d'agir comme elle le faisait. Il espéra simplement qu'elle n'ait jamais à leur expliquer comment elle n'avait pas pu remplir une telle promesse.

— Hé, les enfants ! revenez. J'ai une surprise pour vous.

Les jumeaux rebroussèrent aussitôt chemin en interrogeant leur mère du regard. Bryce faillit éclater de rire quand il vit que le visage de Shannon reflétait autant d'étonnement joyeux que celui de ses enfants, à l'idée qu'il avait tu les bonnes nouvelles jusqu'au dernier moment.

— Qui sait quelle est la date de demain ?

— Le quatre juillet, firent trois voix en chœur.

— Exact. Et en l'honneur de la fête nationale, j'ai obtenu la permission d'emmener en pique-nique une dénommée Minda Marie Stewart, en compagnie de son frère, Michael Scott Stewart. Leur mère est invitée aussi, bien sûr, si elle a envie de se joindre à nous.

Bryce avait à peine fini son annonce que les enfants sautèrent de joie et le serrèrent à l'étouffer pour mieux le remercier. Bryce ne s'était jamais senti aussi bien de sa vie. Jusqu'au moment où Shannon lui passa le bras autour du cou pour l'embrasser.

Mais à peine avait-il eu le temps d'humer une odeur de shampooing à la pomme que déjà elle s'écartait.

A la rougeur de ses pommettes, Bryce sut que ce bref contact l'avait affectée autant que lui. Heureusement, les jumeaux étaient toujours accrochés à lui et constituaient une barrière très efficace contre l'élan qui le poussait vers leur mère. Toutefois, cela ne l'empêchait pas d'imaginer le bonheur que ce serait de faire l'amour avec Shannon, si jamais ils cédaient à la force vitale qui les attirait si inexorablement l'un vers l'autre.

Shannon se réveilla le lendemain dans un état de joyeuse anticipation proche de celui qu'elle éprouvait chaque matin de Noël depuis la naissance des jumeaux. Après bien des tractations, elle avait réussi à convaincre Bryce de la laisser s'occuper du pique-nique, et il lui fallait se mettre à l'ouvrage dans sa cuisine sans tarder. La veille, au retour de leur promenade, elle s'était précipitée pour faire des courses, mais elle n'avait pas eu le temps de préparer quoi que ce soit avant de se rendre au travail.

136

Elle prit une douche, se peigna les cheveux avec l'intention de les laisser sécher à l'air libre, et se maquilla légèrement tout en s'interrogeant sur ce qu'elle mettrait comme tenue. Finalement, elle opta pour un short de cycliste que les jumeaux lui avaient offert pour son dernier anniversaire. Comme elle le trouvait trop serré, elle le recouvrit d'une grande chemise blanche qui le cachait presque entièrement.

Mais s'avisant, une fois devant le miroir, que cela lui donnait l'air d'un sac de pommes de terre, elle fourragea dans ses placards jusqu'à ce qu'elle trouve une large ceinture noire à nouer souplement sur les hanches. Ainsi accessoirisée, elle jugea de nouveau de l'effet produit dans la glace, et décida que cette tenue conviendrait. Pour quoi ? Pour qui ? Elle n'en était pas sûre. Ou, du moins, elle n'était pas sûre de vouloir se l'avouer. Elle avait oublié ce que c'était que s'habiller pour plaire à un homme.

Quand Bryce arriva pour la chercher, deux heures plus tard, tout était prêt : tranches de rôti, cuisses de poulet, salade de pommes de terre, sauce rémoulade pour carottes et céleri en bâtonnets, fromages, fruits frais et petits gâteaux au chocolat et aux noix, sans oublier la Thermos remplie de citronnade glacée, les couvertures et la vaisselle.

— On a besoin d'un homme pour transporter les sacs ! annonça-t-elle joyeusement en lui ouvrant la porte.

Mais il ne bougea pas du seuil, tout occupé à la regarder béatement, donnant à Shannon l'impression d'être une porcelaine précieuse.

— Vous êtes ravissante.

Ce compliment la transporta de bonheur. C'était le premier compliment que Bryce lui faisait, et cela la touchait d'autant plus qu'elle pouvait compter sur les doigts d'une seule main les compliments sans arrière-pensée qu'elle avait reçus au cours de son existence.

Il l'escorta à l'intérieur, et éclata de rire quand il vit ce qu'elle avait préparé.

— J'aurais dû m'en douter !

Il saisit le tout d'un geste si vigoureux que Shannon s'en inquiéta.

— Bryce ! Votre épaule...

— ... va très bien ! Le seul moyen de récupérer son usage à cent pour cent, c'est de l'exercer.

Shannon ferma sa porte et suivit Bryce sans pouvoir s'empêcher d'admirer la carrure de ses épaules. Heureusement que les jumeaux seraient là toute la journée pour *leur* servir de chaperons !

Mindi et Mike piaffaient d'impatience sur le seuil de la belle maison de Bessie Thompson. Ils agitèrent la main pour dire au revoir à leur nourrice et coururent s'engouffrer dans la voiture.

— Tu nous as fait quoi comme pique-nique ? demanda Mike.

— On va où, maman ? enchaîna Mindi sans attendre la réponse à la question de son frère.

Shannon était tout heureuse de leur excitation.

— Tout ce que vous aimez, l'un et l'autre. Je ne sais pas où nous allons. Vous devez demander ça à Bryce.

Les deux têtes brunes se tournèrent vers le conducteur.

— On va où, Bryce ? dirent-ils d'une seule voix, ce qui les fit beaucoup rire.

Bryce leur jeta un regard sévère dans le rétroviseur.

— Eh bien ! on ne me dit même pas bonjour ? dit-il avec un sourire si large que l'admonestation fut entièrement perdue.

— Alors, on va où ? répétèrent les jumeaux dans un chœur parfait.

Le jeu leur plaisait énormément, et ils se remirent à pouffer.

Bryce manœuvra et repartit en sens inverse.

— C'est un secret.

— Un secret ? s'exclama Mindi, ravie par le mystère.

Bryce entendait presque les récits de contes de fées qui dansaient dans la tête de la fillette.

— Oui, je vous emmène dans mon jardin secret, dit Bryce tout en se demandant s'il était bien sage de sa part de partager avec Shannon et sa famille un élément aussi personnel de son existence. Où se trouvait la barrière à ne pas franchir ? Saurait-il discerner l'instant où la sympathie ferait place à quelque chose de plus essentiel ?

— Je croyais que vous veniez à peine d'emménager dans notre ville, dit Shannon, aussi curieuse que ses enfants.

— C'est exact, mais mon oncle et ma tante vivent ici depuis toujours. Quand j'étais enfant, je venais chaque été passer plusieurs semaines dans leur ferme. C'est aux portes de la ville, mais on s'y croirait à mille lieues de tout. J'ai découvert une prairie d'herbe tendre au beau milieu de la forêt de sapins que j'aimais explorer. C'est devenu mon royaume, d'autant plus qu'un ruisseau coule au bas du pré et que je passais des heures à pêcher.

— Une prairie au milieu d'une forêt de pins ! dit Shannon avec un étonnement admiratif.

— C'est le phénomène le plus bizarre que j'aie jamais vu, confirma Bryce. Je suppose que l'endroit a été cultivé dans des temps très reculés. En tout cas, il n'y a pas de branches pour arrêter les rayons du soleil. Tiens ! Je devrais demander à un botaniste si le vent a pu apporter les graines qui ont donné naissance à ce magnifique parterre d'herbe verte.

— Il faut traverser la forêt pour y arriver ?

— Je pourrai pêcher ?

Les deux questions fusèrent en même temps, mais Bryce les distingua parfaitement. Il commençait à acquérir des qual... Il ferait bien de contrôler un peu mieux le cours de ses pensées. Que lui prenait-il de se complimenter ainsi sur ses qualités parentales, surtout quand il s'agissait des jumeaux ?

— Oui, Mindi, nous devrons traverser la forêt, mais tu n'as aucun souci à te faire, ni pour toi ni pour ta maman. Car nous les hommes, nous vous protégerons des lutins. Quant à toi, Mike, tu pourras pêcher. J'ai emporté deux lignes, juste au cas où ça t'intéresserait.

— Il y a des loups dans la forêt ?

— On utilise quoi comme hameçons ?

Bryce sourit tout en pénétrant dans la propriété de ses oncle et tante. Ils étaient tous les deux en ville afin d'assister à la parade annuelle, mais ils savaient que Bryce venait avec Shannon et ses enfants. Dans les circonstances actuelles, il valait mieux que les jumeaux passent la journée seuls avec leur mère, plutôt que de courir le risque de rencontrer leur père et de se trouver de nouveau confrontés à la curiosité publique. L'inspecteur Adams était chargé de régler les problèmes de circulation et de veiller à l'ordre durant la journée. Bryce prendrait sa relève le soir, quand les buveurs et les fêtards rendraient la situation plus aléatoire.

— Il n'y a ni loups ni animaux dangereux dans cette forêt-ci. On y voit surtout des daims et des lapins, des écureuils et des oiseaux, et peut-être un ou deux rongeurs qui auront beaucoup plus peur de toi que tu n'auras peur d'eux... Pour les appâts, il nous suffira de creuser un peu le sol pour trouver autant de vers de terre que nous en voudrons.

Il jeta un coup latéral à Shannon pour voir si elle avait remarqué, elle aussi, à quel point il était devenu expert dans l'art de répondre à des questions multiples. Elle lui lança un bref sourire de félicitation, comme s'en lanceraient des parents dans le cercle familial.

Bryce se rappela de nouveau à l'ordre. Avec des pensées pareilles, il se tendait à lui-même un piège d'où il lui serait diablement difficile de s'extirper.

En fait, un mois plus tôt, il n'aurait même pas songé à ce que serait sa vie avec des enfants.

Il était si jeune lors de son mariage, et son divorce avait été si rapide qu'il n'avait pas eu le temps d'envisager cette possibilité. Ensuite, il n'avait regardé la paternité que comme une éventualité extrêmement lointaine, à considérer quand il aurait trouvé une femme susceptible de lui donner des enfants.

Mais, s'objecta-t-il, ce n'était pas un sujet de réflexion pour le moment. Il n'allait pas gâcher une fête en songeant à un avenir très hypothétique. Il profiterait sans arrière-pensée de ces quelques heures avec une femme charmante, mère de deux enfants non moins attendrissants. Il lui faudrait seulement se rappeler de temps à autre qu'il se trouvait auprès d'eux en mission officielle.

11

— Tu en as emporté des choses, maman! s'exclama Mike en considérant la pile qu'il aurait la responsabilité de transporter à travers bois.

— Oui! plaisanta Bryce en soulevant couvertures et sacs à provisions. Ta maman voulait être sûre d'avoir de quoi nourrir tout le monde, y compris les fourmis et les écureuils!

Mindi était chargée des assiettes, des verres et des serviettes en papier. Mike portait les couverts, les cannes et le matériel de pêche. Shannon avait une glacière isotherme dans une main, et une gigantesque Thermos dans l'autre.

Ils s'engagèrent en file indienne dans la forêt. Mike avait insisté pour fermer la marche, afin de pouvoir garder un œil sur sa mère et sa sœur.

— Comment connaissez-vous le chemin? demanda Mike après quelques minutes de marche.

— J'ai des points de repère, lança Bryce par-dessus son épaule. Si tu fais attention, tu remarqueras que chaque arbre possède des caractéristiques différentes.

— Vous êtes capable de reconnaître chacun de ces arbres? s'écria Mindi en regardant autour d'elle avec un respectueux étonnement.

— Non, pas tous. Mais quelques-uns, oui. Tu vois

142

celui-là, à gauche, dit-il en désignant l'un d'entre eux d'un geste du menton.

— Celui qui ressemble à un lance-pierre ? demanda Mike.

— Exactement. Je choisis ceux qui m'évoquent une image, ceux qui ont un aspect spécial, et comme ça je ne me perds pas.

Ils avancèrent un moment en silence. Il émanait de la forêt un calme bienfaisant. Les conifères embaumaient l'air. Les aiguilles de pins formaient sous leurs pieds un tapis d'un brun doré. Les branches alourdies par les pousses vivaces d'un vert plus tendre créaient autour d'eux une pénombre qui tranquillisait les adultes... mais inquiétait les enfants.

— Il y a des serpents par ici ? demanda Mike.

— Des serpents ! balbutia Mindi, prise de panique.

— Depuis vingt ans que je viens ici, je n'ai jamais aperçu un seul serpent, répondit aussitôt Bryce. D'ailleurs, dans le Michigan, on ne rencontre guère que des couleuvres.

— Elles mordent ? demanda Mindi d'une toute petite voix.

— Les couleuvres n'ont pas de venin, mon petit cœur.

Il se retourna pour la rassurer d'un sourire, et vit Shannon. Elle était l'image même de la sérénité. Elle regardait autour d'elle comme si elle venait de découvrir le paradis. Elle dégageait une impression incroyable de calme et de beauté.

« Moyennant quoi, elle a été quand même placée sous ta surveillance ! » s'objecta Bryce qui devait régulièrement se rappeler qu'il devait y avoir une bonne raison pour cela.

Il leur fallut une petite demi-heure pour atteindre la clairière mystérieuse. Bryce avait entre-temps soulagé Mindi de son fardeau.

— Que c'est beau ! s'exclama Shannon en découvrant le tapis chatoyant d'herbes vivaces. Et regardez là-bas ! Un pommier !

Bryce se rengorgea devant les merveilles de la nature. Certes, il n'avait fait que les découvrir, bien des années auparavant, mais cet endroit lui appartenait d'une certaine façon, et il était soudain très heureux de partager son domaine secret avec Shannon.

— Je vais chercher des vers, annonça Mike en déposant ses affaires.

— Tu trouveras un récipient dans le matériel de pêche.

— Si Mike attrape quelque chose, il faudra qu'on le mange ? demanda Mindi avec une grimace de dégoût.

— Evidemment ! D'ailleurs, je sais bâtir un feu et l'allumer, même sans allumettes ! lança Mike avec tout l'enthousiasme de ses dix ans. J'ai appris aux louveteaux.

Comme Shannon n'intervenait pas, Bryce se crut autorisé d'en décider. Il s'adressa d'abord à Mindi.

— Ta maman a prévu tant de choses que tu pourras choisir ce que tu veux manger. Aujourd'hui, en tout cas.

Il espéra qu'il n'était pas en train d'enfreindre les règles établies par Shannon.

— Quant à toi, Mike, nous nettoyerons tes prises, et ensuite, tu pourras construire ton feu tout seul, car un véritable pêcheur fait lui-même griller le produit de sa pêche. Je te montrerai comment utiliser un bâton en guise de broche. Qu'en dis-tu ?

Mike parut extrêmement satisfait.

Et la fête commença.

Bryce et Mike s'en furent à la recherche de vers de terre. Shannon et Mindi installèrent une aire de repas et déballèrent les provisions. Puis Mindi se lança dans une chasse aux papillons, tandis que Shannon se déchaussait et s'installait sur la couverture pour mieux profiter de la limpidité de l'atmosphère. Le soleil la réchauffait.

L'odeur des pins flattait son odorat. Une légère brise lui caressait la peau et la débarrassait de toutes les impuretés de l'existence.

La jeune femme soupira, tout en songeant que rien n'aurait pu ternir une journée aussi radieuse si Bryce n'avait gardé l'attitude du policier sceptique...

— Tiens, maman! C'est pour toi!

Shannon rouvrit les yeux et s'extasia devant le bouquet de fleurs sauvages que sa fille lui tendait.

— Oh! qu'elles sont jolies!

Eperdue de gratitude envers la vie qui lui offrait ce petit bonheur, la jeune femme prit un verre de carton et aida Mindi à y disposer les tiges avec art. Du trèfle sauvage et de toutes petites branches de pins ajoutèrent une note de vert, et le résultat de leurs efforts les emplit de fierté.

Bryce s'amusait comme un fou. Enseigner à un garçon comment devenir un homme constituait une tâche élémentaire et enivrante, surtout avec un enfant d'aussi bonne volonté que Mike. Bryce lui montra comment retourner la terre fraîche et la filtrer pour y trouver des vers. Il lui expliqua que c'était beaucoup plus facile juste après la pluie, parce qu'alors les vers se trouvent plus près de la surface. Mike se mit à creuser avec enthousiasme, et en moins de vingt minutes, ils avaient récolté suffisamment d'appâts pour la journée entière.

— Tu as déjà pêché? demanda Bryce tandis qu'ils longeaient le ruisseau qui courait à la lisière du pré.

— Non. Mon père a toujours été trop occupé pour avoir le temps de m'emmener.

Il semblait plus excité à la perspective de découvrir un nouveau passe-temps qu'aigri de ne pas l'avoir fait plus tôt.

Bryce donna mentalement à Shannon le mérite de cette attitude. Elle possédait la même aptitude à se concentrer sur ce qu'il y avait de bon dans l'existence, et à refuser de s'appesantir sur ses malheurs. Si seulement il pouvait être sûr et certain que l'influence de Shannon sur ses enfants était toujours aussi positive...

— Il faut faire le moins de bruit possible. Il ne s'agit pas ici d'un élevage. Les poissons ne sont pas habitués aux sons des humains. Ils sont malins, et ne chercheront pas à attraper le ver le plus dodu, si une activité leur parait suspecte, murmura Bryce en se rapprochant d'un endroit de la rivière où il savait qu'une cavité naturelle servait d'habitat à des truites de bonne taille.

Il montra à Mike comment accrocher un ver au bout de sa ligne et le fit asseoir sur un rocher confortable pour attendre qu'un poisson ait mordu à l'hameçon.

Bryce s'installa un peu plus loin en aval, et se surprit à rêver les yeux ouverts. Il imaginait le bonheur que ce serait d'avoir un fils, de savoir que sa femme et sa fille se trouvaient à proximité, et d'être assuré que le superbe pique-nique avait été préparé par amour pour lui, autant que par amour pour les enfants. Que ressentirait-il dans une atmosphère d'acceptation inconditionnelle de l'autre, dans la joie des jours partagés et l'attente des lendemains communs?

— Bryce! Venez vite! J'en ai un! Il est énorme! Bryce! Venez vite!

— J'arrive! s'écria Bryce en déposant sa propre ligne sur le rivage, avec une fébrilité qui n'avait d'égale que celle du garçon.

— Tenez! lui cria Mike dès qu'il accourut.

Mais Bryce refusa de prendre la canne à pêche que le garçon lui tendait.

— C'est ton poisson. A toi de le sortir de l'eau! dit Bryce en sachant que s'il se substituait maintenant à Mike, il le priverait de la plus grande partie de son plaisir.

Il resta pourtant à proximité, prêt à saisir la canne si jamais Mike la laissait échapper.

— Tu dois donner un coup de poignet, une secousse brusque pour t'assurer que ton poisson est bien ferré, et puis garder ta ligne tendue. Si tu laisses à ta truite trop de jeu, elle risque de se dégager et de t'échapper.

Son cœur continuait à battre la chamade. Il voulait que cet instant soit aussi merveilleux pour Mike qu'il l'avait été pour lui. Oh ! il se rappelait si bien son premier poisson... C'était une expérience qu'un homme n'oubliait jamais, aussi jeune qu'il ait été à l'époque, ou aussi vieux qu'il soit devenu.

— Je l'ai ! Regardez, Bryce !

Bryce lui tendit l'épuisette.

— Il est superbe, n'est-ce pas ? dit Mike, extasié.

La truite faisait bien quarante centimètres. Ce gamin avait eu la chance des débutants ! Bryce montra à Mike comment détacher l'hameçon.

— Qu'est-ce que vous auriez fait si vous n'aviez pas eu d'épuisette ? demanda Mike.

— Je l'aurais balancé dans l'herbe suffisamment loin de la rivière pour qu'il ne puisse pas s'y rejeter, au cas où il réussirait à se libérer de l'hameçon. Et maintenant, regarde. Je vais glisser le fil dans la branchie pour pouvoir le suspendre.

Après avoir suivi le processus, l'enfant prit un air penaud.

— Je suppose que j'ai fait fuir tous les autres en criant comme ça ?

— Ce n'est pas grave. Nous pourrons toujours revenir ici cet après-midi. J'aurais été très déçu que tu ne manifestes pas ta joie pour ta première prise !

— C'est bien vrai ? insista Mike en l'aidant à regrouper le matériel.

— Bien sûr! Mon père et mon oncle considéraient qu'il fallait que j'apprenne à me débrouiller tout seul avant de m'offrir une vraie canne à pêche. J'ai commencé sans rien d'autre qu'une branche souple que j'avais moi-même coupée, une épingle à nourrice et de la ficelle.

— Vous n'aviez pas d'hameçons?!

— Hé, non. J'ai noué un bout de la ficelle à mon bâton, et l'autre à l'épingle que j'ai tordue avant d'y fixer un ver!

— Ça a marché? Vous avez attrapé quelque chose?

L'intérêt manifeste de Mike donnait à Bryce le sentiment enivrant de pouvoir transmettre son expérience à une nouvelle génération.

Mais, se reprocha-t-il aussitôt, conscient de l'aspect éphémère de sa mission, il n'aurait pas dû autant s'investir affectivement dans cet enfant. Mieux aurait valu, s'il avait besoin de ce genre de contacts humains, qu'il occupe ses heures perdues en servant d'entraîneur à une équipe de collégiens.

— Ça a marché, mais je n'en ai attrapé qu'un seul, répondit-il à son petit protégé. J'ai poussé des cris de victoire si retentissants que tous les poissons se sont enfuis dans le canton voisin!

Mike gloussa de rire et se rapprocha de Bryce. Ils regagnèrent ensemble la clairière, et Bryce dut exercer le plus grand contrôle sur lui-même pour ne déployer aucune marque d'affection paternelle.

Shannon et Mindi récoltaient des pommes de pin quand les pêcheurs revinrent avec leur trophée. Shannon se montra presque aussi excitée par le succès de son fils que l'était Mike lui-même. Elle sortit un petit appareil automatique de l'un des sacs et se mit à immortaliser l'exploit sur la pellicule. Bryce posa avec Mike, puis ce fut le tour de Mindi. Mike eut droit à une pose tout seul, et enfin Bryce relaya Shannon afin qu'elle puisse, elle aussi, apparaître sur les photographies. L'atmosphère de vacances avait sur Bryce un effet contagieux.

— Oh là ! Si on ne s'arrête pas tout de suite, je vais tomber d'inanition ! lança-t-il en riant quand il s'aperçut que Shannon entraînait Mike à l'autre bout de la prairie pour avoir le pommier dans le paysage.

Shannon s'esclaffa à son tour.

— Oh ! si monsieur le commissaire a faim, ses désirs sont des ordres ! répliqua-t-elle avec une révérence moqueuse.

Les enfants trouvèrent la mimique irrésistible. Bryce, lui, remarqua que, pour la première fois, Shannon employait ce mot de « commissaire » sans la moindre nuance de mépris dans la voix. Cette repartie lui rappela aussi les circonstances qui les réunissaient pour la journée. Ils n'avaient rien d'un couple ayant choisi de passer l'après-midi ensemble. Ils étaient deux grandes personnes qui faisaient de leur mieux pour rendre des enfants heureux.

Shannon, à quatre pattes sur les couvertures, s'affairait à sortir ce qui restait dans les paquets. Bryce dut détourner les yeux pour ne pas regarder de façon trop ostensible la rondeur de ses formes.

— Hum ! C'est comme ça que j'aime les femmes : pieds nus et dans la cuisine ! plaisanta-t-il.

La riposte ne se fit pas attendre. Un déluge de bonbons à la guimauve le contraignit à battre en retraite.

Conscient que seule la présence des enfants empêchait cette petite scène de dégénérer, Bryce chercha un dérivatif au désir fulgurant qui venait de le saisir.

— Viens, Mike, on va aller nettoyer ce poisson et le faire griller.

**
**

Le pique-nique dura longtemps. Shannon souhaitait que la journée ne finisse jamais, tant la compagnie de Bryce lui réchauffait le cœur.

— Maman, je peux emmener Mindi pour lui faire voir la rivière ? demanda Mike alors qu'ils étaient tous les quatre en train de ranger les reliefs du festin.

— Oh, maman, dis oui ! supplia Mindi.

Shannon n'aimait guère cette idée. Elle imaginait déjà ses enfants basculant dans l'eau et emportés par le courant. Elle savait pourtant qu'ils n'étaient plus des bébés. Si elle voulait qu'ils affrontent l'existence avec assurance, elle devait commencer par les mettre en position d'évaluer eux-mêmes les dangers.

— Qu'en pensez-vous ? demanda-t-elle à Bryce qui connaissait mieux qu'elle les aléas de la rivière.

— J'y allais seul, dès l'âge de huit ans. En fait, il est plus risqué de s'aventurer sur l'aire de jeux du parc de Southlakes que de se promener par ici, dit-il en se penchant pour refermer le sac isotherme.

Shannon s'assit sur la couverture, les jambes repliées sous elle. Bryce prit place à côté d'elle.

— Mais le courant ?

Elle n'avait pu s'empêcher de poser la question. Elle était une mère, et les mères ont tendance à s'inquiéter.

— Un chiot lutterait victorieusement contre ce courant-là, dit Bryce. C'est un ruisseau paresseux, et non pas un torrent.

— Alors, c'est entendu, Mike. Mais fais attention à ta sœur.

— Promis ! dit Mike.

Les deux enfants s'éloignèrent en courant. Dix secondes plus tard, Shannon comprit où résidait le véritable danger. Bryce et elle étaient assis sur une couverture toute tiède, seuls au beau milieu de la nature.

— N'ayez pas l'air aussi inquiète. Je ne vous sauterai pas dessus, dit Bryce.

— Mais peut-être ne puis-je en dire autant, répliqua Shannon que la crainte forçait à l'honnêteté.

Bryce étendit les jambes et arc-bouta le torse sur ses bras tendus en arrière, afin de méditer l'aveu de la jeune femme. Ainsi elle venait de reconnaître que l'attraction insoutenable qu'il ressentait lui-même depuis plusieurs semaines était réciproque. Cela impliquait qu'il s'aventurait dans des eaux très dangereuses et que la ligne de démarcation entre l'éthique professionnelle et l'engagement personnel s'amenuisait à vue d'œil.

Au demeurant, il n'oubliait pas que les mots de Shannon pouvaient n'être qu'une machination destinée à faire pencher en sa faveur la balance de la justice. Toutefois, cette idée de plus en plus lui paraissait ridicule. Il était toujours un policier, mais il était aussi un homme, et ce qui lui arrivait était si spécial, si différent de tout ce qu'il avait connu, que cela valait bien la peine de prendre un certain risque.

— Serait-ce si mal ?

Shannon le regarda avec intensité tout en se remémorant toutes les raisons pour lesquelles elle commettrait une erreur irréparable en s'abandonnant dans les bras de cet homme-là. Il était un policier qui avait lancé un avis de recherche la concernant — et sa vie serait détruite s'il trouvait ce dossier.

Elle garderait le silence tant que ce dossier n'aurait pas réapparu, parce qu'il y avait encore une chance pour qu'il ne refasse jamais surface, et qu'il aurait été absurde de donner à Bryce des cas de conscience inutiles.

Il fallait aussi qu'elle prenne en considération les risques encourus par Bryce. Sa carrière serait en péril s'il entamait avec elle une liaison, alors qu'il se trouvait en position d'influencer le jury dans la bataille judiciaire qu'elle s'apprêtait à affronter. Il serait suspendu sans ménagement, s'il prenait fait et cause pour elle, et qu'elle était elle-même chassée de la ville.

D'une manière plus égoïste, Shannon songeait aussi à ses risques personnels. Elle avait fait confiance à son ex-mari. Elle avait cru qu'il saurait voir en elle la femme qu'elle était vraiment, et non pas seulement la fille d'une prostituée. Qu'y avait-elle gagné? Un divorce, et la nécessité de se battre pour avoir le droit d'élever ses propres enfants.

On en revenait à la confiance, et c'était la seule chose que Bryce et elle ne partageaient pas. Ce qui n'empêchait pas Bryce de lui faire battre le cœur.

Elle passa la main sur la couverture pour en ôter les brins d'herbe, afin de n'être pas obligée de le regarder.

— Vous êtes policier.

— Je ne l'oublie pas, Shannon. Mais je suis aussi un homme, et il me revient de mener de front ces deux existences. Ce ne serait pas la même chose si vous étiez une criminelle recherchée par tous les Etats de l'Union.

Non, mais elle avait été condamnée pour prostitution, et il n'en savait rien.

Elle releva la tête et soutint le regard brûlant qui l'enveloppait.

— Je pense quand même que ce serait mal, dit-elle d'une voix que la passion altérait.

— Pourquoi?

— D'abord, vous ne me faites pas complètement confiance.

— J'essaie, même si mon esprit critique s'obstine à me mettre en garde. Et je tiens beaucoup à vous.

Shannon fut heureuse de cette honnêteté, et encore plus de cet aveu aussi proche que possible d'une déclaration d'amour.

— Je tiens à vous, moi aussi, murmura-t-elle en baissant de nouveau les yeux.

152

Il fallait qu'elle réfléchisse, et elle avait l'impression d'être incapable d'aligner deux idées quand elle le regardait.

— Il y a des choses que vous ne savez pas, ajouta-t-elle.

— Vous êtes recherchée par la police ? demanda-t-il en plaisantant à moitié.

— Non, bien sûr que non ! dit Shannon avec un petit rire nerveux.

Elle avait payé à la société les dettes qu'elle ne lui devait pas, et plutôt deux fois qu'une.

— Alors, où est le mal, si deux adultes consentants s'avouent mutuellement une attirance réciproque ?

Il montrait un tel naturel, une telle maturité qu'elle faillit lui sauter au cou. Mais elle continuait à ne pas voir comment elle pouvait lui offrir son corps sans lui abandonner son cœur et son âme en même temps.

Bryce se tourna vers elle, s'appuya sur le coude, et utilisa sa main libre pour relever une mèche de cheveux qui retombait sur la joue de Shannon.

— Tu te fais trop de souci, murmura-t-il.

Des frissons la parcoururent. Oui, elle s'inquiétait. Comme toujours. Probablement parce qu'il fallait bien que quelqu'un le fasse, et que personne ne s'était jamais soucié de son sort.

— Peut-être.

Elle savait qu'elle aurait dû s'écarter, qu'ils risquaient tous les deux de se brûler gravement aux feux de la passion, mais son corps avait une volonté propre, et elle ne bougea pas.

— Je vais t'embrasser, Shannon. Un baiser, rien de plus.

Shannon contempla, fascinée, la courbe des lèvres qui se rapprochaient, tandis qu'il lui passait la main dans le cou et l'attirait vers lui. Le soleil brillait sur leurs têtes, mais une douce brise continuait à souffler, et la chaleur qu'elle ressentait n'avait rien à voir avec la pesanteur de l'air.

Il lut dans le regard qu'elle lui livrait sans retenue deux prières contradictoires. Elle semblait le supplier à la fois d'arrêter, et de continuer.

Elle ferma les yeux juste avant que leurs bouches ne se rejoignent.

Shannon avait maintes fois imaginé en rêve ce baiser, mais rien ne l'avait préparée à l'embrasement soudain de tout son être.

— Allonge-toi près de moi, murmura-t-il.

Le désir et la vénération se mêlaient dans son ton, et Shannon ne songea pas à résister. A vingt-neuf ans, elle découvrait l'enivrement de l'amour physique entre un homme et une femme. Elle ne se conformait plus à un devoir d'épouse. D'ailleurs, Bryce ne se serait jamais cru le droit d'exiger d'elle quoi que ce soit, comme si c'était un dû ! Ils communiquaient par leurs lèvres, avec honnêteté et émerveillement, dans un don réciproque.

Elle s'étendit près de lui, et il lui passa le bras autour de la taille.

— Que tu es douce, dit-il en lui mordillant délicatement le lobe de l'oreille.

— Je n'arrive pas à y croire, dit Shannon en lui caressant les épaules et le dos.

Il la fit basculer sous lui, et glissa une jambe entre les siennes, tandis que leurs cœurs se mettaient à battre à l'unisson.

— Embrasse-moi, dit-il, et elle fit ce qu'il lui demandait.

Son exploration fut d'abord hésitante, et puis leurs langues se touchèrent et toutes ses craintes s'évanouirent.

Il lui caressa voluptueusement le creux des reins, et Shannon eut l'impression d'être transformée en brasier.

154

Des frissons de désir la secouèrent. L'ardeur de Bryce n'avait d'égale que la sienne.

Mais quand il chercha à la dévêtir, elle recouvra brusquement ses esprits.

— Arrête ! dit-elle dans un effort désespéré. Il faut arrêter.

Bryce s'immobilisa aussitôt, mais il resta allongé sur elle.

— ... Les enfants ! argua-t-elle. Ils peuvent revenir d'une seconde à l'autre.

Et tous deux s'avisèrent que l'excuse était légitime, même si ce n'était pas la seule raison pour laquelle ils devaient renoncer à ce qui semblait si juste et si bon. Shannon Stewart faisant l'amour avec le commissaire de police de la ville ? Ce n'était pas du tout une bonne idée.

Bryce s'écarta aussitôt.

— Je suis désolé, Shannon. Je crois bien que, pendant un instant, j'ai oublié jusqu'à l'existence des jumeaux.

Shannon se rassit avec un sourire de regret. Elle passa les doigts dans la chevelure de Bryce pour en rétablir l'ordre, amusée à l'idée qu'un homme aussi soigné de sa personne ait les cheveux aussi longs. En fait, elle aimait cette originalité qui prouvait combien l'homme de principes avait aussi la faculté de ne pas voir la vie seulement en noir et en blanc.

— Ne te blâme pas. J'ai failli les oublier, moi aussi, et ce sont mes enfants.

Bryce se leva pour rajuster sa tenue.

— Demain, je suis sûr que nous nous féliciterons d'avoir su résister à nos sens.

Shannon comprit ce qu'il voulait dire : il s'était laissé emporter par les impulsions de son corps. Elle aurait voulu que les choses soient aussi simples pour elle.

— Tu as certainement raison.

Son orgueil exigeait qu'elle réponde sans montrer d'émoi, mais son cœur était en révolution.

Il fit quelques pas, et puis se retourna pour dire songeusement :

— Ça ne va pas être facile.

Que voulait-il dire par ce « ça » ? se demanda-t-elle. S'agissait-il de lutter contre leur attirance mutuelle, ou au contraire de s'engager dans une aventure amoureuse ? La réponse était la même dans les deux cas.

— Oui, je sais.

Mais en fait, elle ignorait ce qu'il pensait. Se demandait-il si l'absence des enfants aurait changé le cours des événements ? Avait-il peur de ce qui aurait pu arriver ? Allait-il lui annoncer qu'il ne pouvait plus leur servir de chaperon, et qu'elle ne verrait plus ses enfants jusqu'au jugement ?

— Je ne peux faire aucune promesse concernant le futur, Shannon.

Cela, en revanche, elle ne l'ignorait pas. Elle le savait probablement mieux que lui. Mais elle respectait ce désir d'honnêteté qui semblait le tenailler. Il avait une conscience, même s'il restait en toutes circonstances un policier.

— Je sais.

Car tant que la bataille pour la garde de Mike et de Mindi ne serait pas terminée, la moindre faiblesse de leur part pourrait être utilisée par la partie adverse.

Il se rapprocha de nouveau et la contempla pendant de longues secondes.

— Dieu ! que j'ai envie de toi ! gémit-il comme si les mots lui avaient été arrachés de la bouche.

Avant que Shannon ait pu réagir, il fit demi-tour, et s'éloigna à grands pas dans la direction qu'avaient empruntée les jumeaux.

156

12.

Le dimanche, Bryce se présenta chez Shannon avec un ravissant bouquet multicolore — de simples fleurs des champs qu'il avait pris le temps d'aller cueillir lui-même, à la mémoire de leur pique-nique dans la clairière.

Il était en uniforme, avec son étui à revolver sur la hanche et son badge de cuivre sur la poitrine. Sa voiture de patrouille était garée devant la porte.

— C'est pour toi.

Encore sous l'effet de la surprise, Shannon prit les fleurs qu'il lui tendait, au milieu desquelles il avait déposé une petite enveloppe.

— Je ne peux pas rester. Je suis en service.

Il lui sourit et fit demi-tour.

L'air perplexe, Shannon resta sur le seuil à le contempler, d'autant plus touchée par cette attention qu'elle ne s'y était pas du tout attendue.

Car, la veille, pendant son service au Métro, elle l'avait guetté toute la soirée, mais son espoir avait été déçu, et elle s'était moquée de ses ridicules illusions. Toute la nuit, le sommeil l'avait fuie tant elle avait été torturée par l'idée que Bryce la prît pour une fille facile, telle que Clinton Stewart l'accusait d'être. Maintenant, elle ne savait plus que penser.

Elle enfouit la tête dans le bouquet odorant, et alla les

disposer dans un vase de céramique qu'elle gardait dans la cuisine. Enfin, elle ouvrit l'enveloppe et en sortit une carte.

Des lys sauvages, superbes et résistants. Ils me font penser à toi. Je fais des efforts. Bryce.

Les larmes lui montèrent aux yeux. Etait-il possible que les choses s'arrangent, un jour, si elle patientait assez longtemps ?

Mais le moral de Shannon tomba quand Darla lui téléphona le lundi midi.

— J'ai reçu la visite d'un homme de loi qui représente les Stewart, annonça-t-elle sans perdre de temps en préambule.

Shannon crut qu'elle allait s'évanouir.

— Pourquoi ? réussit-elle à articuler.

— Ton ex-mari demande que je vienne témoigner contre toi. Il veut m'utiliser pour prouver que l'atmosphère dans laquelle tu fais vivre tes enfants n'est « ni convenable, ni chaste moralement ».

Elle imitait le ton guindé des avocats des Stewart.

— Ils proposent d'acheter une grande maison dans le quartier le plus chic de Havenville, et de me payer un salaire très élevé pour en assurer le gardiennage.

Shannon se laissa glisser sur le carrelage de la cuisine et se passa une main fébrile dans les cheveux, tant la contre-offensive de son ex-mari lui paraissait pire que tous les cauchemars qui avaient hanté ses nuits. Darla allait-elle accepter cette mirobolante proposition en prévision de ses vieux jours ?

— Que lui as-tu répondu ?

— Qu'est-ce que tu crois ? s'offusqua Darla. Comment pourrais-je témoigner contre ma propre fille ?

Shannon tremblait en imaginant toute l'ordure que le

158

clan Stewart allait déterrer, afin de discréditer Darla Howard. Ils demanderaient ensuite à la cour si c'était là le genre d'influence à laquelle exposer deux enfants de dix ans, jeunes et impressionnables. Et comme les jumeaux n'avaient *jamais* rencontré Darla, ils feraient de Shannon la copie conforme de sa mère.

Shannon était soudain épuisée au point d'avoir du mal à garder les yeux ouverts. Combien d'avanies une personne ayant eu le malheur de naître du mauvais côté de la barricade devait-elle supporter avant d'obtenir le droit de vivre comme tout le monde ?

Elle était effrayée par le pouvoir que Darla continuait à exercer sur elle. Comment être sûre que Darla résisterait jusqu'au bout à la tentation ? Certes, Darla préférerait toujours Shannon à n'importe qui d'autre sur la terre, à l'exception d'elle-même, mais elle ferait toujours passer en premier ses propres intérêts.

— Il est peut-être encore temps pour moi de décommander l'avocat et de te rendre l'argent que tu m'as prêté, hasarda Shannon.

— Non, non, je n'ai pas besoin d'argent. Vraiment, la question n'est pas là. Je voulais simplement que tu saches à qui et à quoi tu avais affaire. Tu devrais peut-être considérer la possibilité d'un arrangement à l'amiable. Tu obtiendrais d'eux ce que tu voudrais. Dieu sait qu'ils peuvent s'offrir n'importe quoi. Ces Stewart ne doivent pas être si mauvais que ça s'ils tiennent tant à ces enfants. Pense à tout ce qu'ils pourraient offrir aux jumeaux. Pense à toutes les possibilités qui s'ouvriraient devant toi si tu ne les avais plus à ta charge...

Shannon considérait fixement le carrelage de la cuisine. Elle savait que sa mère ne songeait qu'à son bien. *Elle le savait.* C'était la raison pour laquelle elle retenait ses larmes, et se mordait la langue afin de ne pas riposter. Darla serait toujours Darla. Et pour Darla, les possessions matérielles comptaient plus que tout le reste. Elle ne comprendrait jamais que, pour Shannon, les possessions matérielles comptaient *moins* que tout le reste.

Le mot « amour » ne figurerait jamais dans son vocabulaire. Quand Shannon avait été assez grande pour exprimer l'adoration qu'elle ressentait pour sa ravissante maman, Darla était déjà trop aigrie par la vie pour remarquer le don précieux qui lui était offert.

Au demeurant, avant de raccrocher, Darla tint à renouveler sa promesse de loyauté, et Shannon la remercia en dissimulant son scepticisme.

Puis, l'angoisse au cœur, la jeune femme passa la journée suivante plongée dans son cours de comptabilité. Elle espérait obtenir son diplôme avant la fin de l'année, et surtout elle se cherchait une occupation qui empêcherait son esprit de divaguer inutilement.

Brad Channing lui téléphona dans l'après-midi pour l'informer que les professeurs des jumeaux, durant l'année scolaire qui venait de se terminer, avaient tous les deux accepté de venir témoigner en sa faveur. Il n'avait toujours pas reçu les comptes de Clinton, et il ne leur restait que douze jours avant l'audience.

Elle l'informa de la tentative faite par les Stewart auprès de Darla, et Brad lui conseilla de ne pas s'inquiéter.

Mais Brad ne connaissait pas Darla...

Quand, enfin, le jeudi arriva, la pluie empêcha toute sortie. Mais les jumeaux, heureux de passer l'après-midi auprès de leur mère, ne songèrent même pas à s'en plaindre. En leur compagnie, Bryce et Shannon restèrent deux heures, assis sur le tapis de la salle de séjour, à jouer à des jeux de société. Il n'y eut qu'un instant délicat, quand Shannon s'étira pour se dégourdir les membres et surprit le regard de Bryce posé sur sa poitrine. Elle eut la sagesse de faire semblant de n'avoir rien remarqué.

Bryce se rendit à son travail, le lendemain matin, avec le sentiment que tout allait pour le mieux. Malgré la pluie qui l'avait forcé à passer l'après-midi de la veille trop près de Shannon, la visite des jumeaux s'était fort agréablement déroulée.

Il remonta la rue principale en voiture, tout en surveillant les environs comme il en avait l'habitude, et il reconnut la Jaguar de Clinton garée devant la banque. Il trouva curieux de croiser deux fois le chemin de Clinton Stewart devant la seule banque de Southlakes. Son étonnement s'accrut quand il vit Clinton en sortir en compagnie de l'inspecteur Williams.

Ce dernier, qui avait pris des vacances, était censé être en voyage. C'était du moins ce qu'on lui avait répondu quand il avait cherché à le joindre pour obtenir des informations sur le mystérieux troisième homme de la Jaguar.

Au commissariat, une enveloppe officielle attendait parmi le courrier ordinaire. Remarquant aussitôt le formulaire qui annonçait l'envoi d'un dossier de police, Bryce sentit l'appréhension le gagner. Le seul dossier qu'il ait réclamé depuis son arrivée à Southlakes concernait Shannon Stewart. N'ayant rien reçu, il avait espéré qu'il n'y en avait pas.

Il ouvrit l'enveloppe. Il ne s'agissait pas d'un relevé sorti d'un ordinateur central, mais d'un envoi direct, en provenance d'un petit commissariat de campagne, dans le canton de Valdine, tout au sud de l'Etat du Michigan.

Une sorte de fatalisme lui permit de conserver son impassibilité. Il trouva d'abord quelques informations biographiques. Son nom de jeune fille était Howard. Elle était née dans une bourgade qui s'appelait Havenville, de père inconnu.

Il lut le document comme si chaque détail avait une

importance vitale, y compris le nom du restaurant dans lequel elle travaillait au moment de son arrestation. Son cerveau enregistrait les informations, mais il était comme anesthésié. Il n'était même pas surpris. Il devait s'être toujours attendu à quelque chose de la sorte.

Il resta dans cet état second pendant qu'il lisait le passage concernant les circonstances de l'arrestation. Puis il en arriva au mot « prostitution ». Elle avait été convaincue de *prostitution*.

Alors, l'insensibilité fit place à la peur. S'était-il laissé abuser par une paire d'yeux trompeurs ? Il avait connu dans le passé des femmes qui avaient commis les actions les plus méprisables afin de satisfaire leurs besoins émotionnels. Mais Shannon était-elle capable de machinations analogues à celles de l'ex-femme de Bryce ? Analogues à celles que la complice du « Roi » de la pègre de Detroit avait employées pour séduire le père de Bryce ?

Il se posait toutes ces questions, mais son cœur lui criait qu'il se trompait. Certes, Shannon avait menti dans le passé. En arrivant à Southlakes, elle s'était créé une biographie de toutes pièces. Mais elle n'avait jamais cherché à blesser qui que ce soit. En dépit des trahisons qu'il avait déjà dû subir, Bryce voulait désespérément croire qu'il ne s'était pas laissé leurrer une fois de plus.

Il relut le rapport, une seconde, puis une troisième fois. La quatrième, il ne put ignorer davantage l'émotion qui l'étreignait, et qui avait pour nom la jalousie. Combien d'hommes y avait-il eu dans la vie de Shannon ? Combien y en avait-il encore ? Combien y en aurait-il dans le futur ?

Non, ces questions n'avaient aucun sens ! Il fallait qu'il réussisse à s'en convaincre. Il s'agissait d'une erreur épouvantable.

A la septième relecture, il approchait l'agonie en songeant à Mike et à Mindi. Shannon était une mère merveilleuse. Son amour pour eux était évident. Leur amour pour elle ne l'était pas moins. Il repensa à l'optimisme de Shannon, à sa force de caractère, à son désir de se montrer compréhensive quand Bryce lui avait dit qu'il ne pouvait pas engager son avenir. Et il repensa aussi à toutes les occasions où elle s'était refermée sur elle-même, dans une sorte d'état second, n'espérant d'autrui ni aide ni compréhension.

Il réalisa enfin qu'elle avait toujours su ce qu'il allait découvrir, qu'elle y avait même fait allusion quand ils s'étaient retrouvés tous les deux enlacés sur la couverture, dans sa prairie secrète. L'importance du rapport de police, quel que fût son degré de véracité, pâlissait en comparaison de ce que Bryce considérait comme une offense personnelle : elle lui avait caché l'existence de ce rapport. D'une façon délibérée. Elle ne lui avait pas accordé sa confiance. Elle ne tenait pas assez à lui pour le préparer à la découverte qu'il allait faire un jour ou l'autre. Elle n'avait pas eu la décence de lui fournir à l'avance une explication.

Une explication. Bryce avait soudain besoin d'une *explication*, plus qu'il n'avait besoin de l'air qu'il respirait.

Shannon entra sous la douche et frissonna sous le jet d'eau froide. Combien de temps lui faudrait-il pour s'habituer à la piqûre des gouttelettes glacées sur sa peau brûlante ? Des images sensuelles continuaient à flotter dans son esprit. Si seulement elle savait combien de temps passerait avant que Bryce ne lui fasse confiance, vraiment confiance... Si seulement elle savait sur quel chemin s'engagerait son existence après le jugement concernant la garde de ses enfants...

Elle avait la chair de poule quand un son bizarre lui fit

tendre l'oreille. Il lui sembla que quelqu'un tambourinait à sa porte. Elle ferma le robinet et entendit plus distinctement les sons superposés des coups de poing et de la sonnette.

Ce n'était pas un représentant de commerce. Dans le passé, une seule personne avait à la fois appuyé sur la sonnette et frappé sur le battant, et c'était Bryce. Son impatience avait alors été aussi manifeste qu'elle l'était aujourd'hui.

A l'idée, soudain, qu'il était peut-être arrivé quelque chose à Mike ou à Mindi, la panique la gagna. Sans prendre la peine de se sécher, elle s'enveloppa dans un peignoir et courut ouvrir la porte. Bryce faillit basculer en avant.

— Que se passe-t-il ? Les jumeaux ? balbutia-t-elle tout en reculant pour le laisser entrer.

Il semblait en état de choc. Il était pâle. Ses yeux étaient dénués de toute expression. Il la regardait mais il ne paraissait pas vraiment la voir.

— Dis-moi ! Ils sont blessés ?

Bryce restait muet. Shannon avait l'impression qu'un étau se resserrait sur sa poitrine. Elle finit par apercevoir les papiers officiels qu'il tenait à la main.

Elle comprit soudain qu'il avait reçu le rapport établi sur Shannon Howard et qu'il en avait cru chaque mot, sans même lui donner le bénéfice du doute. Il était de nouveau la *Loi*, avec un grand L.

— Oh ! fit-elle en se réfugiant derrière un masque d'impassibilité.

Frissonnante, elle attendit qu'il lui dise ce qu'il était venu lui dire, et s'en aille.

— Allez vous habiller, dit-il d'une voix alourdie par la désillusion.

Shannon obéit, non parce qu'il lui en avait donné l'ordre, mais parce qu'elle tremblait de froid dans son peignoir mouillé.

Elle enfila un pantalon de toile et une large chemise de grand-père qui dissimulait toutes ses formes. Bryce l'attendait, seul dans la pièce qui avait été, la veille, pleine de l'amour et des rires des enfants.

Il se raidit dès qu'elle parut sur le seuil de la salle de séjour. Le silence entre eux s'éternisa.

Shannon ne sentait plus rien. Elle s'était renfermée sur elle-même, dans la tour hermétique qu'elle avait découverte à une époque où la plupart des petites filles jouent encore à la poupée.

Elle restait debout sur le seuil, pour qu'il n'ait pas l'avantage de la dominer de toute sa hauteur, et pour ne pas se sentir retenue prisonnière dans son propre appartement.

— Pourquoi ?

Le mot, quand il sortit enfin, résonna comme une insulte.

Shannon dédaigna de répondre.

Il avança sur elle en la foudroyant du regard. Elle demeura stoïque. Elle ne se laisserait pas intimider.

— Vous êtes bien silencieuse brusquement, exactement comme la femme que j'ai rencontrée il y a quelques semaines. Est-ce là la véritable Shannon Stewart ? Je devrais plutôt dire Shannon Howard.

Bryce n'était pas fier de lui, ni du venin qui lui sortait de la bouche, mais il était trop blessé pour retenir sa colère. Il avait vu Shannon regarder les papiers officiels qu'il tenait. Il avait alors espéré qu'elle lui fournirait immédiatement une explication. En vain.

Elle était revenue après s'être habillée, mais sans s'expliquer davantage. Il n'y avait d'ailleurs probablement aucune explication à ces faits accablants : à une certaine époque de son existence, à dix-sept ans s'il fallait en croire le rapport, Shannon Howard s'était livrée à la prostitution.

Et pourtant, au plus profond de son âme, il continuait à envisager une erreur judiciaire. Mais il n'acceptait pas que Shannon l'ait maintenu dans l'ignorance.

Il lui agita le dossier sous le nez.

— Est-ce donc un jeu pour vous ?

Shannon ne releva pas le défi. Elle consacrait toute son énergie à réprimer les élans de son cœur, afin de ne pas sentir la douleur que Bryce lui infligeait.

— J'ai besoin d'entendre une explication, Shannon.

Shannon se retrouvait dans la peau de l'écolière qui jouait à chat perché dans la cour de récréation. Elle aimait ce jeu, car elle y excellait. Une fois touchée, elle était capable de se transformer en statue de glace, sans remuer un sourcil, jusqu'à ce qu'un coéquipier vienne la délivrer. Quelquefois la cloche la surprenait dans sa position d'immobilité parfaite, et les autres enfants admiraient le contrôle qu'elle exerçait sur elle-même. Elle ne se souvenait pas, durant sa scolarité, d'avoir été admirée pour quoi que ce soit d'autre.

— Pourquoi ne dites-vous rien ? Je croyais vous avoir clairement fait comprendre que je cherchais à vous aider. Le moins que vous auriez pu faire aurait été de me prévenir. Ça servait à quoi, d'attendre que je découvre votre secret par moi-même ?

Shannon crut déceler un vague adoucissement dans les traits de Bryce, mais ce ne fut qu'un instant furtif. Il reprit son attitude coléreuse et glaciale, et Shannon se mura davantage encore dans le silence qui l'empêchait de trop souffrir.

Bryce se rapprocha encore.

— Que se passe-t-il, Shannon ?

Il marqua un temps d'arrêt, voire d'hésitation. Son attitude avait soudain changé. Sa frustration était évidente, mais son horrible colère avait disparu.

— Pourquoi n'essaies-tu pas de t'expliquer, de te défendre ?

La question se transformait en supplique. C'était l'homme qui parlait et non plus le commissaire.

Shannon leva les yeux et chercha à s'assurer de la réalité de ce changement d'humeur. Elle lut dans les yeux bruns et bons de Bryce un mélange de tendresse blessée et de confusion. Le rapport de police avait fait plus que le rendre furieux. Il l'avait profondément heurté.

Aussi décida-t-elle, par une sorte de compassion, de sortir de son mutisme.

— A quoi bon? dit-elle en haussant les épaules, puisque tu ne me croiras pas.

Il sursauta. Commençait-il à discerner la vérité derrière les apparences, ou réagissait-il au fait qu'elle ait soudain accepté de parler?

— Ce dossier laisse en effet peu de place au doute...

Certes, les émotions conflictuelles qui faisaient rage dans le cœur de Bryce l'empêchaient de faiblir et de s'ouvrir à la compréhension, mais Shannon reçut l'objection comme une gifle cinglante.

Elle ignorait elle-même comment elle avait pu s'imaginer, fût-ce un instant, que ce vieux rapport pourrait refaire surface, et qu'en le lisant, Bryce s'apercevrait tout de suite que quelque chose clochait.

Elle avait vingt-neuf ans. Elle avait cessé depuis longtemps de croire au Père Noël, et pourtant elle souffrait encore d'être considérée pour ce qu'elle n'était pas. Bryce aurait dû *savoir* qu'elle était incapable de commettre le crime pour lequel elle avait été condamnée.

Cette douleur l'empêchait de s'expliquer. Si elle lui disait ce qui s'était véritablement passé douze ans plus tôt et si, comme les policiers qui l'avaient interrogée à l'époque, il refusait de la croire, alors la blessure infligée à une jeune fille de dix-sept ans se rouvrirait, et la souffrance serait décuplée. Parce qu'elle tenait à Bryce. Parce qu'elle espérait obtenir de lui une totale confiance. Parce qu'elle avait besoin qu'il comprenne qu'elle était incapable de vendre son corps à quiconque.

S'il doutait d'elle, comment pourrait-elle lui raconter les événements de la nuit durant laquelle elle avait perdu, sinon sa virginité, du moins son innocence?

— C'est bien le problème, rétorqua-t-elle. Tu ne vois pas, honnêtement, comment tu pourrais croire autre chose. Et la foi, alors? Et la confiance? Peux-tu me promettre que, si je me confie à toi, je m'adresserai à quelqu'un qui me respecte, et non pas à quelqu'un prêt à admettre les pires horreurs sur mon compte?

Elle n'eut pas besoin de suivre au fond des yeux de Bryce la lutte intérieure qu'il menait contre lui-même. Son silence était éloquent.

— Je comprends, dit-elle en gardant le contrôle de ses émotions.

Elle ne devait pas écouter les voix de la colère et de la souffrance qui menaçaient de détruire ce qui restait de son équilibre.

— ... Si le compte rendu de mon premier interrogatoire ne figure même pas dans ces documents, je ne vois aucune raison pour reprendre mon récit devant un policier de plus. Le dossier est clos depuis longtemps.

Bryce réalisa soudain qu'il y avait quelque chose d'anormal dans la façon dont Shannon acceptait d'être diffamée. Il ne pouvait pas se contenter de cette réponse. Il se souvint de l'attitude qu'elle avait adoptée lorsqu'elle était passée en jugement pour avoir « kidnappé » ses enfants. Elle n'avait même pas essayé de se justifier, alors qu'elle avait eu les meilleures raisons du monde pour agir comme elle l'avait fait...

Bryce se demanda soudain si, douze ans plus tôt, elle n'avait pas eu des motivations qu'il ne connaissait pas. Elle se trouvait peut-être dans une situation désespérée, et croyait ne pas avoir d'autre choix.

Shannon était la seule à savoir ce qui avait provoqué son arrestation. Elle était la seule à pouvoir lui dire ce qui l'avait conduite à commettre contre elle-même un crime aussi laid. Mais il savait qu'elle ne lui dirait rien — du moins pour l'instant. Comment pouvait-il espérer qu'elle lui fasse confiance, quand il venait de lui prouver une fois de plus qu'il se méfiait d'elle?

Avec lenteur, il alla s'asseoir sur le divan usé.

— Je désire ardemment te croire, Shannon, mais c'est difficile, surtout dans ces circonstances.

Elle restait debout sur le seuil.

Il la regarda avec intensité un long moment au bout duquel elle consentit à traverser la pièce pour prendre place à l'autre bout du sofa.

Mais elle campait sur ses positions. Ses yeux étaient dénués de toute expression. Elle ne serrait pas les poings. Elle ne crispait pas les épaules. Elle l'observait, attendant de lui un signe de bonne volonté.

Alors, Bryce décida de lui prouver sa confiance. Et pour cela, il n'y avait qu'une solution : il devait se livrer à elle. Les coudes pointés sur les genoux, il appuya la tête dans la coupe de ses mains, ne sachant par où commencer le récit qui le libérerait de ses angoisses les plus profondes. Il avait parfois, au cœur de la nuit, songé à s'épancher auprès de Shannon, mais il s'était imaginé qu'ils seraient alors dans les bras l'un de l'autre, et qu'elle lui offrirait le réconfort qu'il n'avait jamais reçu d'aucune femme.

— Je n'ai jamais connu ma mère.

Il fut surpris par ses propres paroles. Il n'avait jamais envisagé de remonter si loin dans le passé.

— Elle est partie juste après ma naissance. J'ai vécu seul avec mon père durant toute mon enfance. Il était policier, le meilleur qui soit. J'ai toujours voulu suivre ses traces. Nous allions former ensemble l'équipe la plus efficace de la ville et provoquer la chute des plus grands criminels.

Bryce sourit tristement à l'évocation des images innocentes de sa jeunesse.

— L'ironie de ce rêve d'enfant, c'est qu'il s'est réalisé.

Il se pencha pour ôter un brin de peluche qui déparait le noir brillant de ses chaussures.

— Je suis sorti premier de ma promotion à l'académie des polices, j'ai fait mes classes, et finalement j'ai été affecté à la brigade de mon père. Oh! ma vie n'a pas été toute rose. Je m'étais marié durant mes études, et ça a ralenti quelque peu ma carrière.

— Marié?

Il ne s'aperçut de la tension de ses propres muscles que lorsqu'ils commencèrent à se relâcher. Shannon venait de réagir. Elle l'écoutait. Il avait trouvé le chemin de son cœur par la voie des confidences.

— Très brièvement, dit-il. Mon père s'est opposé à ce mariage, et nous nous sommes tellement disputés à ce propos que nous sommes restés six mois sans nous parler. Il avait essayé de me mettre en garde, mais j'étais trop jeune et trop fougueux pour l'écouter. Elle avait dix ans de plus que moi, elle était belle et j'étais tout fier d'avoir fait sa conquête. Nous n'étions mariés que depuis quelques semaines quand j'ai découvert qu'elle fréquentait un autre homme. Un policier, encore. Elle avait un faible pour les uniformes. Ça devait la rassurer.

— Que s'est-il passé? demanda Shannon.

Sa voix s'était adoucie. Elle exprimait avec simplicité une sympathie véritable.

Bryce haussa les épaules.

— D'abord, mon orgueil m'a empêché de reconnaître que j'avais commis une erreur. Puis je l'ai surprise en galante compagnie au sein même du commissariat, et j'ai compris qu'il y avait des choses plus importantes que l'orgueil, comme par exemple le respect de soi.

— Et à cause de cette unique erreur, tu as perdu foi en l'humanité ?

Bryce n'était plus le jeune homme aveuglé par les artifices d'une femme d'expérience. Il se tourna vers Shannon. Elle avait croisé les mains sur ses genoux. Ses cheveux encore un peu mouillés retombaient sur ses épaules. Il lut dans son regard le désir qu'elle avait de le comprendre.

— Ce n'est seulement qu'une partie de l'histoire.

Il allait devoir lui confier ce qu'il n'avait jamais pu confier à personne.

Elle reprit son attitude d'écoute.

— L'année dernière, alors que nous enquêtions sur le Roi, le chef de gang dont je t'ai parlé, papa a rencontré une femme qui voulait se venger du Roi parce que sa sœur était morte du Sida après avoir été exploitée par le réseau de prostitution de ce truand. Darcy disposait d'informations qui pouvaient nous mener jusqu'au Roi. Je suppose que papa s'est laissé abuser par les grands yeux de Darcy et par l'injustice du destin de sa sœur. J'étais convaincu que quelque chose clochait, mais je n'arrivais pas à déterminer quoi. J'ai donc suivi mon père sans lui faire part de mes doutes persistants. Darcy nous a menés tout droit à l'homme que nous recherchions, mais il nous attendait, armé jusqu'aux dents. Papa est entré le premier dans ce guet-apens. En le suivant, j'ai été touché à l'épaule. J'ai vu Darcy s'enfuir au bras du Roi, mais j'avais déjà perdu trop de sang pour pouvoir me lancer à leur poursuite. Mon père est mort dans mes bras quelques minutes plus tard.

Bryce se revoyait, assis par terre sur le sol de l'entrepôt abandonné. A la fois glacé et mouillé de transpiration, il revivait la scène de cauchemar qui ne cessait de hanter ses nuits.

— En réalité, la sœur de Darcy avait été ramassée pour trafic de drogue, et elle s'était suicidée plutôt que d'aller en prison. C'était mon père qui avait procédé à son arrestation.

Il avait eu de la peine à articuler les derniers mots à cause de la boule qui lui bloquait la gorge. Il n'avait jamais reparlé de cette tragédie, et il ne l'aurait pas fait s'il avait su à l'avance à quel point l'aveu serait difficile. Il ne prit conscience de la larme qui coulait sur sa joue qu'au moment où Shannon se pencha pour l'essuyer doucement.

Il quitta avec brusquerie le sofa et se rapprocha de la fenêtre. Il détestait les doutes qu'il continuait à nourrir. Il détestait la blessure qu'il infligeait à Shannon alors qu'elle se montrait si bonne envers lui.

Shannon le rejoignit près de la croisée.

— Et maintenant, tu redoutes d'être de nouveau manipulé par une femme? murmura-t-elle.

— Je veux faire confiance.

Il se donna un grand coup sur la poitrine.

— Ce que je ressens là m'ordonne de te faire confiance, mais mon cerveau me dit le contraire. Je voudrais tant accéder à la sérénité, mais je n'y parviens pas. C'est plus fort que moi...

Il vit de la compréhension dans les yeux de Shannon, l'enveloppa brusquement dans ses bras, et la serra à l'étouffer. Il enfouit la tête dans sa chevelure encore mouillée. Il était un policier, mais il était aussi un homme, un être humain avec des faiblesses, des désirs, et des besoins. Et il avait besoin de Shannon. Il avait besoin du sanctuaire que représentait son étreinte. Il se jura de se prouver à lui-même, et de prouver au reste de la ville, que Shannon était simplement ce qu'elle affirmait être : un être humain avec des faiblesses, des désirs et des besoins, mais aussi une femme honnête et aimante.

13.

Bouleversée par les confidences de Bryce, Shannon qui désirait tout autant le réconforter que le sentir auprès d'elle, alla se blottir contre lui. Ils étaient comme deux soldats blessés dans la bataille. Tant qu'ils auraient la capacité de se consoler mutuellement, ils gardaient l'espoir de guérir. C'était peut-être la raison pour laquelle ils s'étaient rencontrés, la raison pour laquelle ils continuaient d'être inexorablement attirés l'un vers l'autre, en dépit de tout ce qui les séparait. C'était peut-être leur destin.

Puis, jugeant que c'était à son tour de s'expliquer, elle déclara :

— Je n'ai rien fait.

Elle n'avait aucune envie de dissiper cet instant d'intimité en évoquant un passé sordide, mais elle savait que Bryce avait autant désiré entendre ces mots qu'elle avait été désireuse de les formuler.

Il relâcha un peu son étreinte, mais sans la repousser.

— Alors, pourquoi ce rapport ?

Shannon reposa la tête contre les muscles solides de la poitrine de Bryce.

— J'ai été surprise dans une position compromettante. On m'a accusée. Les faits ont été arrangés, et j'ai été condamnée. Mais je n'avais rien fait.

— Un procès, arrangé ?

Il continuait à douter d'elle. En dépit de son chagrin, Shannon comprenait qu'il avait été blessé par sa première réaction de silence, qu'il avait le droit de se forger sa propre opinion, et qu'il était loyal envers le système qu'il représentait.

— Deux témoins s'accordèrent pour mentir. Ils avaient beaucoup plus à perdre que moi dans l'affaire. L'un d'entre eux avait une réputation de respectabilité. Ce fut sa parole contre la mienne.

Bryce digéra ces explications en silence. Shannon ne savait pas s'il la croyait ou non, mais quand il resserra son étreinte, elle comprit qu'il avait, pour l'instant du moins, renoncé à ses doutes.

Elle ressentait une sorte de vertige. Non seulement il lui offrait encore son aide, mais il avait accepté d'elle une certaine forme de réconfort. Or personne, à part ses enfants, ne l'avait jamais jugée digne de dispenser le soin et l'amour qu'elle était pourtant prête à donner.

Soudain la passion physique se mêla à l'émotion affective. Elle leva la tête dans l'espoir tenace qu'elle aurait en tout état de cause un avenir commun avec Bryce. Elle désirait tant qu'il soit aussi fou d'elle qu'elle était folle de lui...

Mais elle craignait aussi que l'épanouissement qu'elle sentait mûrir en elle ne fasse place à la honte, si elle s'offrait à lui avant qu'ils puissent s'appartenir au vu et au su de tous. Or, dans sa situation actuelle, elle ne pouvait espérer de lui qu'une heure ou deux volées au destin.

La voix de la raison la retint de lui offrir ses lèvres. Plus que jamais, leur relation devait rester platonique. La réputation de Bryce serait détruite à jamais si on apprenait que le commissaire partageait la couche d'une femme convaincue de prostitution. Et même si cette condamnation restait secrète, le risque de perdre son pro-

174

cès pour la garde de ses enfants subsistait, notamment si elle se trouvait dans l'impossibilité de prouver qu'elle n'avait pas reçu l'argent de la pension, ou si Darla finissait par accepter de venir témoigner contre elle. On allait ternir sa réputation et lui fabriquer l'image de marque d'une femme incapable d'élever ses propres enfants, et par conséquent totalement dénuée des qualités nécessaires à l'épouse du commissaire de la ville.

Dans le baiser qu'il lui vola, Bryce sentit aussitôt le changement qui s'était opéré en Shannon. Il se recula et plongea son regard dans les grands yeux violets qui reflétaient à la fois de la détermination et une frustration évidente. Bryce sourit. Shannon n'était pas prête à s'abandonner, mais elle était habitée par un désir égal au sien. Cela lui suffisait pour l'instant.

— Vous êtes en service, commissaire, lui rappela-t-elle gentiment.

L'excuse ne valait pas grand-chose, mais Bryce l'accepta.

— C'est l'heure de mon déjeuner.

— Alors, tu devrais manger quelque chose, ou tu auras faim plus tard, juste au moment de faire la chasse à un voleur à l'étalage.

Elle essayait d'alléger l'atmosphère, mais il ne pouvait s'empêcher de vouloir prolonger le baiser qu'ils venaient d'échanger.

Il l'étreignit une dernière fois.

— Je suis déjà affamé, lui murmura-t-il à l'oreille avant de la relâcher. Je reviendrai.

— Je travaille ce soir, dit Shannon en le suivant dans le vestibule.

Il se retourna pour la caresser du regard.

— Je t'attendrai.

Shannon secoua la tête.

— Le moment n'est pas encore venu, Bryce.

Elle n'avait pas le cœur de lui dire que ce moment ne viendrait sans doute jamais.

— Nous avons le temps.

Elle aurait voulu le croire, mais les minutes se faisaient précieuses. Il n'y avait plus qu'une semaine avant le procès, et elle ne disposait encore d'aucun élément solide. Le délai de grâce dont ils bénéficiaient expirerait bientôt.

Mike et Mindi détestaient le thé, a fortiori par un si chaud après-midi de juillet. Mike se demanda si ses grands-parents avaient jamais bu une bonne orangeade glacée.

Comme la fillette se servait généreusement en sucre, la vieille dame la réprimanda.

— Ça suffit, Mindi. C'est mauvais pour les dents.

Grand-mère Stewart évoquait, dans l'esprit de Mike, la femme revêche qui incarnait toujours le rôle de l'institutrice dans les westerns pour enfants.

— Oui, madame, dit Mindi avant de prendre du bout des lèvres une gorgée minuscule.

Mike songeait à tout ce qu'ils auraient pu faire au lieu de passer l'après-midi assis dans une pièce trop meublée, à prendre le thé. Il aurait préféré lire un livre, ou faire ses devoirs ! Il n'avait jamais aimé vivre dans cet immense manoir. Il fallait toujours faire attention à « ne pas salir ». Même dans l'aile qu'ils habitaient autrefois, leur père insistait pour que leur demeure ressemble à un musée.

— Nous avons de bonnes nouvelles pour vous, annonça grand-père Stewart après s'être éclairci la gorge. Votre père vous l'a laissé entendre la semaine dernière...

Mike se demandait combien de temps il allait devoir rester tranquille, avec son col trop serré qui lui grattait horriblement le cou, et cette tasse en équilibre instable dans les mains. Il avait envie d'utiliser la salle de bains, mais il l'avait déjà fait en arrivant. Ses grands-parents ne seraient pas contents s'il leur demandait de nouveau la permission de s'éclipser. De plus, il ne voulait pas laisser Mindi seule avec eux dans le salon.

— ... ne pouvions rien faire tant que votre mère disposait encore de droits de garde. Elle refusait d'en entendre parler. Elle ne réalisait pas quelle merveilleuse opportunité s'ouvrait devant vous. Mais il n'est pas trop tard, n'est-ce pas, ma chère ?...

Mike réalisa soudain que ses grands-parents étaient peut-être en train de leur dire quelque chose de vraiment important. Il jeta un coup d'œil à Mindi. Elle avait compris, elle aussi, le sérieux de la situation.

— Oui, enchaîna la vieille dame, vous avez tous les deux été acceptés dans les meilleurs pensionnats du pays. Vous, Michael, dans celui que votre père a lui-même fréquenté, et vous, Mindi, dans celui où j'ai grandi.

— Un pensionnat ? fit Mindi d'une petite voix effrayée.

— Des pensionnats différents ! s'exclama Mike avec horreur.

Il n'avait pu contrôler sa réaction. D'abord, ces deux-là parlaient de les isoler de leur mère, et puis il s'agissait de les envoyer en pension, et en plus ils voulaient les séparer ? Est-ce que ces gens avaient le moindre sentiment ? Pourquoi des grands-parents voudraient-ils rendre leurs petits-enfants aussi malheureux ?

Grand-père Stewart posa sa pipe et se redressa sur son siège. Il ne parlait à Mindi et Mike que lorsqu'il considérait nécessaire de corriger leur façon de voir l'existence. La situation était donc encore plus sérieuse que Mike ne l'avait craint.

— De toute évidence, vous ne comprenez pas quel coup d'éclat nous avons réalisé pour vous. Quoique vos bulletins scolaires soient corrects, vous n'êtes ni l'un ni l'autre en tête de votre classe. Votre mère n'appartient pas à une famille qui compte dans la société, vous ne brillez pas particulièrement par vos qualités athlétiques, et pourtant nous avons réussi à vous faire admettre dans deux écoles dont les listes d'attente s'échelonnent sur plusieurs années.

Mike ne voyait toujours pas en quoi consistait ce « coup d'éclat », mais quel qu'il fût, les nouvelles étaient mauvaises. Il ne demandait, lui, qu'à rester tout en bas de la liste d'attente. Pendant des années. Si possible, jusqu'à ce qu'il en ait fini avec sa scolarité. Il regarda Mindi dont le menton tremblait convulsivement. Pour une fois, il se sentait aussi désespéré et aussi impuissant qu'elle.

Les deux soirs suivants, Bryce vint occuper sa table habituelle au Métro. Il n'échangea avec Shannon que les mots strictement nécessaires, et se permit à peine quelques regards éloquents au passage. Puis, le moment venu, il l'escorta jusqu'à la porte de son immeuble, sans jamais s'imposer au-delà.

Il la désirait terriblement, mais il était d'abord un policier, et ensuite seulement un homme, et il trouvait de plus en plus difficile de porter à la fois les deux casquettes.

Il avait gardé pour lui le dossier de police qu'il avait reçu, et ce sans déroger aux règles, puisque, Shannon étant mineure durant les faits, il n'était pas censé les rendre publics.

Il passait son temps à imaginer en quoi consistait la « situation compromettante » évoquée par Shannon. Puisqu'il ne connaissait pas les détails, il réservait son jugement.

Il ne cherchait plus à nier les sentiments que Shannon lui inspirait, et il était bien décidé à faire tout ce qui était en son pouvoir pour prouver qu'elle était une citoyenne honnête et respectueuse de la loi. Mais, tant que toutes les zones d'ombre ne seraient pas éclaircies, il garderait ses distances.

Williams reprit son service.

— Oh! vous voulez parler de B.J.? dit-il quand Bryce l'eut interrogé sur l'identité du troisième homme qui se trouvait dans la Jaguar la nuit où il les avait croisés.

Bryce fut surpris par le naturel bon enfant avec lequel Drew Williams semblait prêt à bavarder.

— B.J.?

Bryce avait besoin de plus de deux initiales s'il voulait lancer un avis de recherche concernant l'homme.

— Tout le monde l'appelle comme ça. B.J. Roberts. Il habite Detroit, mais il vient de temps à autre se mesurer à Clinton. Ils chassent ensemble depuis des années!

— Mais la saison de la chasse ne s'ouvre que dans deux mois!

Williams haussa les épaules. Loin de se montrer évasif, il semblait tout prêt à continuer une conversation sans conséquence.

— Clinton a convaincu B.J. de se lancer dans une expédition de pêche. Nous sommes partis dans le Grand Nord tous les trois.

Bryce fut satisfait de l'explication. Il n'y avait rien à redire à ce genre d'amitié virile. Williams ne bafouillait pas et ne cherchait pas à éviter le regard de son supérieur.

— Vous avez rapporté un beau tableau de pêche? demanda Bryce, par pure courtoisie.

— Pas cette année, reconnut Williams. Il n'a pas cessé de pleuvoir, et nous avons fini par rentrer plus tôt que prévu.

— Quel dommage! compatit Bryce en hochant la tête. C'est toujours rageant quand le mauvais temps gâche les rares vacances qu'on nous accorde.

Puis après une pause entendue, il lança :

— Alors, comme ça, Stewart et vous, vous êtes de vieux amis ?

— Nous nous connaissons depuis toujours.

— Et que pensez-vous de lui ? demanda Bryce d'un ton nonchalant.

— C'est un type formidable, toujours disponible et serviable.

— Y compris pour ses enfants ?

— Bien sûr ! Ne croyez pas un mot de ce que raconte leur mère, commissaire. Clinton est vraiment désespéré de la situation. Il ne veut même pas en parler ! Il se contente de dire à quel point il sera soulagé le jour où Michael et Minda réintégreront le domaine familial.

Bryce continua à bavarder avec Williams de choses et d'autres. Son instinct lui disait que son assistant croyait vraiment Clinton conforme en tout point à l'image qu'il offrait de lui-même. Williams voyait-il juste, ou bien était-il la dupe, comme le reste de la ville, d'un rideau de fumée ? se demanda Bryce, conscient que lui aussi, de son côté, pouvait se bercer d'illusions sur l'innocence de Shannon.

Dès qu'il regagna son bureau, Bryce téléphona au bureau central de Detroit, en vue d'obtenir une enquête rapide mais confidentielle sur le dénommé B.J. Roberts, dont il donna en outre un signalement précis pour le cas où l'identité serait fausse. Si l'individu avait reçu ne fût-ce qu'une contravention pour excès de vitesse, il ne tarderait pas à le savoir.

Il rentra directement chez lui. Il n'irait pas au Métro ce soir-là. Il avait besoin de remettre les choses en perspective, et le seul moyen de retrouver son objectivité consistait à rester à bonne distance de Shannon.

Quels étaient les faits ? Shannon avait grandi sous le toit d'une prostituée. Elle avait été elle-même convaincue de prostitution avant l'âge de dix-huit ans. Elle travaillait dans le bar le plus mal fréquenté de la ville, très insuffisamment vêtue, et cela en dépit de la substantielle pension alimentaire qu'elle était censée recevoir de son ex-mari. Mais Bryce n'était pas policier pour rien. Il avait appris à se méfier des apparences. D'ailleurs, personnellement, il avait toujours vu Shannon se comporter d'une façon chaleureuse, digne et morale. Dans les rares occasions où elle avait accepté de se justifier, ses explications avaient été claires et logiques. Enfin, question d'instinct, Bryce ne partageait pas l'engouement de la ville pour Clinton Stewart.

Chaque fois que Bryce se sentait prêt à faire pencher la balance en faveur de Shannon, un élément contraire lui revenait à la mémoire : l'aisance avec laquelle elle portait cet ensemble de cuir noir trop serré durant ses heures de travail, son manque d'argent, son dossier de police. Qu'y avait-il encore qu'il ignorait ? Comment pouvait-il se fier à quelqu'un qui l'avait gardé ainsi dans l'ignorance d'un élément essentiel de son passé ?

Mais comment pouvait-il *ne pas* faire confiance à la femme qui avait su trouver le chemin de son cœur solitaire et mettre un baume cicatrisant sur des blessures qu'il croyait devoir emporter jusque dans la tombe ? Comment pourrait-il *ne pas* reconnaître et apprécier une femme capable de préparer des douzaines et des douzaines de petits gâteaux pour convaincre son fils et sa fille de la place prépondérante qu'ils occupaient dans son cœur de mère ?

Shannon ne cessait de penser à Bryce, comme une adolescente enamourée. Elle ne l'avait pas vu depuis deux jours, et il lui manquait terriblement. Elle espérait tellement qu'ils deviendraient bientôt amants qu'elle se rendit à Saint-Jean, dans un centre médical, afin d'obtenir une ordonnance de pilule contraceptive. Elle se sentit un peu embarrassée au moment d'entamer la plaquette, mais elle s'y résolut tout de même. Puisqu'elle continuait à nourrir de l'espoir, l'éventualité ne devait pas être négligée.

Elle n'oublia pas de soigner ses plantes. Les petites tiges vertes ne la réconfortèrent qu'à moitié. L'audience aurait lieu dans trois jours, et elle n'avait toujours rien de solide sur quoi baser sa défense. La banque n'avait pas encore fourni les relevés de comptes de Clinton, et s'il ne pouvait pas prouver qu'elle ait reçu quoi que ce soit, elle ne pouvait pas non plus prouver qu'il n'avait pas rempli ses obligations légales. Elle observa la façon dont la terre buvait l'eau qu'elle versait, et se dit que ce n'étaient pas forcément les plus solides qui survivaient. Ce qui comptait surtout, c'était la faculté de résistance devant l'adversité.

Par exemple, qu'allait faire Darla ? Pouvaient-ils l'obliger à venir témoigner même si elle ne le voulait pas ? La cour accepterait-elle le métier d'une grand-mère que les jumeaux n'avaient jamais rencontrée comme une preuve de l'incapacité de Shannon à leur offrir un foyer honorable ?

Shannon arriva devant le seul pot qui ne montrait encore aucun signe de fertilité et resta perplexe. Cette bouderie relevait du mystère dans la mesure où elle avait planté toutes les graines de la même façon...

La sonnette de la porte d'entrée interrompit cette réflexion.

Après s'être rapidement essuyé les mains, la jeune femme se précipita, le cœur battant d'impatience. Elle espérait qu'il s'agissait de Bryce, et non pas d'un représentant cherchant à lui vendre La Gazette du Michigan. Le plus grand quotidien de l'Etat faisait une campagne de publicité. Les boîtes aux lettres de Southlakes débordaient d'exemplaires gratuits, et les démarcheurs ne cessaient de passer d'une maison à l'autre dans l'espoir de récolter des abonnements.

La surprise de trouver Clinton sur le seuil la figea d'appréhension. Qu'était-il venu faire chez elle ? Cela faisait dix ans qu'il ne recherchait plus sa compagnie.

— Oui ? s'enquit-elle du ton le plus distant qu'elle pût adopter.

Il avança sans qu'elle l'ait invité à entrer.

— Nous avons besoin de parler.

Il avait fait un écart, pour être sûr de ne pas la toucher. Depuis la visite de Darla dix ans plus tôt, il ne l'avait approchée que lorsqu'il était trop soûl pour s'en empêcher. Le reste du temps, il trouvait ailleurs la satisfaction de ses appétits sexuels. Shannon avait fini par en ressentir du soulagement. D'ailleurs, en bon Stewart, Clinton savait se montrer discret.

Elle le suivit dans la salle de séjour.

— J'écoute, dit-elle, toujours terrifiée par cette visite si peu caractéristique du comportement habituel de Clinton.

Il ne se donnait pas la peine de cacher le dégoût qu'elle lui inspirait, et cette aversion la blessait, parce qu'il l'avait autrefois considérée comme digne de devenir sa femme, et qu'à une certaine époque de sa vie, Shannon elle-même avait désiré lui plaire suffisamment pour devenir son épouse.

— Je veux que vous renonciez à cette folie, et que vous signiez l'abandon définitif de vos enfants. Ce serait la meilleure solution pour tout le monde, y compris pour vous-même, Shannon. Réglons cette affaire sans bruit. Vous avez davantage à perdre que nous, si nous allons jusqu'à l'audience publique.

L'estomac de Shannon se noua sous l'effet de l'appréhension. Croyait-il vraiment qu'il pouvait débarquer chez elle sans crier gare et la décourager d'aller devant le juge, alors même qu'il s'agissait de défendre ses droits de mère ?

Elle releva fièrement le menton.

— C'est ce qu'il vous reste à prouver. Je n'abandonnerai jamais mes enfants.

Il portait un costume trois-pièces, et Shannon se demandait encore si les Stewart savaient ce qu'était la transpiration. Durant leurs fiançailles, elle l'avait taquiné parce qu'il insistait pour changer de tenue deux ou trois fois par jour. Mais, pour autant qu'elle s'en souvienne, il n'avait jamais compris la plaisanterie.

— Soyez raisonnable, Shannon. Non seulement vous allez perdre votre procès, mais vous ne pourrez plus jamais marcher la tête haute dans les rues de cette ville.

Il contrôlait parfaitement le ton de sa voix, mais il avait une façon de taper le sol du talon droit qui était chez lui un signe de colère. Les Stewart avaient réussi à étouffer dès le berceau la plupart des émotions qu'aurait pu ressentir Clinton, mais ils avaient échoué en ce qui concernait son mauvais caractère. Ils n'avaient pu que lui apprendre à le dissimuler.

Elle jugea préférable de ne pas le provoquer davantage, consciente qu'il avait les moyens de mettre ces menaces à exécution.

Mais Clinton interpréta ce silence comme un signe de capitulation.

— Je veillerai à ce que vous receviez une compensation substantielle qui vous permette de vous rebâtir ailleurs une nouvelle existence.

Cette fois, Shannon s'étrangla de colère. Qu'il crût possible de l'acheter aurait suffi à la rendre furieuse, même si elle comprenait qu'aux yeux d'un Clinton Stewart, n'importe quelle personne sans fortune était susceptible de céder à la tentation de l'argent. Mais il voulait en plus qu'elle quitte la ville! Même si elle perdait la bataille judiciaire, croyait-il donc qu'elle renoncerait à revoir ses enfants?

— Je ne veux pas plus de votre argent que je n'en voulais il y a deux ans. Et même si j'en voulais, nous savons tous les deux que je n'en verrai jamais le moindre centime. Vous ne m'avez même pas envoyé la pension que la cour vous a ordonné de verser pour l'éducation de *vos* enfants. Je ne suis pas l'imbécile pour laquelle vous me prenez, Clinton.

Elle s'attendait à le voir tapoter encore du pied. Elle s'alarma donc quand il resta immobile et se mit à sourire.

— Mais c'est là que vous faites erreur, ma chère. Il existe un compte bancaire en votre nom ouvert dès le jour où le divorce a été prononcé. Le cinq de chaque mois, un virement a été effectué pour le montant exact fixé par le jugement de tutelle.

— Alors, ces sommes s'y trouvent encore, ce qui prouve que je n'y ai pas touché.

Les muscles de son estomac étaient si contractés qu'ils lui faisaient mal. Clinton avait beaucoup de défauts, mais la stupidité n'en faisait pas partie. S'il lui donnait cette information, c'était certainement pour une bonne raison.

Il glissa la main dans sa poche et se mit à jouer avec la menue monnaie qui s'y trouvait, ce qu'il ne faisait que lorsqu'il se sentait particulièrement sûr de lui.

— J'en parlais justement l'autre jour avec Barry Collins, à la banque. Vous vous souvenez de lui, je pense?

Bien sûr qu'elle se souvenait de lui. Durant leurs années de mariage, Clinton avait passé plus de temps avec ses amis « respectables » qu'il n'en avait passé au sein de son propre foyer. Collins, Williams, et Stewart. Les trois mousquetaires.

Shannon croisa les bras.

— Finissons-en, dit-elle.

— Eh bien, Barry me disait justement que l'argent avait été prélevé avec la régularité d'une horloge.

— C'est impossible. J'ignorais jusqu'à l'existence de ce compte. Comment aurais-je pu en retirer quoi que ce soit ?

Clinton haussa les épaules. Il ne souriait plus.

— Ce n'est pas mon problème. Il me suffit de démontrer que j'ai transféré l'argent à votre compte, et que cet argent ne s'y trouve plus. Vous voyez, Shannon, c'est ce que je n'ai cessé de vous répéter depuis des années. Vous avez choisi comme dupe l'homme qu'il ne fallait pas. Vous avez sans doute réussi à me ridiculiser quand je n'étais qu'un jeune homme, mais je ne vous laisserai jamais recommencer. *J'ai besoin* de ces enfants, et j'ai bien l'intention de les avoir.

Si Shannon n'avait pas été aussi bouleversée par les informations qu'il venait de lui assener, elle aurait remarqué la note désespérée qui avait soudain percé dans la voix de son ex-mari.

— Je suis à bout de patience, Shannon. Rappelez-vous que c'est vous qui m'avez quitté au vu et au su de toute la ville. Vous m'avez forcé à admettre, non seulement devant mes parents, mais aussi devant le juge Donovan, que je m'étais laissé duper par une fille de putain. Dans la rue, dans chacun de mes magasins, j'ai dû supporter pendant deux ans des regards de commisération. Personne ne m'en voudra si ma prochaine proposition est moins généreuse que celle-ci.

Shannon était pétrifiée de terreur. Clinton ressortit sans lui dire au revoir, et en faisant encore une fois un grand détour pour ne pas risquer de la frôler. Quand elle entendit la porte d'entrée se refermer, elle avança d'un pas incertain vers le divan et s'assit sur le rebord en se contraignant à rester bien droite dans sa volonté de

186

contrôler sa douleur. Car si elle laissait couler ses larmes, elle serait incapable de les arrêter.

Il l'avait piégée. Elle allait perdre ses enfants. Ce serait la parole de Clinton Stewart contre la sienne, et elle savait qui on croirait. Clinton et sa famille possédaient la moitié de la ville, et employaient l'autre moitié de la population. Elle n'avait pas la moindre idée de la manière dont il s'y était pris pour ouvrir un compte à son nom sans même qu'elle en soit informée, ni comment il avait pu subtiliser l'argent au fur et à mesure qu'il effectuait des virements. Mais s'il disait avoir la preuve de ces mouvements bancaires, c'était qu'il la possédait.

Elle se leva comme un automate et alla décrocher son téléphone.

— Le Métro !

— Ory ? C'est moi. Clinton sort de chez moi. Je ne crois pas que je serai capable d'effectuer mon service ce soir. Vous croyez que Sheila pourrait me remplacer ?

— Bien sûr, pas de problème. Elle te doit des heures. Ça ira, de ton côté ?

— Je n'en sais encore rien, Ory.

— Tu as besoin d'aide ? s'enquit-il, visiblement alarmé.

Elle attendit que la quinte de toux d'Ory soit passée.

— Non, mais merci de me l'offrir. C'est de temps dont j'ai besoin.

C'était la pure expression de la vérité. Elle avait besoin de temps, de huit ans exactement. A ce moment-là, les jumeaux auraient atteint un âge où Clinton Stewart ne risquerait plus de leur faire du mal.

— Prends tout le temps que tu veux. Tu finiras par l'emporter sur ton ex-mari. Il ne perd rien pour attendre, dit Ory.

Shannon en était moins sûre que lui, mais ces paroles de réconfort lui allèrent droit au cœur. Elle le remercia et raccrocha.

Elle se rassit sur le bord du divan, bien droite, en songeant avec angoisse à l'avenir de ses enfants. Qu'allaient-ils devenir? Leur flamme vitale s'étiolerait-elle dans le manoir sans âme des Stewart? Allait-elle réellement les perdre? Si c'était le cas, lui garderaient-ils leur confiance? Les reverrait-elle un jour?

Soudain, Shannon se redressa et agrippa ses clés de voiture. Les murs de son existence se refermaient sur elle et menaçaient de l'étouffer. Il fallait qu'elle sorte... qu'elle respire de l'air frais...

— Commissaire? Un appel pour vous sur la deux.

L'inspecteur Adams avait pris la relève. Bryce aurait dû être rentré chez lui depuis une heure, mais il avait préféré s'ensevelir dans les tâches administratives plutôt que de retrouver la solitude de son appartement.

Il décrocha son téléphone.

— Allô? Bryce? C'est tante Martha.

Le ton hésitant de sa tante l'inquiéta.

— Tante Martha? Tu vas bien?

— Mais oui, Bryce. C'est simplement qu'il se passe quelque chose d'étrange par ici. J'en ai parlé à Olivier quand il m'a appelée de son bureau il y a quelques minutes, et il a suggéré que je te contacte.

Bryce se détendit. Si l'oncle Olivier ne s'était pas précipité à la rescousse de sa femme, la situation n'était pas trop grave.

— Oui? Que se passe-t-il?

— Eh bien! il y a une voiture garée sur notre propriété près de la forêt de pins. Je ne l'aurais pas remarquée si je n'avais pas emmené Babsy faire une promenade. Elle m'a échappé, et j'ai dû lui courir après...

Bryce sourit en évoquant sa tante dodue trottinant à travers champs à la poursuite de sa petite fripouille de chienne.

— Quel genre de voiture ? demanda-t-il en reprenant son sérieux professionnel.

— Je ne reconnaîtrais pas la marque, mais c'est un véhicule de tourisme, bleu.

— Tu ne t'en es pas approchée, j'espère ?

— Si. Je voulais être sûre que personne n'avait eu un accident ou n'avait besoin d'un médecin.

— Tante Martha, ce n'est pas prudent de s'approcher d'un véhicule garé d'une façon illégale, même à South-lakes.

Sa tante était trop confiante, et c'était probablement la raison pour laquelle il l'aimait tant.

— Je sais, mon petit, mais ça m'a permis de relever le numéro d'immatriculation.

— Alors, donne-le-moi. Je vais m'en occuper tout de suite, et entre-temps, il serait plus prudent que tu verrouilles bien tes portes et n'ouvres à personne.

Il savait pertinemment que sa tante sortirait, si Babsy avait besoin d'une promenade.

Il reconnut immédiatement les chiffres mais interrogea quand même son ordinateur pour obtenir confirmation. S'il avait d'abord envisagé l'hypothèse d'adolescents enamourés à la recherche d'un coin tranquille, il n'y croyait plus guère.

Les lettres commencèrent à défiler sur son écran. Tante Martha ne courait pas de danger. Aucun couple ne s'ébattait dans les bois.

La voiture appartenait bel et bien à Shannon Stewart.

Il passa le livre de bord à l'inspecteur Adams, remit son uniforme dans son casier, revêtit le pantalon de toile et le T-shirt qu'il gardait toujours dans son sac, et monta en voiture. Il n'avait pas la moindre idée du motif qui avait poussé Shannon à s'introduire dans la propriété de ses oncle et tante, mais il ne prendrait pas de repos tant qu'il n'aurait pas élucidé ce mystère.

14.

Bryce trouva Shannon à la lisière de la clairière — celle où ils avaient passé ensemble l'après-midi de la fête nationale —, adossée au tronc du pommier, les genoux repliés contre sa poitrine, la tête enfouie dans ses bras. Les rayons du soleil se frayaient un passage à travers le feuillage et déposaient des taches lumineuses sur sa longue chevelure sombre.

Bryce ralentit le pas. De toute évidence, elle se croyait isolée du reste du monde. Elle ne l'avait pas entendu approcher, et il eut l'impression étrange que c'était lui qui s'aventurait dans le jardin secret de Shannon.

Il perçut un drôle de son et se raidit. Shannon pleurait. Il ne l'avait jamais vue verser de larmes, sauf lorsqu'il avait dû lui arracher des bras sa fille au dos flagellé. Or il était sûr que les jumeaux étaient en bonne santé. Dans le cas contraire, il en aurait été immédiatement averti.

Des sanglots déchirants troublèrent bientôt la sérénité de la nature, et Bryce n'hésita plus. Le bruit de ses pas aurait dû avertir Shannon de son approche, mais elle était tellement enfermée dans sa douleur qu'elle ne releva même pas la tête.

Il s'assit à côté d'elle et la serra contre lui. Elle était si inerte qu'il eut l'impression d'étreindre une poupée de son.

— Shannon, je suis là ! Chut, mon cœur... Tout va s'arranger.

Ça ne voulait rien dire. Il ne savait pas si les choses pouvaient être arrangées puisqu'il ne savait même pas la cause d'un tel désespoir.

Comme des soubresauts continuaient de la secouer, il lui caressa les cheveux et lui murmura des mots de réconfort sans suite.

Shannon ne réagissait toujours pas. Au contraire, des gémissements s'échappaient maintenant de sa bouche sans qu'elle parût avoir conscience du monde extérieur.

— Chut ! Shannon, je suis ici, près de toi. Tu n'es plus seule.

Il ne l'aurait quittée pour rien au monde avant qu'elle soit revenue de l'enfer dans lequel elle était murée.

— Raconte-moi, mon cœur. Raconte. Je t'écoute. Je suis là, près de toi.

Il est là. Bryce est là. Dès que son cerveau enregistra la présence de Bryce, Shannon se raccrocha à lui pour émerger du tunnel noir de la souffrance. Elle ne comprenait pas comment Bryce l'avait rejointe et la tenait serrée contre lui avec une telle ferveur, mais les comment et les pourquoi n'importaient guère.

Ce qui comptait, c'était sa présence.

Le monde semblait soudain beaucoup moins effrayant.

— Bryce... merci.

Ce merci était bien peu de chose, alors qu'il venait de la tirer d'un gouffre si profond, si obscur et si terrifiant qu'elle avait perdu tout sens du temps et de l'espace.

— Chut ! Tout va bien.

Elle se blottit contre lui comme un enfant qui cherche le réconfort après un cauchemar abominable. Il continua à la bercer tandis que la brise séchait peu à peu ses larmes.

— Que s'est-il passé ?

Cette question brisa l'illusion du calme après la tempête. Seule l'étreinte chaude et solide de Bryce atténua pour Shannon le retour à la dure réalité.

— Clinton est venu me rendre visite.

Elle hésitait à en dire davantage. Bryce se tenait à ses côtés, mais pour combien de temps? Il fallait qu'elle parle, qu'elle se confie à quelqu'un. Elle avait besoin de *lui*.

— Et?

— De combien de temps disposes-tu? s'enquit-elle d'abord en jouant avec un bout de fil qui dépassait de la poche de la chemise de Bryce.

Il lui prit le menton pour la forcer à le regarder.

— De tout le temps qu'il faudra. J'ai fini mon service.

Elle hésitait, ne sachant par où commencer, puis elle se rappela à quel point il avait été difficile pour Bryce de lui raconter les circonstances de la mort de son père, et ce souvenir lui donna la force de continuer. Ce partage de ce qu'il y avait de plus intime dans l'existence d'un être humain était sans doute le fondement véritable de l'amour.

— Il est venu me dire qu'il est plus puissant que moi.

— Comment?

Elle entendait les battements du cœur de Bryce. Elle sentait sa poitrine se soulever à chaque respiration, et elle se laissait bercer comme un bébé. Shannon lui était reconnaissante de son attitude. Il était prêt à l'écouter mais il ne cherchait pas à forcer ses confidences.

— Je suis sûre que tu sais dans quel environnement j'ai passé mon enfance? dit-elle en se remettant à jouer avec le fil de sa chemise.

Bryce lui prit doucement la main pour la ramener à l'essentiel.

— Je préférerais entendre le récit de ta bouche.

— Ma mère a vu le jour dans un bidonville. Elle a partagé une masure avec une ribambelle de frères et sœurs, et elle s'est juré d'obtenir tout ce dont elle avait été privée par le sort. N'ayant guère été à l'école, elle n'avait pour elle que sa beauté naturelle, et elle ne ressentit pas la moindre honte à se vendre. Je suis la seule erreur qu'elle ait jamais commise. Elle a toujours refusé de me dire qui était mon père.

Bryce resta silencieux. Le choix de poursuivre son récit ou de l'interrompre appartenait entièrement à Shannon. Il lui tenait toujours la main, sans rien faire d'autre que lui caresser la paume du bout du pouce.

— Il est inutile de préciser que sont entrés et sortis de notre maison assez d'hommes pour remplir les casernes de l'armée américaine.

Bryce pouvait sentir la tension gagner le corps blotti contre le sien. Mais il ne posait plus aucune question. Ces confidences, si elles venaient, devaient être l'initiative de Shannon seule.

— Quand j'ai été assez grande pour comprendre ce qui se passait, Darla a commencé à fixer ses rendez-vous durant mes heures de classe, ou plus tard pendant mes heures de travail.

Bryce ferma les yeux et imagina la petite fille impressionnable, avec ses longs cheveux bruns et ses grands yeux violets, qui observait sa mère recevant chez elle tous ces inconnus. Il essaya en vain de bannir cette image qui le rendait malade. Il ne voulait pas non plus penser à cette petite fille qui grandissait et se transformait en une jeune femme désirable...

— Puis, une nuit, alors que j'avais dix-sept ans et que je travaillais le soir dans un restaurant, je ne me suis pas sentie bien.

Le débit de Shannon s'était accéléré, comme si elle craignait de s'arrêter.

— Mon patron m'a ramenée. Il y avait une voiture qui n'était pas celle de ma mère dans l'allée, mais j'étais trop mal en point pour y prêter attention. J'avais le vertige et des sueurs froides. J'ai quand même réussi à atteindre la salle de bains avant que la nausée ne l'emporte. Ensuite, je me souviens d'avoir eu de la peine à me tenir debout. J'ai gagné ma chambre dans un brouillard, et je crois bien que c'est à ce moment-là que je me suis évanouie. Je n'avais même pas pensé à Darla et à ses « visiteurs ».

Elle fit une pause. Bryce ne pouvait que se taire et écouter.

— La seule chose ensuite dont je me souvienne, c'étaient ces mains... de grandes mains... qui me déshabillaient.

Bryce en avait entendu assez. Il connaissait la suite de l'histoire. C'était ce que Shannon avait pudiquement appelé une « situation compromettante ». Et il n'était pas sûr de vouloir connaître tous les détails.

— Tu n'as pas besoin d'en dire davantage, dit-il en soulevant un peu Shannon pour lui permettre de loger la tête au creux de son épaule.

— Je me suis débattue.

Les mots continuaient à sortir de sa bouche d'une façon sporadique. Il n'y avait plus aucune inflexion dans sa voix. Bryce se força à rester à l'écoute, à l'assister durant ces moments difficiles où elle revivait l'épisode le plus douloureux de son existence, à être simplement là pour elle.

— Il a déchiré mon chemisier, agrippé ma poitrine.

Bryce craignait de faire le moindre mouvement. Il avait peur qu'elle n'associe le geste le plus léger aux souvenirs qu'elle évoquait. Son cœur battait à tout rompre. Il redoutait de perdre le contrôle de lui-même, de succomber lui-même à la nausée, d'envoyer son poing dans l'arbre contre lequel il était appuyé...

— Mais avant qu'il n'arrive à ses fins, quelqu'un l'a arrêté. Un policier.

Le soulagement qui envahit Bryce lui donna presque le

vertige. Il était fier d'être policier. Il se sentait le frère de ce collègue qui, bien avant que Bryce n'ait rencontré Shannon, avait su prendre soin d'elle.

Puis il se rappela qu'après avoir échappé par miracle à un viol, elle avait quand même été convaincue de prostitution.

— J'ai ressenti le bonheur de ma vie. Certes, je n'étais pas née sous une bonne étoile, mais j'ai cru pendant un instant que ma réserve de chance avait été stockée pour me servir au moment où j'en aurais vraiment besoin.

Elle parlait d'une voix emplie d'amertume.

— En réalité, ce n'était qu'un tour atroce que me jouait le destin. Le policier n'était pas là pour me secourir, mais pour m'arrêter. Il avait agrippé l'homme, non pour m'aider, mais pour m'enlever l'opportunité de satisfaire mon « client ».

Bryce était stupéfait. C'était donc ça? Le quasi-viol d'une adolescente innocente avait servi de base à une condamnation pour prostitution?

Shannon se dégagea, comme si elle se souvenait brusquement de la profession que Bryce exerçait. Le respect qu'il avait eu pour son collègue se changea soudain en animosité, la fierté de son métier en nausée.

Elle se tenait debout, offrant son visage aux rayons du soleil. Même dans son vieux survêtement, elle semblait l'image même de la féminité intacte. Il se demanda comment il avait jamais osé la toucher ou l'embrasser.

— Ils essayaient depuis des mois de coincer ma mère. Alors, elle m'a utilisée comme bouclier. Elle a témoigné contre moi. J'étais mineure. Elle risquait gros, tandis que, forcément, les juges seraient beaucoup moins sévères avec moi.

— Mais l'homme? demanda Bryce qui espérait encore contre toute vraisemblance que quelqu'un avait défendu Shannon.

Shannon lui rit au nez, avec une amertume qui fit frémir Bryce.

— Il a corroboré l'histoire de ma mère, bien sûr ! Pourquoi pas ? C'était une amende pour achat de faveurs sexuelles illégales, ou passer lui-même en justice pour tentative de viol sur la personne d'une mineure ! Comme il était un commerçant respecté de la ville, qui croyez-vous que l'on ait cru ? Certainement pas la fille de dix-sept ans de la putain locale !

Bryce était un policier et, en tant que tel, connaissait les règles de procédure.

— Et l'examen médical ?

— Personne ne l'a demandé.

Shannon regardait de nouveau le ciel, comme si elle y recherchait une fraîcheur et une pureté inconnues sur la terre.

— ... L'acte sexuel ne fut jamais discuté. Les gens savaient que le policier avait arraché l'homme de mon lit avant qu'il puisse en arriver tout à fait à ses fins. D'ailleurs, quand bien même ils auraient eu la preuve de ma virginité sous les yeux, ils auraient quand même été convaincus que je m'étais bel et bien vendue ce soir-là.

— Donc tu t'es enfuie, tu as pris une nouvelle identité et tu es repartie de zéro.

Bryce enveloppait Shannon d'un regard éperdu. Dans son cœur vibrait un sentiment de haine pour la vie qui avait infligé à une si jeune femme une leçon aussi amère. Mais en même temps il admirait en elle sa force d'âme, son refus de se laisser aller, d'abandonner la partie et de devenir la femme pour laquelle on l'avait fait passer.

— Il m'était impossible de demeurer dans cette ville. Après le procès, les gens étaient scandalisés. Les mères ne me laissaient plus approcher leurs filles, ni leurs fils d'ailleurs. Une soi-disant amie s'est mise à traverser la rue plutôt que de marcher à côté de moi. Le pire à supporter était l'hypocrisie des hommes « comme il faut ». En public, ils soutenaient leurs épouses et me dénigraient haut et fort. Mais en cachette, ils ne cessaient pas un instant de quémander mes faveurs. Je ne pouvais plus faire un pas sans m'exposer à des plaisanteries douteuses ou à des propositions malhonnêtes. J'ai cru devenir folle. Je craignais sans arrêt de devenir ce qu'ils voulaient tous que je sois. Alors, je me suis enfuie.

Bryce jeta le brin d'herbe avec lequel il jouait et tapota l'herbe à côté de lui.

— Viens là.

Shannon se rapprocha et s'assit, mais en face de lui, là où il ne pouvait pas l'atteindre.

— J'ai menti, Bryce. J'ai menti à tout le monde, mais je n'ai jamais tenté de faire du mal à qui que ce soit. Jamais. Je voulais simplement mener la vie d'une femme honnête, et être considérée comme telle. J'avais l'habitude de dévorer les livres de la bibliothèque municipale consacrés à l'étiquette et aux bonnes manières. Je me disais que si je pouvais donner de moi une image radicalement différente de celle de ma mère, les gens cesseraient de m'assimiler à elle. J'ai fait de l'auto-stop en quittant Havenville et, dans la voiture, j'ai entendu les nouvelles à la radio. Un journaliste parlait de l'incendie d'une usine de textile, et d'une famille qui avait péri dans les flammes. Alors, quand je me suis retrouvée quelques jours plus tard à Southlakes, et que Clinton m'a demandé les origines de ma famille, prise de court, je lui ai parlé de cette grande famille du textile. Je n'avais rien prémédité. C'était sorti tout seul. Ensuite, il a bien fallu que je m'en tienne à cette histoire.

Bryce lui tendit les mains, mais elle résista. Il se rappela alors que son récit n'était pas terminé. Il n'avait entendu que les prémices de ce qui s'était passé le jour même. Il ne savait toujours pas en quoi consistait le pouvoir détenu par Stewart.

— Quand Clinton m'a demandé de l'épouser, j'étais si heureuse que je suis rentrée dans la chambre que je louais pour y pleurer de joie. J'étais enfin considérée comme la femme que je désirais être. Il me montrait le respect que la plupart des filles tiennent pour une chose acquise. Je me promis d'être pour lui la meilleure épouse de la terre.

— Tu l'aimais ?

Il n'avait guère envie de le savoir, mais il le fallait pourtant. Il ne comprenait pas comment Shannon pouvait être tombée amoureuse d'un homme qui manquait à tel point de compassion.

Elle haussa les épaules.

— Je ne savais rien de l'amour ! Je me rendais bien compte de l'attrait physique que j'exerçais sur Clinton. Il s'excitait dès qu'il s'approchait de moi. Comme je me dérobais à ses avances, il m'a demandée en mariage, et je l'ai respecté pour cela. Quand j'ai essayé de lui dire que je n'étais pas *encore* sûre de l'aimer, il m'a répondu que les gens accordaient beaucoup trop d'importance à l'amour. Il m'expliqua que nous avions tout pour former un couple heureux, et que l'affection entre nous grandirait au cours des années. Je l'ai cru.

Elle détourna la tête, et son regard quitta Bryce pour se perdre à l'horizon.

— Au début, Clinton s'est montré très prévenant à mon égard. Il me considérait comme l'une de ses possessions, mais aussi comme la plus précieuse. J'appartenais à la famille la plus respectable de la ville. Quand je descendais la grand-rue, les gens me souriaient et s'arrêtaient pour me saluer. Ils m'invitaient à déjeuner ou ils me demandaient de présider un bal de charité, au lieu de me railler avec un sourire méprisant. Je faisais de mon mieux pour plaire à mon mari. J'étais bien traitée, et je n'avais jamais été aussi heureuse de ma vie. Ce que je recevais valait bien davantage à mes yeux que toutes les histoires d'amour-passion que j'avais lues dans les livres. D'ailleurs, je n'étais même pas sûre que ça existait vraiment dans la réalité.

— Et que s'est-il passé ?

— J'ai découvert que j'étais enceinte et, au moment où je croyais mon bonheur complet, Darla a fait sa réapparition. Elle me recherchait depuis des mois. Sa conscience lui faisait des reproches, et elle voulait réparer les torts qu'elle avait eus envers moi. Sa visite eut les conséquences opposées. Ignorant complètement les mensonges que j'avais racontés, elle détruisit tout l'édifice que j'avais patiemment construit. Quand Clinton a découvert qu'il était marié à la fille d'une prostituée, il a vu rouge. Il s'est imaginé qu'étant la fille de ma mère, je ne pouvais l'avoir épousé que par amour du gain. J'ai bien essayé de lui expliquer, mais il a refusé de m'écouter : il était convaincu qu'il ne s'agissait que d'une tentative de plus pour m'accrocher à son argent. Il croyait que je l'avais volontairement ridiculisé et que, comme si ça ne suffisait pas, je l'avais dupé pour faire de lui le père de mes enfants. L'idée que sa progéniture aurait du sang de Darla mêlé à celui des Stewart l'horrifiait. J'avais commis la faute impardonnable. J'avais souillé le nom des Stewart. Il ne me l'a jamais pardonné.

— Mais il n'a pas été question de divorce ?

— Je désirais un foyer stable pour mes enfants.

— Pourquoi Clinton a-t-il accepté que tu restes, s'il te méprisait autant ?

— Il *voulait* que je reste. Il avait peur du qu'en-dira-t-on. Il ne faut pas oublier que, pour un Stewart, les apparences comptent plus que tout le reste. Oui, j'avais souillé le sang des Stewart, mais aussi longtemps que nous resterions mari et femme, et que nous nous traiterions cordialement en public, nul ne le saurait. Nous vivions dans une aile isolée du manoir. Clinton dormait dans une autre chambre. Il ne m'adressait jamais la parole en privé, à moins d'y être obligé, mais il insistait pour que nous conservions toutes les apparences du couple modèle dès que quiconque nous observait. Y compris devant ses parents. Ils n'ont rien su jusqu'au moment du divorce.

Bryce retournait dans sa tête ce que Shannon venait de dire, et aussi ce qu'elle avait tu. Vivre en butte au mépris de Clinton, tout en maintenant les apparences d'une tendresse qui n'existait plus, et tout ça parce qu'elle ne voulait pas priver ses enfants de la sécurité qu'ils méritaient... l'expérience devait avoir été abominable.

— Mais tu l'as quitté il y a deux ans. Pourquoi?

Le soleil descendant à l'horizon formait soudain un halo autour de la tête de Shannon. Bryce ne savait pas s'il s'agissait là d'un signe de bon augure, ou d'un avertissement du ciel.

— Peu après la naissance des jumeaux, Clinton a commencé à boire plus que de coutume. Certains soirs, il s'installait dans le salon, seul, avec une bouteille de whisky. Il s'est fait arrêter deux fois pour conduite en état d'ivresse. Son ami, votre inspecteur Williams, lui a évité la correctionnelle, ce qui rendit Clinton son débiteur. Une nuit, peu après la seconde infraction, Drew est venu rendre visite à Clinton. Quand ils ont ouvert leur seconde bouteille, Drew a avoué à Clinton qu'il avait toujours été attiré par moi. Clinton était suffisamment soûl pour croire qu'il pouvait s'acquitter de sa dette envers son ami par mon intermédiaire. Il savait que Drew ne le trahirait pas.

Le débit de sa voix avait repris une monotonie effrayante.

Bryce se raidit. Il se souvenait de ce que lui avait dit Olivier au tout début de l'affaire: Clinton aurait surpris Shannon en compagnie de l'un de ses amis, mais l'accusation n'avait pu être prouvée. Que s'était-il passé en réalité? Shannon avait-elle été forcée d'accorder ses faveurs malgré tout?

— Donc, vous êtes partie, dit-il.

Il était effrayé à l'idée que Shannon n'ait pas eu les moyens d'échapper à deux hommes ivres. Il craignait de ne pas pouvoir résister et de casser la figure de l'inspecteur Williams la prochaine fois qu'il le rencontrerait.

— Dès que j'ai compris ce qui se passait, j'ai pris Mindi au passage et je me suis enfermée avec les jumeaux dans la chambre de Mike, jusqu'à ce que Clinton et Drew s'effondrent. Nous sommes partis pendant qu'ils cuvaient leur alcool.

Elle avait donc su se dérober à la plus avilissante des expériences. Bryce avait envie de la prendre dans ses bras, et de lui témoigner tout l'amour qu'elle méritait. Il voulait qu'elle sache à quel point il était fier d'elle, et de sa capacité à veiller sur elle-même et sur ses enfants.

Il se contenta de reprendre une respiration normale.

— Pourquoi n'as-tu pas quitté la ville après votre divorce ?

— Je ne pouvais pas emmener mes enfants avec moi, dit-elle comme si la possibilité de partir sans eux n'existait même pas. Clinton avait la garde jointe.

— Et tu n'as pas porté plainte quand il a omis de verser la pension alimentaire fixée par la justice, parce qu'il acceptait de vous laisser vivre en paix ? C'est bien ce que tu m'as dit dans la voiture l'autre semaine ?

Shannon acquiesça, heureuse qu'il se souvienne si bien de ses paroles. Mais l'histoire n'était pas encore finie. Bryce continuerait-il à la croire quand elle lui rapporterait sa dernière conversation avec Clinton ? Bryce était son ami, — maintenant, il n'y avait plus aucun doute là-dessus, — mais il restait le commissaire de la ville. Pouvait-elle lui dire que Clinton disposait de documents bancaires établissant la preuve de transactions qui n'avaient jamais eu lieu, et espérer qu'il continue à la croire ?

15.

Ankylosé par la dureté du sol, Bryce pivota sur le côté et s'appuya sur son meilleur bras.

— Alors, que s'est-il passé aujourd'hui ? s'enquit-il en jugulant son impatience de savoir le fin mot de l'histoire.

Car s'il voulait être en mesure d'aider Shannon, il fallait qu'il connaisse tous les éléments de la situation à laquelle ils se trouvaient confrontés.

— Clinton va persister à affirmer qu'il n'a jamais cessé de verser la pension alimentaire qui m'était due.

Bryce fronça les sourcils, et se passa une main dans ses cheveux embroussaillés. Shannon aimait le voir ainsi. Elle ignorait ce qui le rendait aussi attirant à ses yeux. Certes, elle avait vu assez d'hommes dans son existence pour être immunisée contre les effets d'une solide virilité, mais tout lui plaisait dans l'allure et les mouvements de Bryce.

— En quoi la situation est-elle différente de ce qu'elle était la semaine dernière ?

— Il a su se montrer convaincant quand il m'a dit que la cour le croirait. Il mentira devant le juge, et ce sera sa parole contre la mienne.

C'était là ce qu'il y avait de si effrayant : elle dirait la vérité, elle affirmerait qu'elle ignorait tout de ce compte bancaire, mais si Clinton s'était procuré une sorte de preuve, qui la croirait ?

— Tant qu'il ne pourra pas produire des chèques encaissés, tant qu'il n'aura pas de reçus, ni aucune autre preuve que tu as bien bénéficié de cet argent, sa parole ne vaudra rien.

— Et s'il fournit des preuves ? dit-elle en jetant brusquement sa vie entière dans la balance.

Elle eut l'impression d'avoir sauté d'un avion sans parachute quand elle vit les traits de Bryce déformés par le doute.

Elle retint sa respiration quand le doute en lui fit place à la colère, puis à l'incompréhension.

— Ça t'ennuierait de m'expliquer ça un peu mieux ?

Si elle n'était pas aussi inquiète pour l'avenir, Shannon aurait cédé au soulagement. Bryce avait choisi ses mots avec soin.

Il ne l'avait pas rejetée. Il n'exigeait rien.

— Je ne comprends pas moi-même. Je n'ai jamais reçu, pris ou encaissé un centime de l'argent des Stewart depuis la nuit où j'ai quitté Clinton. Mais il dit qu'il a ouvert un compte spécial à mon nom il y a deux ans, qu'il y a déposé chaque mois la pension alimentaire, et que Barry Collins, le fils du président de la banque de Southlakes, est prêt à témoigner que cet argent a été prélevé « avec la régularité d'une horloge ». Logiquement, mon cerveau me dit qu'il n'existe aucun moyen de prouver que j'ai retiré de l'argent d'un compte dont j'ignorais l'existence, mais Barry et Clinton se connaissent depuis le berceau. Barry connaît tous les rouages de la banque, il a accès à toute la documentation. Qui sait ce qu'ils ont pu comploter ?

— Clinton était probablement en train de bluffer, Shannon. Je suppose qu'il avait un motif sérieux pour t'informer de l'existence de ce compte hypothétique ?

Shannon sourit, brièvement. Enfin ! Bryce la croyait sur parole.

— Oui, il veut que j'abandonne la bataille avant le procès. Mais je le connais, je ne crois pas qu'il ait bluffé. Il ne m'aurait pas parlé de ce compte, s'il ne s'était pas senti en terrain sûr. Il dispose d'une preuve quelconque, et c'est ce qui me terrifie.

— Il te connaît aussi, Shannon, et il essaie par l'intimidation d'obtenir de toi ce qu'il veut. Si tu es vraiment inquiète, appelle Brad Channing demain matin et demande-lui de vérifier cette information. S'il existe un compte à ton nom, il devrait lui être facile de le localiser. Au demeurant, je ne comprends pas comment un tel compte aurait pu être ouvert hors de ta présence, et sans ta signature. En tout cas, avec le fichage moderne par ordinateur, il est virtuellement impossible de prouver que tu as reçu de l'argent si ce n'est pas vrai.

— J'espère que tu as raison, dit Shannon qui n'était toujours pas rassurée.

Elle songeait aux années passées à observer toutes les choses « impossibles » que Clinton avait réussies, après s'être assuré le contrôle de gens bien placés...

— Manifestement, il essaie de te démoraliser. Or tu le dis convaincu de gagner la partie de toute façon. Quel autre motif, moins apparent, pourrait donc avoir eu cette visite ?

Shannon arracha un brin d'herbe et se mit à la mâchonner. Elle fut surprise par le goût de menthe sauvage. Ce qui ne l'empêcha pas de considérer la question posée par Bryce. Maintenant qu'elle avait recouvré son calme, et qu'elle était capable de discuter rationnellement de la situation, elle se demandait si Bryce ne venait pas de mettre le doigt sur le problème fondamental.

Elle s'était toujours demandé pourquoi Clinton

s'était soudain lancé dans cette bataille judiciaire pour obtenir seul la garde de ses enfants. Pourquoi, après avoir dédaigné Shannon, Mike et Mindi pendant des années, adoptait-il maintenant la position de ses parents, et voulait-il que les jumeaux soient élevés en bons Stewart ? Elle passa en revue dans sa tête la visite de Clinton et enregistra pour la première fois un élément crucial de leur conversation. Clinton avait dit qu'il *avait besoin* des enfants. Il y avait eu dans sa voix une note qui ressemblait beaucoup à du désespoir. Dans la bouche d'une autre personne, y compris Shannon elle-même, une telle expression n'aurait guère eu de signification, mais les Stewart ne tenaient qu'à deux choses : leur argent et leur réputation. Où était donc l'enjeu ? Pourquoi Clinton avait-il si désespérément *besoin* de Mike et de Mindi ? Rien de neuf ne menaçait sa réputation, il ne restait donc que...

— Il se peut que les parents de Clinton soient en train d'agir en coulisses, dit-elle lentement tandis que les morceaux du puzzle se mettaient lentement en place dans sa tête.

Elle résista à l'excitation qu'elle sentait monter en elle. Clinton n'avait jamais été intéressé par la garde de ses enfants. En revanche, les grands-parents Stewart n'avaient jamais caché leur opinion : Minda Marie et Michael Scott étaient leurs héritiers et devaient être éduqués comme tels, au sein du clan.

Les sourcils froncés sous l'effort de sa réflexion, Bryce laissa tomber le brin d'herbe qu'il mâchonnait lui aussi.

— J'ai cru comprendre que les grands-parents Stewart avaient toujours voulu la garde des jumeaux, dit-il. Pourquoi Clinton est-il soudain prêt à les écouter ?

Shannon en revenait à ce compte en banque, et un

scénario se bâtissait lentement dans son esprit. Etait-il possible que Clinton ait eu besoin d'argent ? Qu'il ait lui-même utilisé la pension qu'il était censé lui verser ? En supposant que la pension ne soit pas prélevée sur ses fonds personnels, mais sur la fortune Stewart que son père continuait à contrôler, il avait peut-être échafaudé une fraude ingénieuse. L'argent aurait donc été transféré dans un compte au nom de Shannon. Un compte dont il était le seul à connaître l'existence. S'il avait pu s'en procurer l'accès, ses revenus mensuels auraient considérablement augmenté.

Il n'était jamais venu à l'esprit de Shannon que Clinton, un *Stewart*, puisse avoir des besoins d'argent. Mais c'était la seule explication logique. Pourquoi Clinton prendrait-il le risque de concocter un compte bancaire frauduleux s'il ne cherchait pas désespérément à se procurer l'argent qu'elle était censée recevoir ? Trafiquer des documents financiers constituait un crime puni par les lois fédérales. Ce n'était pas un acte que Clinton aurait commis à la légère.

— Clinton est bien forcé d'écouter ses parents parce qu'ils contrôlent la fortune familiale.

Des frissons d'excitation la parcouraient. Elle ne savait pas où cette intuition la mènerait, mais elle était impatiente d'explorer cette possibilité, dans l'espoir que peut-être, malgré tout, elle trouverait le moyen de gagner la bataille.

— L'argent, n'est-ce pas ? dit Bryce. Ainsi, Clinton aurait des besoins d'argent.

Ses réflexions personnelles l'avaient mené dans la même direction que Shannon. Son expérience de policier lui avait appris que l'argent et le pouvoir mènent le monde.

— L'argent, oui. J'ai toujours soupçonné Clinton d'avoir la passion du jeu. Il dépensait trop, sans que je

206

comprenne comment, et il ne pouvait jamais résister à l'attrait d'une gageure. Il avait même pris des paris sur ma grossesse. Est-ce que j'attendais un garçon ou une fille ? Ironique, tu ne crois pas ?... Quoi qu'il en soit, si son passe-temps favori s'est transformé en une passion incontrôlable, il a pu perdre plus qu'il ne possédait personnellement. Où trouver de l'aide ? Auprès de ses parents, bien sûr. Ils feraient n'importe quoi pour éviter le scandale. Mais ils ont fort bien pu poser leurs conditions. Ils auraient laissé Clinton puiser dans la fortune familiale, à condition d'obtenir quelque chose en retour.

— Les jumeaux, acquiesça Bryce, les yeux brillants.

— Les jumeaux, fit Shannon en écho.

— Tu aurais fait un fameux détective, dit-il en la couvant d'un regard d'approbation admirative. Tes capacités de déduction sont impressionnantes.

Au lieu de céder à l'enivrement de la découverte, Shannon eut soudain besoin d'être rassurée.

— Tu crois que c'est possible ?

— Je pense même que c'est probable. Je vais lancer les recherches pour voir quelles informations je peux obtenir immédiatement, mais nous devrions sans doute demander un report d'audience pour nous donner le temps de remonter cette piste. Si nous découvrons la moindre preuve, nous serons alors en bien meilleure posture pour convaincre la ville entière que Clinton n'a cessé de mentir.

— Nous ?

Il se pencha vers elle pour la regarder droit dans les yeux.

— Nous.

Shannon lut dans son regard des promesses muettes et s'autorisa à envisager l'avenir. Ses inquiétudes n'avaient pas disparu pour autant. Elle ne savait pas encore de quelle « preuve » disposait Clinton, ni si cette preuve serait de nature à ranimer les doutes de Bryce. Mais elle nourrissait maintenant l'espoir qu'ils s'en sortiraient indemnes tous les quatre, Mindi, Mike, Bryce, et elle-même.

Bryce vit l'espoir enflammer les yeux de Shannon et ne put résister à la tentation de l'embrasser. Il savoura la menthe sauvage mêlée au goût salé des larmes qu'elle avait versées. La fraîche odeur de sa chevelure se mêlait à celle des pins de la forêt. Il était dévoré par le désir, mais la seule possession physique ne lui suffisait pas.

— Je te veux, Shannon. Me veux-tu ?

Shannon comprit qu'il lui demandait beaucoup plus que son corps. Elle n'avait connu intimement qu'un seul homme, mais elle n'avait jamais aimé que Bryce. Elle ressentit la nécessité — la nécessité absolue — d'offrir à l'homme qu'elle aimait un don infiniment supérieur à celui que Clinton avait reçu.

Elle venait de découvrir une vérité, simple et complexe à la fois. Ce qui lui avait permis de se confier à Bryce et de trouver en lui le réconfort dont elle avait besoin, c'était l'amour. L'amour qu'elle n'avait jamais connu et qu'elle découvrait enfin.

Il fallait que Bryce la touche, qu'il la caresse, qu'il efface ainsi toutes les images fausses qu'elle se faisait des contacts physiques, et qu'il les remplace par la beauté naturelle d'une union totale, cœur, corps et esprit, d'un homme et d'une femme.

Bryce, allongé au-dessus d'elle, lui effleurait doucement la chevelure.

— Es-tu sûre, mon amour ?

— Oui, Bryce, je te veux.

— Je suis un homme, Shannon, pas un saint. Si tu dois changer d'avis, il faut que ce soit maintenant.

208

— Viens !

Elle savait que Bryce ne prendrait rien, ne demanderait rien qu'elle ne veuille lui offrir. Elle se lançait avec confiance dans un monde d'émotions pures.

Et Bryce l'emporta loin au-dessus de la prairie, dans un royaume délicieux où il n'existait plus d'autres règles que le bon plaisir de l'amour véritable.

Beaucoup plus tard ce soir-là, après avoir suivi Shannon en voiture jusque chez elle, Bryce se dirigea vers le commissariat. Il aurait voulu passer la nuit avec elle, mais elle ne le lui avait pas demandé. Choisir l'homme qu'elle aimait n'avait rien de répréhensible pour une femme adulte, mais si la femme était Shannon Stewart, alors les gens verraient le mal là où il n'était pas. Tant que la bataille pour la garde des jumeaux n'était pas terminée, il leur fallait garder le secret. Entre-temps, Bryce avait du pain sur la planche. Il commencerait par vérifier s'il restait des traces des arrestations de Clinton Stewart pour conduite en état d'ivresse.

Puisqu'il allait à la bataille, il avait besoin de munitions.

Il bavarda un moment avec le sergent de garde, puis il se dirigea vers la salle des archives. Il croyait Shannon, mais il avait une ville à convaincre. Sa réputation professionnelle serait en jeu lorsqu'il se lèverait pour la défendre.

Les rapports de police, il en était sûr, n'existaient plus, mais il se pouvait que l'inspecteur Williams ait été trop inexpérimenté, ou trop sûr de lui, pour avoir songé à détruire les calepins numérotés de contraventions.

Il lui fallut une bonne heure pour trouver ce qu'il cherchait. A trois reprises, au cours de cinq années précédentes, Clinton s'était bel et bien fait arrêter, dans le canton, et une contravention avait été rédigée. L'infraction « conduite en état d'ivresse » était assortie d'une citation à comparaître. Le véhicule était une Jaguar blanche avec une plaque d'immatriculation au nom de Clinton Samuel Stewart III. Le conducteur avait été identifié comme étant le même Clinton Samuel Stewart III. Suivait le numéro de son permis de conduire. Il n'y avait pas le moindre doute sur la nature et l'auteur du délit.

Chaque fois, la contravention était restée lettre morte. Elle n'avait pas été transmise aux services judiciaires du canton. Clinton n'avait pas été convoqué devant le juge. Aussi, dans la mesure où seule l'administration de Southlakes avait été concernée, le casier judiciaire du citoyen Clinton Samuel Stewart III était absolument vierge.

Bryce savait que cette seule découverte ne suffirait pas à convaincre Olivier — ni qui que ce soit d'autre — que Shannon était une bonne mère, mais au demeurant, il s'agissait pour lui d'une victoire importante. Non seulement sa confiance en Shannon s'en trouvait décuplée, mais cela le confortait aussi dans l'existence d'une machination contre elle. Et puisque les rôles du bon et du méchant avaient été inversés, il allait, lui, Bryce, trouver le moyen de le prouver.

Bryce mit en route une enquête sur Clinton Stewart dès le lendemain matin. Il utilisa les services d'un ami personnel, un détective privé qui pourrait enquêter plus discrètement que lui. Puis il appela lui-même Brad Channing pour lui suggérer de demander un report d'audience.

En début d'après-midi, il se présenta au bureau de son oncle, dix minutes avant l'heure des audiences. Il voulait que leur conversation soit brève.

— Monsieur le juge, vous allez recevoir une requête en vue de repousser la date du procès concernant la garde des enfants Stewart, et je voudrais vous dire qu'en ma qualité de commissaire, je considère qu'il y a des éléments raisonnables permettant d'accorder ce report.

Olivier lui lança un regard qui aurait donné à Bryce, s'il n'avait pas été aussi sûr de ses convictions, l'impression d'être de nouveau un gamin en culottes courtes.

— Quels éléments?

Bryce déposa sur le bureau du juge les carnets numérotés de contraventions. Il lui confia ses soupçons concernant d'autres domaines de la vie de Clinton Stewart, et enfin il lui fit un rapport purement objectif sur la façon dont l'homme traitait ses enfants.

— Tu n'ignores pas ce que les Stewart te feront, si ces accusations leur reviennent aux oreilles, et qu'elles ne sont pas fondées?

— Oui, monsieur le juge. Mais ces accusations sont exactes. Et je ne serais pas le policier que je suis, ni l'homme formé par mon père, si je ne suivais pas la voie que me dicte ma conscience.

Olivier étudia le visage de Bryce, puis ouvrit aux pages indiquées les carnets déposés devant lui.

— Si je reçois une telle requête, dit-il enfin, je reporterai l'audience d'une semaine. C'est le mieux que je puisse faire.

Bryce prit congé. Le juge le rappela au moment où il s'apprêtait à franchir le seuil.

— Fais en sorte de savoir exactement où tu mets les pieds, petit.

Bryce lut de l'affection dans les yeux du vieil homme, hocha la tête et se jura de surmonter tous les obstacles sans décevoir *qui que ce soit*.

— Mikie ?

Le murmure tremblant perça la pénombre de la petite chambre assignée à Michael. Il avait passé l'heure précédente à étudier le rayon blanc qui filtrait entre les rideaux de coton, et à se demander si les pouvoirs célestes, capables de créer quelque chose d'aussi fantastique que la lune, avaient le temps de s'occuper des affaires de sa maman. Le son de la petite voix effrayée le tira instantanément de sa rêverie.

— Oui, Min ?

Il se rassit, tandis que sa jumelle traversait la pièce sur la pointe des pieds et venait se percher sur son lit. Pour une fois, Mike espéra qu'il s'agissait seulement d'un des cauchemars habituels de Mindi. Il améliorait presque chaque soir sa technique dans l'art de la consoler.

L'été n'en finirait donc jamais...

— J'ai si peur.

La poitrine de Mike se serra en reconnaissant l'approche des larmes. Autrefois, quand Mindi geignait pour une robe de poupée déchirée, ses pleurnicheries le rendaient furieux mais, après leur expérience chez Mme Wannamaker, Mindi ne pleurait plus jamais pour des bêtises. Et maintenant ses larmes n'agaçaient plus Mike. Elles l'effrayaient.

— Il n'y a pas de quoi avoir peur, Min. Mme Thompson est vraiment gentille avec nous.

Il disait ce que sa mère aurait dit en pareilles circonstances, et il essayait de garder une voix calme et rassurante.

— Mais tu as entendu ce que Mme Thompson a dit pendant le dîner : que nous avions de la chance parce que nous allions probablement rentrer chez notre papa

212

demain soir! Elle sait peut-être des choses qu'on ne nous dit pas. Peut-être qu'ils ont déjà décidé, et qu'on ne rentrera jamais à la maison, avec maman.

En entendant Mindi dire tout haut ce qu'il craignait tout bas, Mike avait envie de pleurer.

— Maman a promis.

Il se demandait pourtant si, pour une fois, leur maman ne leur avait pas fait une promesse qu'elle serait incapable de tenir. Il avait eu tort de lui cacher l'histoire des pensionnats. Il n'avait pas voulu lui causer de nouveaux soucis, mais il aurait vraiment voulu savoir ce qu'elle en pensait.

— Alors, pourquoi Bryce et maman nous ont-ils dit cet après-midi, au parc, que le procès était repoussé d'une semaine?

Mike savait exactement ce que pensait Mindi, parce qu'il pensait la même chose. Leur maman ne devait pas être prête à affronter le juge, si elle demandait encore du temps. Et peut-être qu'elle n'allait pas l'obtenir. Et peut-être que la décision avait déjà été prise, et qu'elle n'était pas au courant. Peut-être que leur père avait gagné et que les grands-parents Stewart étaient déjà en train de préparer leur départ en pension...

— Maman a promis, Min, répéta Mike en s'installant, les jambes croisées, en face de sa sœur.

Il perdait l'espoir, lui aussi. Exactement depuis le moment où leurs grands-parents leur avaient dit qu'ils étaient acceptés dans ces horribles écoles. Mais il fallait qu'il réconforte Mindi. Maman comptait sur lui.

Les épaules de Mindi s'affaissèrent, et elle commença à renifler. De la voir ainsi sangloter, une colère inhabituelle le souleva. Une colère devant ce monde qui donnait à sa sœur tant de raisons de pleurer, une colère devant les lois qui les arrachaient à leur mère. Mindi n'avait plus que lui pour sécher ses larmes.

Il n'était pas très doué pour ça, mais au moins il faisait de son mieux. Alors que dans quelques semaines, Mindi risquait de se retrouver seule au milieu de gens inconnus...

— Il faut qu'on continue à avoir confiance, Min.

Mindi leva vers son frère des yeux mouillés de larmes. Son menton tremblait. Elle ressemblait tant à sa maman que Mike faillit s'effondrer.

— Et si la confiance ne suffit pas, cette fois-ci? murmura-t-elle.

Mike l'attira dans ses bras pour lui faire un câlin. Il avait l'air fort et courageux, bien sûr, mais au fond de lui-même, il avait besoin de la sentir près de lui tout autant qu'elle avait besoin de le sentir auprès d'elle.

— Ils ne nous sépareront pas, je te le promets.

Il la berça doucement, tout en pensant qu'il venait, comme maman, de lui faire une promesse sans doute impossible à tenir.

16.

Le vendredi, Bryce se trouvait à une conférence au chef-lieu de canton, à quatre-vingt-dix kilomètres de Southlakes, quand il reçut un appel urgent de l'inspecteur Williams.

— Commissaire! Nous avons besoin de vous. Les jumeaux Stewart ont disparu encore une fois.

L'appréhension fit courir un frisson le long de la moelle épinière de Bryce, mais sa tête resta celle d'un policier.

— Quand et où les a-t-on vus pour la dernière fois?

Une brève image de B.J. Roberts, l'épiant ainsi que les jumeaux au moment où ils remontaient en voiture le jour de la fête nationale, lui traversa l'esprit et lui fit envisager le pire.

— Il y a une heure à peu près, dans le jardin de Bessie Thompson, répondit Williams. Ils construisaient un fort sur l'herbe, à l'aide de boîtes de carton, quand Mme Thompson a reçu l'annonce du report d'audience. Elle est sortie pour les avertir, mais ils n'étaient plus là. Elle les a cherchés dans toute la maison, et puis elle nous a appelés.

— A-t-on contacté la mère?

Il se détestait pour avoir posé cette question, tout en sachant fort bien que l'appartement de Shannon devait

215

être leur premier objectif. La possibilité que l'histoire soit en train de se répéter était une supposition logique. Si lui-même n'y croyait pas une seconde, il savait que tous les habitants de la ville en seraient convaincus, et cela le mettait en colère de devoir perdre son temps à leur prouver qu'ils avaient tort.

— Pas directement, commissaire, mais on a vu la voi-ture de Mme Stewart se diriger dans la direction de chez les Thompson plus tôt dans la journée. Elle est mainte-nant rentrée chez elle, mais sans les enfants. Je ne sais pas où elle les a cachés. Elle est seule en ce moment. L'inspecteur Adams est en faction devant chez elle, et j'ai jugé préférable de vous consulter avant de passer à l'action.

Après tout ce que Shannon et lui avaient partagé, il était certain qu'elle ne se serait pas lancée derrière son dos dans une aventure aussi périlleuse. Certes, en dépit de ses efforts pour la rassurer, elle restait convaincue de la puissance des Stewart. Elle s'était récemment laissé emporter par les vagues déferlantes de ses hantises. Mais elle avait une conscience. Son besoin de bien agir était presque aussi fort que son besoin de respirer.

— Envoyez partout le signalement des jumeaux, met-tez tout le personnel disponible sur les routes, continuez la surveillance de l'appartement de Mme Stewart. Demandez à Mme Thompson s'il ne manque rien dans la chambre des enfants. Tâchez de savoir s'il ne s'est pas produit un événement particulier dans leur existence ces jours derniers. Il ne faut pas négliger la possibilité d'une fugue. Je serai rentré dans une heure.

Bryce avait fermement rejeté ses démons personnels à la dernière place de ses préoccupations. Seule comptait maintenant la sécurité de ces deux enfants de dix ans qu'il en était venu à aimer comme les siens.

— Oh! Williams? Essayez de savoir où se trouve

216

votre ami, B.J. Roberts, ajouta-t-il en espérant qu'il ne mettait pas toute son enquête en péril en laissant Williams se douter des soupçons que l'homme lui inspirait.

Il se mit en route immédiatement, alluma son phare giratoire, et couvrit le chemin en moins de trois quarts d'heure. Quand il arriva à Southlakes, il espérait presque que c'était bien Shannon qui avait subtilisé ses enfants, parce que, dans ce cas du moins, Mike et Mindi étaient sains et saufs. Quand il pénétra dans le commissariat, un véritable comité, sous l'autorité du juge, l'attendait.

Olivier fut le premier à parler.

— Je vous présente Fred et Thelma Stewart, commissaire, les grands-parents du côté paternel. Il y a eu des nouvelles au cours de la dernière demi-heure, et nous devons peser soigneusement notre conduite.

— Que s'est-il passé? demanda-t-il d'une voix parfaitement calme et professionnelle.

Son tourment intérieur ne concernait que lui-même.

— Voici ce que les Stewart viennent de découvrir, dit Olivier en lui présentant une feuille de papier.

Bryce déchiffra le bref message formé à l'aide de mots découpés dans un journal, et une peur débilitante lui noua l'estomac.

« Ça va vous coûter cher de revoir les jumeaux. »

Il avait envie de tuer quiconque faisait vivre un enfer pareil à Mike et à Mindi.

— Comment est-ce arrivé?

— Nous l'avons trouvé dans la boîte aux lettres accrochée à la grille du manoir, dit Fred Stewart d'une voix qui manquait légèrement d'assurance.

Rien d'autre dans son attitude n'indiquait son émoi.

Shannon avait raison une fois de plus : les Stewart apprenaient dès le berceau à contrôler leurs émotions. Même après la disparition de leurs petits-enfants, ils restaient soucieux des apparences.

Bryce devait impérativement obtenir leur coopération. Il avait besoin de la coopération de tous. Parce que les enfants n'étaient pas avec Shannon, il en avait la conviction absolue. Parce que quelqu'un d'autre avait rédigé cette lettre. Et parce que Bryce devait retrouver ce quelqu'un-là, et vite.

— Où est l'enveloppe?

— Ici, dit Olivier. Sans marques postales.

— L'auteur de cette lettre connaissait donc l'emplacement du manoir Stewart. Williams!

L'inspecteur se précipita.

— Tâchez de savoir si on a vu un étranger en ville hier. Vérifiez les livres de tous les hôtels, et notez quoi que ce soit d'inhabituel. Envoyez cette lettre au laboratoire. Je veux les empreintes digitales, le journal où les mots ont été découpés, l'origine du papier.

— Oui, commissaire.

— Y a-t-il eu de nouveaux coups de téléphone?

— Juste Mme Thompson. Aucun habit des enfants ne manque. Elle en est certaine, parce qu'elle s'occupe personnellement de leur lessive.

Bryce sentit ses espoirs s'envoler.

— Cette information s'ajoutant à la lettre, l'hypothèse d'une fugue semble de moins en moins vraisemblable.

Nul ne réagit. Nul ne manifesta de surprise et, chose étrange, nul ne semblait céder à la panique. Même Olivier semblait plus contrarié qu'inquiet.

— Vous avez trouvé Roberts? demanda Bryce à Williams.

Il y avait quelque chose chez l'ami de Clinton qui continuait à le tracasser.

— Je viens de lui parler au téléphone, dit Williams. Il est à Las Vegas avec Clinton. Ils devaient rentrer ce matin, parce que Clinton croyait encore que l'audience avait lieu cet après-midi, mais leur avion a été retardé.

Bryce s'était déjà demandé pourquoi le père des enfants ne se trouvait pas au côté des grands-parents. S'il n'avait pas été aussi inquiet sur le sort de Mike et de Mindi, il se serait intéressé davantage au fait que Clinton ait choisi le « paradis du jeu » comme lieu de villégiature. Devait-il être soulagé, ou plus inquiet encore, de savoir que Roberts n'était pas impliqué, du moins pas de façon directe, dans la disparition des jumeaux ?

Bryce renvoya son adjoint d'un signe de tête.

— Informez-moi immédiatement de tout ce que vous découvrirez.

— Nous apprécions votre professionnalisme à sa juste valeur, dit Fred Stewart, mais ne croyez-vous pas que vous devriez d'abord fouiller le lieu le plus évident ? Tout le monde s'accorde à penser que cette femme les a enlevés encore une fois.

Bryce ne dissimula sa colère qu'au prix d'un immense effort de volonté. Mais la sauvegarde des enfants passait avant tout, et il avait besoin de la coopération de ces gens-là.

— J'admets que c'est l'une des hypothèses à envisager, mais puis-je vous demander en quoi elle est plus évidente que les autres ?

— Tout le monde sait qu'elle en a voulu à notre argent dès l'instant où elle a mis le pied dans cette ville. Elle a fort heureusement perdu toute influence sur notre fils. L'heure du jugement se rapprochant, elle a *de toute évidence* senti la fortune lui échapper et elle a paniqué.

Thelma Stewart se tenait en silence aux côtés de son mari, le dos un peu trop raide, mais dans une posture toujours royale.

Bryce ne croyait pas un instant que Shannon ait enlevé ses enfants, et surtout pas pour obtenir de l'argent. Il était convaincu qu'elle n'était en rien responsable de leur disparition.

— Elle a été vue ce matin conduisant dans la direction de la maison des Thompson, lui rappela Olivier.

Bryce ne perdit pas son temps à souligner le flou de l'information. Il admettait que Shannon était un suspect logique. Il prit le temps de réfléchir à sa stratégie. Il devait retrouver sa liberté d'action, sans pour autant s'aliéner la bonne volonté des Stewart.

— Il y a un autre élément à considérer, ajouta Olivier. Si quelqu'un d'autre s'était emparé des enfants, leur mère aurait aussitôt été contactée. Car tout le monde sait qu'elle reçoit de leur père une pension alimentaire qui est loin d'être négligeable. En outre, les kidnappeurs comptent toujours sur les sentiments maternels pour s'assurer une rançon rapide.

Olivier n'eut même pas besoin de tirer la conclusion qui s'imposait : si Shannon avait été contactée, elle serait au commissariat avec eux.

Euréka ! Bryce avait son plan.

Il se mit à arpenter lentement son bureau, se forçant à prendre son temps durant quelques minutes cruciales, afin d'être libre ensuite de ne plus perdre la moindre seconde.

— Admettons que vous ayez tous raison : pour un motif que nous ignorons, Shannon Stewart est allée ce matin chez les Thompson et a enlevé ses enfants. La meilleure façon de les retrouver serait alors de la garder sous surveillance constante. Si elle a caché les jumeaux quelque part, il faudra bien qu'elle aille les retrouver à un moment ou à un autre. Eventuellement, elle nous mènera à eux. Dans l'intervalle, nous lancerons toutes nos forces à la recherche d'indices qui pourraient nous mener à la cachette de ces enfants. Nous aurons ainsi une chance de les retrouver *avant* que Shannon Stewart ne nous mène jusqu'à eux.

Fred Stewart, qui avait recouvré toute son assurance, s'adressa directement à Olivier.

220

— Ce serait plus simple de la faire venir ici tout de suite. Nous la forcerions à nous dire où elle cache mes petits-enfants, et nous en finirions immédiatement.

Bryce s'interposa. Faire venir Shannon ne servirait qu'à retarder encore le lancement des recherches.

— Si vous la faites venir ici, monsieur Stewart, elle s'enfermera dans le silence, ou elle niera tout en bloc. Nous ne pouvons pas la *forcer* à parler.

— Bryce a raison, dit Olivier. D'autre part, si la mère a réellement pris les enfants, si elle les cache quelque part, il serait habile de lui donner un sens illusoire de sécurité en traitant cette affaire comme un véritable kidnapping.

Bryce se rapprocha de son oncle.

— Nous ne pouvons pas nous permettre de négliger l'éventualité d'un véritable kidnapping ! Imaginons quelqu'un qui soit suffisamment au courant de votre situation familiale pour commettre le crime parfait. Je pense à quelqu'un qui chercherait à nous faire croire que la mère est l'auteur de cet enlèvement, afin justement de nous décourager de pousser les recherches dans une autre direction. D'un autre côté, le kidnappeur est peut-être un membre de la famille, auquel cas...

Fred et Thelma opinèrent du chef exactement au même moment, comme si la synchronisation de leurs gestes servait à souligner leur image de couple parfait.

— Vous ferez surveiller Shannon à chaque seconde du jour et de la nuit ? demanda Fred sur un ton qui évoquait davantage un ordre qu'une question.

— Je vais camper dans sa cuisine, monsieur ! Et je vous jure qu'elle ne fera pas un pas sans que je le sache.

Il informa Williams de l'endroit où le trouver et quitta le trio installé dans son bureau. Il était encore à portée de voix quand il entendit Thelma prendre enfin la parole.

— Je suis sûre que Shannon a repris ses enfants.

— C'est possible, répondit Olivier, mais Bryce est un homme de cœur et un excellent policer. Il retrouvera vos petits-enfants, où qu'ils soient.

Bryce fut réconforté d'entendre le soutien de son oncle, mais il n'aimait guère l'idée de l'avoir en quelque sorte obligé à le défendre.

Shannon n'arrivait pas à dissiper la mélancolie qui l'affligeait depuis le matin. Avant que Bryce et elle deviennent amants, elle n'avait jamais songé à l'opinion que les gens pouvaient avoir d'eux. Après tout, ils ne se montraient ensemble en public que lorsqu'il la chaperonnait avec ses enfants. Mais maintenant que leurs liens s'étaient resserrés, la crainte semblait s'être emparée d'eux. En fait, depuis qu'ils avaient fait l'amour dans la prairie, ils ne s'étaient pas revus en tête à tête.

L'audience avait été reportée d'une semaine, mais elle s'inquiétait du fait que ni Brad ni Bryce n'aient encore rien découvert de décisif contre Clinton. Sa fameuse théorie n'était peut-être que le fruit de l'imagination d'une mère désespérée. Les contraventions de Clinton pour conduite en état d'ivresse représentaient peut-être les seuls délits qu'il ait jamais commis. Elle avait peut-être entraîné Bryce dans une bataille perdue d'avance.

Elle se força à étudier un chapitre de plus dans son livre de comptabilité, puis elle se récompensa par une assiette de myrtilles bien juteuses. Même les myrtilles, qu'elle adorait, ne réussirent pas à la réconforter. Elle se tourna alors vers ses plantes.

Comme elle en arrivait au pot qui la rendait perplexe par son aridité, Shannon se résigna à admettre que la graine ne germerait sans doute jamais. Elle y vit une manifestation supplémentaire du sort réservé aux malchanceux. Elle commença pourtant par l'arroser avec un

222

soin méticuleux. Elle s'en voulait de sa sensiblerie, mais elle refusait de l'abandonner. Puis elle se dit que ce lys-là n'était pas destiné à vivre. Elle s'était montrée ridiculement naïve en s'imaginant que sa persévérance finirait par avoir raison de la malchance.

Elle avait pris le pot pour le jeter quand la sonnette de la porte d'entrée l'interrompit dans son geste. Elle le reposa donc sur le rebord de la fenêtre, et alla répondre.

Sa mélancolie s'évapora par enchantement quand, dans l'œilleton, elle reconnut la silhouette de Bryce. Sa plaque de cuivre brillait sur sa poitrine. Shannon se sentit toute fière de l'homme qu'elle aimait. Non seulement il lui avait avoué son amour et sa confiance, mais il était aussi le commissaire de la ville. Elle ouvrit la porte, un grand sourire de bienvenue aux lèvres.

Un seul regard au visage décomposé de Bryce lui ôta toute envie de sourire.

— Je suis désolé, ma chérie, tellement désolé, dit-il en la prenant dans ses bras.

La frayeur la changea en statue de glace. Elle ne pouvait plus réfléchir. Elle se disait seulement qu'ils n'auraient pas dû se tenir ainsi enlacés avec la porte ouverte.

Mais ils n'étaient pas vraiment enlacés. Elle ne ressentait aucun signe de passion. Si Bryce était effroyablement tendu, ce n'était pas sous l'effet du désir.

Elle se dégagea brusquement et recula de plusieurs pas, comme pour éloigner d'elle les mauvaises nouvelles qu'il lui apportait.

— Que se passe-t-il? Non... ne me dis pas que l'audience a été maintenue...

— Il s'agit des jumeaux, dit Bryce en croisant et décroisant les mains.

Il avait l'air si inquiet que Shannon sentit ses jambes se dérober sous elle. Elle s'adossa au mur en tremblant, tandis qu'il ajoutait:

— Ils ont disparu depuis plus de deux heures.

Shannon entendit les mots, mais ne comprit pas plus leur sens que s'ils avaient été prononcés dans une langue étrangère. Une partie d'elle-même enregistrait l'information selon laquelle une tragédie venait de se produire, tandis que l'autre restait paralysée. Elle luttait contre le vertige, contre la nausée.

Bryce s'avança et la saisit par les épaules comme s'il avait senti qu'elle allait s'évanouir.

— Je les retrouverai, Shannon. Je te les ramènerai.

Shannon avait froid, et elle ne voyait plus très clair. Elle chercha sa respiration.

— Les... ramènerai...

— Shannon?

C'était la voix de Bryce. Lointaine. Très lointaine. Elle savait pourtant qu'il était debout à quelques centimètres d'elle. Elle n'arrivait même plus à distinguer son étoile de commissaire.

Il la secoua un peu, puis s'arrêta.

— Ma chérie, j'ai besoin de ton aide. Peux-tu songer à quelqu'un qui aurait pu les emmener? Quelqu'un qui aurait une raison d'en vouloir aux Stewart? Quelqu'un qui se serait intéressé d'un peu trop près aux jumeaux?

Il paraissait aussi terrifié qu'elle l'était elle-même.

Elle secoua la tête. Elle essayait de se concentrer, de sortir du brouillard qui l'enveloppait.

— Mes bébés... on a pris mes bébés...

Elle arrivait à peine à remuer les lèvres. Elle avait la respiration courte, le regard vide, les yeux vitreux. Bryce constata l'état de choc dans lequel elle se trouvait. Il fallait qu'il téléphone immédiatement, qu'il lance toute la police du canton sur les traces de Mike et de Mindi, mais il fallait aussi qu'il s'occupe de Shannon.

Car il ne savait que trop toutes les horreurs qu'elle devait imaginer.

Soudain, elle s'arracha à lui, et se mit à courir dans l'appartement à la recherche de ses chaussures et de ses clés de voiture.

— Il faut les retrouver, Bryce. Il faut les retrouver.

Il l'intercepta dans le vestibule. Elle tremblait des pieds à la tête. Il la serra contre son cœur pour tenter de la calmer. Il l'aimait. Il l'aimait, elle, et il aimait les jumeaux. Il les retrouverait. C'était son rôle, sur le plan privé et sur le plan professionnel. L'homme et le policier ne faisaient plus qu'un.

Quand il la conduisit jusqu'au divan de la salle de séjour, elle s'y effondra comme une poupée de chiffons. Il aurait presque préféré qu'elle se mette de nouveau à gesticuler. Il alla dans la salle de bains et en rapporta une serviette mouillée dont il se servit pour lui baigner le front. Elle n'émettait plus le moindre son. Elle ne semblait même pas avoir conscience de sa présence.

Après quelques instants terrifiants, un flot de larmes commença à la soulager de son immense douleur.

Apaisé de la voir atteindre ainsi les limites de son endurance, ce qui la mettrait à l'abri d'un acte désespéré, Bryce s'assit à côté d'elle et tira le téléphone vers lui.

Il repoussa la panique qui le menaçait chaque fois qu'il évoquait le sort des jumeaux. Il refusait encore de penser au pire. Mais il ne put empêcher ses doigts de trembler tandis qu'il composait le numéro du quartier général de la police de l'Etat du Michigan...

17.

— Ecoutez, Williams, ordonna Bryce dès qu'il eut son second au téléphone, la mère ne sait rien qui puisse orienter les recherches ! Je veux donc un déploiement général des forces de police de l'Etat. Envoyez-moi quelqu'un pour prendre des photos et les faire tirer à autant d'exemplaires qu'il en faudra. Formez des équipes, et ratissez la ville au porte à porte. Cherchez les voitures suspectes. Alertez les pompes à essence de la région. Quelqu'un doit avoir vu ces enfants.

Après avoir lancé l'alerte au niveau de l'Etat, Bryce prenait sa ville et son canton en main. Son ton autoritaire calma la panique de Shannon. Elle essuya ses larmes et planta son regard dans le sien pour y puiser les forces qui lui faisaient si cruellement défaut.

— Vous croyez ce que vous voudrez, inspecteur, reprit Bryce en crispant les mâchoires, mais l'officier responsable ici, c'est moi. Je vous dis qu'elle ne sait pas où se trouvent ses enfants. Notre devoir consiste à fouiller la région au peigne fin jusqu'à ce que nous les ayons retrouvés.

Le reste de la journée se passa dans un brouillard. Shannon ne quittait pas sa fenêtre dans l'espoir fou de voir soudain les jumeaux apparaître au coin de la rue. Elle attendait que le téléphone sonne, en marmonnant des prières. Sa ligne se trouvait sur table d'écoutes. Celle des Stewart également. Selon les instructions de Bryce, des inspecteurs passaient la ville au peigne fin, d'autres s'occupaient du réseau routier et des chemins de traverse. Conformément à l'engagement qu'il avait pris envers Fred Stewart, Bryce avait établi son quartier général dans la cuisine de Shannon.

Les heures s'écoulaient sans la moindre nouvelle. Shannon commençait à s'inquiéter pour Bryce qui n'hésitait pas à la proclamer innocente. Mais elle n'avait pas la force de lui demander de cesser de la défendre. Elle avait trop besoin de sa présence.

Clinton rentra de Las Vegas, toujours convaincu que c'était Shannon qui avait enlevé les jumeaux.

On vérifia l'emploi du temps de Darla, mais nul ne fut surpris de constater qu'elle disposait d'un alibi à toute épreuve. Elle offrit de venir s'installer chez sa fille pour lui tenir compagnie jusqu'au retour des enfants. Shannon, étonnée de l'altruisme inhabituel de sa mère, déclina tout de même la proposition pour ne pas ajouter à son malaise.

Quand Bryce passa dans la salle de séjour en fin d'après-midi, il trouva la jeune femme ratatinée dans le sofa, le regard fixé sur l'écran éteint de la télévision.

— Bessie Thompson vient d'apporter de la soupe, dit-il en résistant à la tentation de lui offrir la protection de ses bras.

Elle leva vers lui de grands yeux violets soulignés de cernes noirs.

— Je n'ai pas faim.

Elle se pelotonna sur elle-même et ferma les yeux. Bryce savait que ce cauchemar pouvait durer des jours et des jours. Elle dépérirait de malnutrition si elle ne se forçait pas à avaler quelque chose.

— Il faut essayer, insista-t-il.

— Plus tard, peut-être.

Bryce n'imaginait que trop bien l'enfer qu'elle était en train de vivre et la laissa tranquille.

A dix heures du soir, la nuit qui tomba ajouta à l'angoisse de Shannon. Bryce ne savait comment y remédier et se demandait comment elle réagirait quand l'inspecteur Adams viendrait le relayer à minuit. Il ne restait qu'un agent, en faction à l'extérieur.

Prostrée sur le divan, la jeune femme serrait contre elle un lapin en peluche qui devait appartenir à Mindi, et gardait les yeux rivés sur le téléphone comme si elle craignait de ne pas entendre la sonnerie si elle ne guettait pas d'éventuelles vibrations. L'attente la tuait à petit feu, et on n'en était encore qu'au premier jour. Son regard avait pris une fixité inquiétante, et il y avait dans son attitude hagarde quelque chose de nature à mettre en péril son équilibre mental.

En désespoir de cause, Bryce opta pour un électrochoc.

— Shannon, ça suffit! cria-t-il. Tu t'es suffisamment apitoyée sur toi-même. Il est temps de te lever et de commencer à nous aider.

Elle lui jeta un regard horrifié et blessé, mais Bryce se félicita d'avoir réussi à la faire réagir.

— Que... que puis-je faire? dit-elle d'une voix fêlée.

— D'abord, tu vas manger quelque chose, même si je dois t'y forcer. N'oublie pas que je suis beaucoup plus grand et plus fort que toi!

Ses efforts se heurtèrent à un mur. Le regard de Shannon se brouilla de nouveau.

— Je n'ai pas faim.

Bryce connaissait l'entêtement dont elle était capable. Il connaissait l'art avec lequel elle pouvait

228

s'enfermer dans une tour opaque. Mais elle n'avait jamais eu affaire à quelqu'un qui l'aimait. Il s'avança vers le divan, lui ôta la peluche des bras et la posa à côté d'elle. Puis il lui prit les coudes pour la faire se lever.

— Bryce!

Il ne la relâcha pas.

— Shannon! Tes enfants vont avoir besoin de toi à leur retour. Ils seront déjà assez traumatisés, tu ne crois pas? Imagine qu'ils rentrent chez eux pour découvrir que leur mère a dû être conduite à l'hôpital pour cause de déshydratation.

Il détestait devoir se montrer aussi implacable, mais il l'aimait trop pour la laisser sombrer dans le désespoir. Il fallait qu'elle s'exprime, qu'elle se défoule...

Par chance, elle explosa:

— Pour qui te prends-tu, Bryce Donovan? Tu viens ici me faire la leçon et insinuer que je ne pense pas à mes enfants! Je n'ai pensé qu'à eux toute la journée. Comment pourrais-je manger alors qu'ils sont peut-être en train de mourir de faim? Je me tourmente tant. Où sont-ils? Avec qui? Si...

Bryce n'y tint plus. Il l'attira contre sa poitrine, et poussa un soupir de soulagement quand elle enfouit la tête contre son épaule et se mit à sangloter. Provoquer sa colère et ses pleurs valait mieux que la laisser s'aventurer aux portes de la folie.

— Dieu sait où ils sont. Ils doivent avoir si peur. Et je ne fais rien pour eux. Tout est ma faute. Peut-être... peut-être que...

Ses sanglots emplirent la pièce.

Bryce ne fut pas surpris de ce sentiment de culpabilité complètement injustifié, mais il savait par expérieuce à quel point ce genre de réaction risquait d'avoir un effet destructif.

— Tu es en train de les aider en ce moment même, Shannon ! dit-il avec une véhémence qui la frappa.

— Mais comment ?

— Parce qu'en ce moment, ils pensent forcément à toi, et ils sont soutenus par la conviction que tu ne les abandonneras jamais. Où qu'ils soient, ils savent qu'il leur suffit de tenir le coup et que tu trouveras un moyen de les aider. Tu es leur force, Shannon, leur espoir.

La sincérité de sa voix était encore plus convaincante que ses paroles.

— Viens, dit-il avec une grande douceur. Je vais faire réchauffer la jardinière de légumes de Mme Thompson.

Le lendemain, on apporta une livraison du super-marché, et Shannon se mit à préparer des sandwichs pour les patrouilles qui venaient faire leur rapport à intervalles réguliers.

Les Stewart n'avaient reçu aucun appel. Ils restaient assis à côté de leur téléphone.

Quand Bryce vint informer Shannon de l'absence de nouveaux indices, elle se jeta dans ses bras.

— Quelle chance ont-ils de revenir sains et saufs ? demanda-t-elle à travers ses larmes.

Elle ne pouvait plus nier la réalité. Ses enfants couraient un danger épouvantable, et elle ignorait pour combien de temps. Il faudrait bien qu'elle ait la force de traverser l'épreuve et de s'occuper d'eux quand ce cauchemar serait terminé.

— Au point où nous en sommes, de bonnes chances.

— Mais pourquoi ?

Elle se raccrochait à Bryce comme à une bouée de sauvetage. Elle savait qu'il prenait des risques terribles, dans la mesure où l'inspecteur en faction dans la pièce voisine aurait pu les surprendre dans les bras l'un de l'autre.

— Parce que les kidnappeurs n'ont encore rien reçu. Les jumeaux constituent leur seule chance de rendre encore l'opération rentable. Ils savent bien que maintenant, ils n'obtiendront rien sans fournir la preuve que les jumeaux sont non seulement entre leurs mains, mais vivants et en bonne santé.

Shannon sentit son sang se glacer.

— Ils sont plusieurs ?

Elle avait toujours imaginé un seul adulte. Ses deux petits contre une grande personne.

— Ce n'est qu'une manière de parler. Il se peut qu'il n'y ait qu'un seul kidnappeur. Quelqu'un qui a un besoin désespéré d'argent mais n'a aucunement l'intention de faire du mal aux enfants.

Ainsi commencèrent les jours les plus longs de la vie de Bryce. Il souffrait mille morts en assistant à l'agonie que vivait Shannon. Chaque journée sans nouvelles s'accompagnait d'une perte inexorable d'espoir. Il crut qu'il ne pourrait jamais lui dire que les seules empreintes distinctes sur la lettre anonyme étaient celles des grands-parents. Les mots avaient été découpés dans « La Gazette du Michigan ».

Cet indice, ajouté au fait que la lettre avait été *déposée* à la grille du manoir, semblait indiquer qu'il s'agissait d'une affaire locale, ou du moins régionale.

Les téléphones étaient sur écoutes jour et nuit. Les enquêteurs reposaient cent fois les mêmes questions. Toutes les granges abandonnées du canton avaient été fouillées de fond en comble. Les photos des enfants passaient dans chaque émission des journaux télévisés. Il fallait attendre que le kidnappeur commette une erreur, et Bryce devenait fou.

Il passait une nuit sur deux chez Shannon. Il était parfaitement conscient qu'une partie de la ville la croyait encore responsable de la disparition de ses enfants. Shannon ne lui avait pas demandé de partir, mais elle le traitait maintenant comme n'importe lequel des policiers qui utilisaient son domicile comme quartier général. Quoiqu'il y ait deux chambres vides dans l'appartement, Bryce, comme l'inspecteur Adams, se reposait sur un lit de camp dressé dans la cuisine. Bryce comprenait que cet arrangement était destiné au qu'en-dira-t-on, mais il admettait mal qu'elle adopte envers lui une attitude aussi polie et impersonnelle.

En fait, Shannon passait son temps à éviter Bryce, et cette obsession l'aidait à oublier l'enfer dans lequel elle se trouvait plongée. Il ne fallait à aucun prix qu'on s'aperçoive de l'amour fou que Bryce lui inspirait, se disait-elle, car on aurait porté cet amour au passif du commissaire Donovan. Or, celui-ci n'avait déjà que trop souffert à cause d'une femme : sa mère l'avait abandonné ; sa première épouse l'avait trompé et humilié, et son père était mort à cause de la trahison d'une femme. Elle ne voulait pas être responsable d'une nouvelle expérience traumatisante.

Elle essayait de s'occuper en faisant la cuisine et le nettoyage, mais la plupart des équipes qui n'avaient cessé d'aller et venir les deux premiers jours étaient maintenant parties. Elle passait des heures à imaginer ses retrouvailles avec Mike et Mindi. Bryce les avait évoquées, et tant que cette possibilité existait, ça ne pouvait pas lui faire du mal d'y croire.

Elle était seule dans l'appartement avec Bryce, le mercredi après-midi, quand le téléphone sonna. Elle se précipita, mais il s'agissait d'un appel personnel pour Bryce. Celui-ci commença par débrancher l'appareil enregistreur fixé sur la ligne de raccordement. Elle retournait dans la chambre de Mindi pour finir d'épousseter les étagères quand la première réplique de Bryce la fit s'arrêter brusquement.

— Vous êtes sûr que le compte est valide ?

Shannon devina qu'il était en train de discuter du mystérieux compte ouvert par Clinton en son nom. Ce compte existait donc bel et bien, et Shannon n'en était pas tellement surprise. Clinton ne se serait pas vanté de l'avoir ouvert s'il n'avait été parfaitement sûr de lui. Mais, vraiment, cette enquête aurait pu attendre le retour des enfants. A quoi servait-il de se battre si elle ne devait plus les revoir ?

Elle resta sur le seuil à écouter.

— Il doit y avoir autre chose. Il faut approfondir vos recherches.

Bryce s'était mis à arpenter la cuisine de long en large, et ses chaussures bien cirées crissaient sur le linoléum.

Shannon ne comprenait toujours pas pourquoi Bryce continuait à se soucier de ce compte. Ce qui la frappait, c'était la disparition de tous les doutes qu'il avait eus jusqu'à une période très récente.

— Je vous dis qu'elle ignore tout de ce compte. Elle n'a pas reçu d'argent des Stewart depuis le divorce.

Cette affirmation, preuve de la confiance que lui témoignait Bryce, gonfla d'amour le cœur de Shannon.

— C'est très clair, en effet. Mais justement, un peu trop !... Oui, je comprends : le montant des dépôts et des retraits est exact. Mais pourquoi ne pas vérifier les relevés bancaires pour savoir qui a effectué ces retraits ?

Shannon écoutait toujours.

— Il n'est peut-être pas si riche que ça. Ce sont peut-être ses parents qui possèdent toute la fortune.

Il y eut une nouvelle pause.

— Oui, et il compte certainement sur le reste de la

ville pour adopter la même analyse que vous. Vous dites que vous avez déjà opéré cette vérification?

Il continuait à marcher de long en large comme si cela lui clarifiait les idées.

— Comment? Vous dites que ces prélèvements ont été effectués à l'aide d'une carte bancaire?... Eh bien, voilà un commencement de piste non négligeable, puisque ces machines automatiques ont des caméras! Il faut faire saisir les films.

Il se tut un instant.

— Parfait, je compte sur vous, dit encore Bryce avant de raccrocher.

Il se tourna vers Shannon.

— Le coup a été bien monté, mais en cherchant bien, on trouvera peut-être une brèche...

Shannon haussa les épaules. Tant qu'elle n'aurait pas retrouvé ses enfants, ses démêlés avec Clinton lui paraissaient sans importance.

Puis, comme si la spontanéité l'emportait sur ses résolutions, elle se jeta dans les bras de Bryce.

— Merci!

Bryce la regarda avec surprise.

— A propos de quoi?

— Tu as cru en moi!

La confiance de Bryce constituait sa seule source de réconfort. Elle y puisait la volonté de continuer à espérer. Il n'y avait aucune trace des jumeaux. L'avenir était inconnu et terrifiant, mais pendant un bref instant, elle trouvait la paix de l'oubli dans les bras de Bryce.

Ce fut lui qui reprit la conversation.

— L'existence de ce compte est une chose sérieuse.

— Je le sais bien, c'est pour cela que j'ai perdu mes moyens l'autre jour. Mais tant que Mike et Mindi ne sont pas revenus, je m'en moque.

Bryce secoua doucement la tête.

— Il ne faut pas, Shannon. Pour deux raisons. La première, c'est que le report d'audience n'est que d'une semaine, c'est-à-dire dans deux jours. Ce qui signifie que le procès aura lieu dès le retour des jumeaux. Nous devons être prêts à nous battre et à gagner, d'un moment à l'autre.

Shannon avait du mal à s'enthousiasmer pour une bataille qu'elle ne livrerait peut-être jamais.

— Et l'autre raison?

— Ils sont absents depuis plusieurs jours, Shannon. Nous n'avons aucun moyen de savoir combien de temps durera leur absence. Tu devras te montrer forte. Et le meilleur moyen, c'est de te préparer à leur retour. Tu dois prévoir comment gagner ton procès. Tu dois être convaincue de l'emporter. C'est comme ça que tu surmonteras l'adversité.

Shannon retint les larmes qu'elle s'apprêtait à verser. Bryce avait raison. Elle ne s'en sortirait jamais si elle continuait à tourner en rond en nettoyant des placards.

Il passa une partie de la soirée à sillonner en voiture les environs de la ville. A cause de l'origine de la lettre, et du fait qu'elle avait été adressée aux grands-parents, il était convaincu qu'il s'agissait d'une affaire locale. Mais il avait en même temps le sentiment désagréable de négliger un élément essentiel de l'enquête.

Quand il vint relever l'inspecteur Adams à neuf heures du soir, Shannon était en train d'arroser ses plantes. Il en était venu à aimer toutes les bizarreries du comportement de Shannon : son affection pour une série de tiges vertes en faisait partie, ainsi que la manière qu'elle avait toujours de s'habiller dans des vêtements trois fois trop grands pour elle, pour être bien sûre de dissimuler la beauté qui avait été la source de tant d'ennuis au cours de son existence.

Un jour, se promit-il, il jetterait au feu avec un plaisir tout particulier ces pantalons de survêtement pour poids-lourds et ces chemises de grand-père...

— Vous avez reçu un appel de Detroit, dit l'inspecteur Adams avant de partir. Un commissaire Mitchell.

Mitch, enfin ! songea Bryce en se précipitant sur le téléphone, tandis que sa subordonnée refermait la porte derrière elle.

Pendant qu'on le faisait patienter au bout du fil, Bryce observa Shannon qui était en train d'arroser le pot placé sur le rebord de la fenêtre de la cuisine. Il se demandait depuis plusieurs jours pourquoi ce pot vide se trouvait à part. Sa position privilégiée ne semblait guère propice à la croissance de la plante, à supposer qu'il y eût une graine cachée sous le petit tas de terre.

— Mitch ? C'est Bryce. Vous avez quelque chose pour moi ?

— Et comment ! B.J. Roberts est un bookmaker véreux recherché dans une bonne douzaine d'Etats. Vous savez où le trouver ?

— Peut-être, dit Bryce en recevant dans les veines une décharge d'adrénaline.

Bingo ! Leur première avancée prometteuse. Maintenant il s'agissait de dénicher une preuve du lien qui existait entre Clinton et Roberts...

— Eh bien ! si vous avez besoin d'aide pour coincer ce gars, prévenez-moi.

Après avoir pris congé, il se rapprocha de Shannon.

— Je crois que nous venons de trouver un moyen de changer l'image de marque de Clinton Stewart.

Shannon se demanda si Bryce n'essayait pas simplement de la réconforter.

— Comment ?

— Le « camarade de pêche » de Clinton, celui avec lequel il se trouvait à Las Vegas, est un bookmaker recherché dans plusieurs Etats de l'Union. Si nous pouvons établir la preuve de leurs liens, ainsi que celle de la fraude bancaire, nous en aurons assez pour arracher le joli masque de ton ex-mari.

La victoire était encore loin d'être assurée, mais Bryce avait le sentiment que la partie devenait plus équilibrée. Shannon allait-elle appartenir enfin au clan des vainqueurs ?

18.

Le détective privé que Bryce employait pour enquêter sur les affaires financières de Clinton rappela le lendemain.

— ... Donc il n'y a pas d'élément exceptionnel dans la régularité ou les dates des retraits ?

Shannon continuait à contempler son pot vide sur le rebord de la fenêtre. Bryce reporta toute son attention sur ce que lui disait son interlocuteur.

— Il s'agit toujours de machines automatiques de la région, à une exception près. C'est peut-être là ce que vous cherchez. Une des opérations a été effectuée à Las Vegas...

— Quoi ?

Emporté par l'excitation, Bryce s'était mis à crier.

— Donnez-moi la date et le montant, dit-il d'une voix plus calme.

Shannon ne résista pas davantage à la curiosité. Elle se rapprocha pour lire par-dessus l'épaule de Bryce.

Le montant ne lui parut pas particulièrement significatif, mais quand elle vit le lieu du retrait, son cœur se mit à faire de grands bonds. S'il y avait eu un mouvement de fonds à Las Vegas, dans le Nevada, alors ils détenaient la preuve qu'ils cherchaient. Shannon n'était jamais sortie de l'Etat du Michigan.

— Il est coincé ! lança Bryce dès qu'il eut raccroché.

Ses yeux brillaient comme ceux d'un grand fauve sûr de sa proie.

— Suffisamment pour le forcer à abandonner son action en justice ? demanda Shannon qui n'osait pas se laisser gagner par l'espoir, dans la crainte d'être une fois de plus déçue.

— Je n'ai pas l'intention d'essayer de l'en convaincre.

Shannon fut désorientée. Etaient-ils arrivés si près de la victoire pour finalement baisser les bras ?

— Je ne comprends pas.

— Je veux montrer à la ville entière, une fois pour toutes, quel genre d'homme est Clinton Stewart. Je veux qu'il soit publiquement dépouillé de son pouvoir sur toi. Nous l'avons démasqué, Shannon ! Il nous suffit maintenant de rendre publique les preuves que nous détenons.

Bryce soupira de contentement, mais Shannon n'était guère satisfaite du scénario qu'il venait de bâtir sous ses yeux. Bryce était policier. Il croyait sincèrement qu'il suffirait de dévoiler la véritable nature de Clinton pour faire triompher les droits de Shannon et de ses enfants. Mais Shannon ne possédait pas sa confiance dans le système légal. Les lois n'étaient pas faites pour des gens comme elle. En ce moment même, la moitié de la ville attendait encore qu'elle fasse réapparaître les jumeaux.

Bryce ne vivait pas à Southlakes depuis assez longtemps pour savoir jusqu'où s'étendait le pouvoir des Stewart. Même s'ils allaient jusqu'au procès, même s'ils arrivaient à clouer Clinton au pilori, les Stewart pourraient encore se procurer le témoignage de Darla, et les grands-parents paternels, à défaut du père, obtiendraient la garde des enfants.

Bryce, en la défendant et en témoignant pour elle, risquait de ruiner définitivement sa carrière.

A moins qu'elle ne réussisse à atteindre Clinton la première...

Elle ne se sentait pas le courage de s'attaquer à son ex-mari. Pas avant que les enfants ne soient revenus sains et saufs. Alors seulement, elle fixerait un rendez-vous à leur père.

Plus tard ce soir-là, Shannon se retrouva de nouveau seule avec Bryce. Elle essayait de conserver l'espoir, de nourrir l'optimisme que Bryce l'encourageait à afficher. Mais plus les secondes passaient sans nouvelles des enfants, et plus elle redoutait de ne jamais les revoir vivants.

— Le procès a été officiellement reporté jusqu'au retour des enfants, mais nous sommes sûrs de gagner, dit Bryce.

Elle était incapable de lui dire à quel point il se trompait. Et elle pouvait encore moins lui dire que, si on en arrivait à une audience publique, elle ne voulait pas de lui à ses côtés. Elle ne pouvait même pas s'intéresser à cette audience. Sans Mike et Mindi, il n'y en aurait pas.

Combien de temps encore devrait-elle attendre avant d'obtenir des nouvelles de ses enfants? Une semaine? Deux? Un an? Toute sa vie?

Bryce était là, solide, confiant. Elle ne regrettait pas un instant de l'avoir connu. Il lui avait permis de découvrir un monde où régnait l'union des cœurs, au-delà et par-dessus la volupté des sens. Elle l'aimerait toujours pour cela.

Bryce se creusait la cervelle pour trouver des platitudes rassurantes. Il n'avait pas voulu attrister Shannon en parlant de la bataille pour la garde des enfants avant de les avoir retrouvés. Il essayait seulement de la convaincre qu'une fois de retour, les jumeaux ne la quitteraient plus.

— Je t'aime, Shannon. Tu le sais?

Ce n'était probablement pas le moment non plus de lui faire une telle déclaration, mais elle semblait si lointaine, si perdue, si solitaire... Il voulait lui faire comprendre qu'il serait toujours là pour elle, qu'elle ne serait plus jamais seule.

Elle semblait prête à s'effondrer. Il l'enveloppa dans ses bras.

— Nous les retrouverons. Nous les ramènerons à la maison.

— Que viens-tu de dire ? dit Shannon en écartant la tête pour mieux le voir.

— Je disais que nous allons les retrouver...

— Non. Avant ça.

Elle restait raide et contractée. Bryce lui caressa le dos dans l'espoir de dénouer la tension de ses muscles.

— Je t'aime, répéta-t-il doucement.

Elle continuait à l'étudier.

— Vraiment ?

La voix de Shannon ressemblait curieusement à celle de Mindi.

— Oui.

Il l'embrassa avec une sereine gravité qui ne laissait aucun doute sur l'étendue de la tendresse qu'il lui portait.

— Je t'aime, Bryce, murmura-t-elle quelques instants plus tard avec une tristesse infinie.

Il savait qu'il ne pouvait rien attendre de plus d'une mère désespérée par la disparition de ses enfants.

Ils passèrent la nuit enlacés sur le divan de la salle de séjour. Bryce se réveilla si fatigué que ses os lui faisaient mal. Il se leva en faisant très attention à ne pas déranger Shannon. Elle avait passé une mauvaise nuit, entrecoupée de cauchemars. Il se dirigea vers la salle de bains en se massant l'épaule.

Le cerveau de Bryce continuait à tourbillonner sous la douche. Il fallait reprendre l'enquête de zéro. Deux enfants ne disparaissent pas sans laisser de traces. Il devait y avoir des indices quelque part.

Il se rasa en reprenant dans sa tête les différentes hypothèses. Puis il alla dans la cuisine se préparer une Thermos de café. Dès que l'inspecteur Adams serait arrivé, il se mettrait au travail. Il était assis à la table de la cuisine et tapotait impatiemment sur le formica quand le téléphone retentit.

Il agrippa le récepteur avant que la sonnerie n'ait réveillé Shannon.

— Commissaire Donovan à l'appareil.

— C'est Fred Stewart, commissaire. J'ai reçu un second message. Je viens immédiatement.

Le déclic l'avertit que Fred Stewart avait déjà raccroché.

Le cœur de Bryce battait la chamade. Il ne saurait pas quel chemin emprunter avant d'avoir lu le message, mais quelque chose se passait enfin. Il sentit en même temps une décharge d'adrénaline, normale en de telles circonstances, à laquelle succéda une vague de terreur, à l'idée que le délai de grâce accordé aux enfants arrivait à sa fin.

Il passa dans la salle de séjour, avec l'intention de réveiller Shannon pour lui annoncer ces mauvaises nouvelles. Elle était la mère des enfants et, en tant que telle, devait être informée de la situation sans plus tarder.

Shannon, habillée d'un pantalon et d'un chemisier propres, se tenait debout dans l'entrée quand la sonnette de la porte retentit quelques minutes plus tard. Bryce alla ouvrir.

Fred passa devant lui et marcha droit sur Shannon.

— Ça suffit comme ça ! tonna-t-il. Ça dure depuis trop longtemps, et vous avez dépassé les limites permises. Je veux ces enfants, et je les veux maintenant. Vous avez une heure pour les ramener, ou bien je vous ferai envoyer en prison pour le restant de vos jours.

Bryce vit le visage de Shannon se décolorer. Quand il s'interposa, elle était déjà blanche comme un linge.

— J'ai besoin de ce message, monsieur Stewart.

— Regardez-le, commissaire, dit Fred en sortant la lettre de sa poche et en l'agitant sous le nez de Bryce. Vous voyez ce qu'elle est en train de faire ? Elle veut que je rachète mes propres petits-enfants !

Bryce prit un mouchoir et déplia la missive en prenant grand soin de ne pas rajouter d'empreintes. Quand il eut fini sa lecture, son cœur s'étais remis à battre normalement. Il montra le texte à Shannon. Il voulait savoir si elle y voyait la même chose que lui.

Elle lut en remuant les lèvres, mais aucun son ne sortit de sa bouche.

« Vous ne reverrez jamais les jumeaux si, à 8 heures, vous n'avez pas déposé un sac contenant cent mille dollars dans la grange abandonnée qui se trouve à la croisée de la route départementale 68 et de l'autoroute de l'Est. Ne perdez pas votre temps à établir une souricière. »

Il la vit s'illuminer d'espoir, même si elle restait incapable d'articuler la moindre syllabe.

Soulagé qu'elle ait réagi de la même façon que lui, Bryce posa la main sur l'épaule de Fred et le conduisit doucement vers le seuil.

— Il faut que j'aille immédiatement faire analyser ce document, monsieur Stewart. Quant au reste de vos allégations, je suis sûr qu'après avoir pris le temps de réfléchir, vous verrez de vous-même que la mère des enfants n'aurait rien à gagner en écrivant une lettre pareille. Je me mettrai en rapport avec vous dès que j'aurai des nouvelles.

Fred se dégagea brusquement.

— Vous réalisez tout de même que nous n'avons pas affaire ici à un professionnel, commissaire. Personne ne va prendre des risques pareils pour cent mille dollars quand je vaux au minimum cinquante millions !

Bryce rouvrit la porte. Il voulait que le vieil homme s'en aille le plus vite possible, afin d'avoir les coudées franches pour remonter la piste à laquelle il avait pensé dès qu'il avait lu le message.

— Ne croyez-vous pas que votre ex-belle-fille est assez intelligente pour raisonner comme vous ? Si elle était derrière cette disparition, si elle n'en voulait qu'à votre argent pour reprendre votre expression, c'est une rançon beaucoup plus élevée qui serait exigée.

— Je lui donne une heure ! dit Fred Stewart en s'éloignant d'un pas furibond.

Bryce referma la porte et trouva dans le salon Shannon qui tremblait de fébrilité.

— Tu te rends compte, Bryce, balbutia-t-elle. Ces garnements ont mis en scène leur propre kidnapping ! Fred a raison. Le montant est beaucoup trop bas, et c'est exactement le chiffre que tu as cité quand tu leur racontais l'histoire de cette fugueuse de quarante-deux ans. Il y a même cette allusion à une souricière, dans des termes que personne n'emploierait, sauf précisément Mike et Mindi, à cause de l'histoire que tu leur as racontée. Ils n'ont pas oublié l'heure, mais ils ont oublié le jour !

Elle regardait la lettre avec des larmes d'émotion. Bryce savait ce que ces larmes-là signifiaient. Shannon croyait que la feuille de papier sortait de la main de ses enfants. Et Bryce le croyait aussi.

— Bon ! J'admets que tout semble concorder, mais nous n'avons toujours pas la moindre idée de l'endroit où ils se trouvent. Tu restes là au cas où ils téléphoneraient ou reviendraient. Je vais apporter cette lettre au laboratoire. Puis j'irai chez Bessie Thompson voir s'il n'y a vraiment rien qui ait disparu de chez elle, et qu'elle pourrait avoir oublié. Entre-temps, je voudrais que tu établisses une liste de tous les endroits où tu penses qu'ils auraient pu aller. Tous les endroits où ils pourraient rester cachés durant plusieurs jours.

Bryce en aurait dit davantage, mais l'inspecteur Adams arrivait.

Bryce était passé par le laboratoire, et se trouvait chez Bessie Thompson vingt minutes après avoir quitté Shannon.

— Bessie, réfléchissez profondément. Est-ce que de la nourriture a disparu au cours de la dernière semaine, ou est-ce que les enfants vous ont demandé quoi que ce soit d'inhabituel ?

Bessie fronça les sourcils et secoua la tête.

— Non, ils ne m'ont jamais rien demandé, sauf, une fois, de la ficelle et des épingles de sûreté pour construire leur fort. Je les leur ai données très volontiers.

Le cœur de Bryce battit plus vite.

— De la ficelle et des épingles ? L'idée venait de qui ?

— Du jeune Mike. Ils ont certainement su s'en servir. Ce vieux fort bâti avec de simples boîtes de carton tient toujours debout.

La prémonition de Bryce se renforçait de seconde en seconde.

— Ça vous ennuie que j'aille y jeter un coup d'œil ?

— Bien sûr que non, commissaire. Je vous montre le chemin. C'est dans le jardin, à l'arrière.

Tout en lui emboîtant le pas, Bryce se tranquillisa : Michael était le genre de gamin à prendre la situation en main, et protégerait sa sœur à n'importe quel prix. Il se souvint alors d'une autre histoire qu'il avait racontée à l'enfant ; elle concernait la façon de pêcher avec une branche d'arbre, un bout de ficelle et une épingle recourbée. Il lui avait montré les points de repère pour atteindre sa clairière secrète...

— Voilà leur fort ! dit Bessie en le désignant de la main.

Bryce le démolit en un clin d'œil. Il ne restait pas la moindre trace de ficelle, ni d'épingles de sûreté. Il prit à peine le temps de s'excuser et retourna en hâte chez Shannon.

De sa voiture, il téléphona à son oncle pour l'informer de ses dernières découvertes et le prévenir que les enfants risquaient de se cacher en ce moment même sur son propre domaine. Nul n'avait songé à fouiller les bois du juge Donovan.

Il trouva Shannon dans la cuisine, une drôle d'expression sur le visage.

— Il vient de se passer un petit miracle. Tu avais remarqué le pot esseulé sur le rebord de la fenêtre de la cuisine ? Eh bien, la graine n'avait pas germé comme les autres, alors que je les avais toutes plantées et soignées de la même façon.

— Ça arrive parfois, dit Bryce qui trouvait quasiment impossible de s'intéresser à un bout de tige au moment où il croyait avoir retrouvé la piste des enfants.

— Eh bien ! ce matin, quand je suis allée l'arroser, il y avait une petite pousse verte. Tu vois, j'avais fini par m'identifier à ce pot. Il symbolisait la stérilité de mes espoirs. Et maintenant, il contient, lui aussi, une plante saine et vigoureuse.

Bryce ne sut que répondre. Il n'était pas un athée endurci, mais il n'était jamais entré en communion avec les forces célestes, et ne s'était jamais trouvé confronté à une preuve de leur existence.

— Je crois que je sais où sont les enfants, Shannon.

Il espérait qu'une affreuse désillusion ne les attendait pas au bout du chemin. Car même si ses déductions étaient fondées, des complications avaient pu survenir au cours des dernières heures. Et il priait pour que les jumeaux, après s'être glissés la nuit jusqu'à la grille du manoir de leurs grands-parents, aient pu regagner leur cachette sans faire de mauvaises rencontres.

— Où? dit-elle en lâchant son arrosoir dont le contenu se répandit sur le sol.

— Je n'ai que mon instinct pour me guider, mais je ne crois pas me tromper. Tu m'accompagnes?

La question était superflue. Shannon avait déjà franchi le seuil de la porte, et une armée entière ne l'aurait pas arrêtée.

Dès qu'ils furent en vue de la propriété du juge, Shannon se sentit réconfortée à l'idée que ses enfants avaient passé les cinq jours précédents dans la sérénité de la clairière de Bryce. Puis elle songea aux cinq nuits et à tous les animaux sauvages qui hantaient ces bois, et se mit à prier:

Je vous en supplie, mon Dieu, même si vous n'exaucez jamais plus la moindre de mes prières, faites qu'ils soient là. Je vous en supplie, faites qu'ils soient en bonne santé.

Tandis qu'ils cheminaient à grands pas à travers la forêt de sapins, Shannon finit par demander:

— Deux enfants peuvent-ils survivre, seuls dans la nature?

— Les tiens? Sans aucun doute. Lors de notre pique-nique, j'ai expliqué à Mike comment pêcher avec une ficelle accrochée à un bâton, en utilisant une épingle de sûreté comme hameçon. Je lui ai appris à creuser pour trouver des vers de terre, à ramener ses prises, à les nettoyer. Il ne manquait que deux choses chez Bessie Thompson: de la ficelle et des épingles de nourrice.

Shannon refusa de penser davantage à l'éventualité d'une fausse piste.

Bryce et Shannon débouchèrent à la lisière de la prairie au pas de course et s'arrêtèrent brusquement à la vue du petit camp dressé sous le pommier. Des larmes de soulagement et d'émotion brouillèrent la vue de Shannon, tandis qu'elle détaillait la scène : le trou entouré de pierres servant de foyer, la rôtisserie improvisée, la fillette installée à côté d'un tas de poissons, les deux paillasses épaisses façonnées à l'aide d'aiguilles de pin, et disposées l'une à côté de l'autre à proximité du feu.

Dans un sursaut d'énergie, Shannon traversa la prairie en courant et en criant de toute la force de ses poumons.

— Mindi !... Mindi !... Mindi !...

— Maman !

Mindi lâcha sa broche improvisée dans le feu et courut se jeter dans les bras de sa mère.

Bryce resta à distance, se contentant d'observer de loin les retrouvailles de la mère et de la fille. Elles ne faisaient plus qu'un seul corps aux multiples bras, qu'une seule masse de longues chevelures noires.

Shannon écarta Mindi pour mieux la contempler et s'assurer qu'elle était en bonne santé, puis elle la serra de nouveau contre sa poitrine. Mindi ne cessait de répéter la même phrase.

— Je savais que tu viendrais, maman. Je le savais.

Michael, attiré par les cris de Shannon, apparut à la lisière de la clairière. Son visage reflétait une terrible appréhension. Il brandit sa canne à pêche comme une arme improvisée et surveilla l'horizon. Puis, satisfait de son inspection, il laissa tomber tout son attirail et se mit à courir avec des larmes de bonheur.

Bryce se demandait combien de temps il faudrait à Shannon pour s'apercevoir du retour de son fils, quand il eut la surprise de voir Mike se diriger droit vers lui.

L'enfant lui entoura la taille, pressa la tête contre sa cage thoracique et parla d'une voix que la peur rendait hésitante.

— C'est fini ? Vous êtes venu seul avec maman ? Ça veut dire que nous avons gagné ?

Bryce posa un bras protecteur autour des épaules de Mike.

— Un peu de patience. Ce n'est pas encore tout à fait fini.

Bryce sentit Mike se crisper de nouveau.

— Pas fini ? Alors, ça n'a servi à rien !

— Ça va bientôt s'arranger.

Bryce ne savait comment le rassurer, conscient que de simples promesses ne suffiraient plus.

— Ça va s'arranger ? dit Mike d'une voix alourdie par le doute.

— J'en suis convaincu. Le jugement n'a pas encore été rendu, mais le dossier de ta maman est maintenant beaucoup plus solide. Tu devrais pouvoir rentrer à la maison d'ici deux ou trois jours.

Le garçon tourna le visage en direction de sa mère et de sa sœur, et Bryce ouvrit les bras pour lui permettre d'aller les rejoindre.

Shannon l'embrassa avec transport. L'image qu'elle formait avec ses enfants était si juste et si naturelle que Bryce se promit de rappeler son oncle dès que les enfants seraient réinstallés chez Bessie Thompson, afin de pouvoir convenir d'une audience dès le lundi matin.

Son rôle de policier n'était pas achevé. Il lui faudrait d'abord interroger les enfants, comprendre ce qui avait provoqué leur fuite, et rédiger un rapport circonstancié.

La petite famille arborait maintenant une attitude plus solennelle. A en juger par leurs mines graves, ils devaient être en train de considérer les épreuves qui les attendaient encore avant d'être définitivement réunis. Bryce se souvint du premier jour, quand il avait dû détruire cet équilibre familial, et il se jura de brûler en enfer plutôt que de laisser cette tragédie se reproduire.

Il était impatient de tirer un trait sur les trois mois qui venaient de s'écouler et de pouvoir enfin demander à Shannon de l'épouser.

Bryce n'eut pas besoin d'interroger les enfants, car Mike prit les devants.

— Nous sommes désolés, Bryce. On a eu tellement peur. Mme Thompson nous répétait à quel point on avait de la chance d'aller vivre avec papa, mais nous, on savait bien qu'on n'allait pas habiter au manoir. Grand-père et grand-mère Stewart nous avaient dit qu'on partirait en pension.

En pension? Les Stewart avaient annoncé aux enfants leur intention de les envoyer en pension, et quand Bryce avait évoqué l'hypothèse d'une fugue, ils n'avaient rien dit!

— ... Ils ne veulent même pas qu'on aille dans la même école. Ils veulent nous séparer.

Mike semblait de nouveau au bord des larmes, mais il continua courageusement son récit.

— Il fallait qu'on les en empêche. S'ils nous envoyaient si loin, maman ne pourrait plus rien faire pour nous aider. On ne l'aurait plus jamais vue...

Une grosse larme roula sur la joue de Mike qui regardait Bryce dans l'espoir d'être compris.

Bryce le comprenait parfaitement, beaucoup mieux même que Mike ne l'espérait, mais la fuite ne constituait pas pour autant une solution acceptable.

— Vous avez fait une grosse bêtise, vous le savez tous les deux. Avez-vous songé aux dangers que vous couriez? A l'inquiétude de votre mère?

Les garnements acceptèrent la réprimande sans broncher.

— Et maintenant, vous allez me promettre de rester sagement chez Mme Thompson jusqu'à ce que le jugement ait été rendu.

Il se montrait sévère, mais il tremblait encore à la pensée de ce qui aurait pu arriver à ces deux enfants innocents.

Il les regarda bien droit dans les yeux.

— Vous le promettez?

250

— On promet, dirent-ils d'une seule voix.

Bryce ouvrit grand les bras.

— Alors, venez m'embrasser.

Son cœur débordait de tendresse, tandis qu'il serrait les deux petits corps maigrichons contre sa poitrine. Son bonheur aurait été complet si Shannon s'était jointe à leur étreinte.

Laissant Bryce régler les problèmes administratifs et politiques avec la police de l'Etat, le juge et les grands-parents Stewart, Shannon appela Clinton dès qu'elle se retrouva seule chez elle.

Ses enfants étaient sains et saufs, un avenir paisible était à portée de main si elle réussissait à convaincre son ex-époux d'abandonner son procès. Elle n'avait pas beaucoup de temps pour opérer ce miracle, mais elle était déterminée à lancer toutes ses forces dans la bataille.

Son optimisme se renforça quand Clinton accepta de venir lui rendre visite plus tard dans l'après-midi. Il semblait même désireux d'avoir au plus tôt une nouvelle conversation avec elle.

Elle se prépara avec le plus grand soin. Elle voulait se sentir sûre d'elle-même. Il fallait que Clinton la crût capable de mettre ses menaces à exécution. Elle se lava les cheveux, les sécha et les noua en chignon. Elle fixa le tout avec trois fois plus de laque qu'il n'était nécessaire. Elle ne voulait pas prendre le risque de voir sa coiffure s'effondrer au moment le plus crucial.

Son maquillage fut discret mais intentionnel : un peu de mascara pour souligner le violet de ses yeux plutôt que celui de ses cernes, une touche de rose à joues pour dissimuler sa pâleur, et du rouge à lèvres pour être sûre que l'attention de Clinton resterait fixée sur les mots qui sortiraient de sa bouche. Elle portait une robe de soie beige qui avait l'avantage d'être élégante sans être ostentatoire. Le chic dans la simplicité, voilà ce qui l'aiderait à conserver son calme et son assurance.

Quand la sonnette retentit, elle se drapa dans un voile psychologique d'insensibilité et alla ouvrir. Ses enfants comptaient sur elle, et rien d'autre n'avait d'importance.

Clinton garda les mains dans sa poche, entra dans le salon et regarda autour de lui avec la mine de dédain que Shannon ne connaissait que trop bien. Il considéra avec une moue méprisante les plantes qui commençaient à bourgeonner. Là où Shannon voyait un miracle de la nature, Clinton ne voyait que des pots de plastique.

— Eh bien, Shannon, de quoi s'agit-il ? dit-il comme s'il ne voyait vraiment pas ce qu'elle pourrait lui annoncer qui vaille le dérangement.

Mais alors, pourquoi était-il venu ?

Il s'assit, les deux pieds fermement posés sur le sol. L'arrogance lui sortait par tous les pores de la peau. Ses chaussures étaient si neuves que l'odeur du cuir se mêlait de façon agressive à celle de son eau de Cologne.

Shannon s'assit à l'autre bout du divan et résista au désir de croiser les bras. Elle avait lu quelque part l'importance du langage corporel.

— J'ai découvert un certain nombre de faits vous concernant, sur lesquels, j'en suis sûre, vous préféreriez garder le silence. De mon côté, je ne m'intéresse qu'aux enfants.

Pourquoi perdre son temps en civilités, alors qu'il ne lui manifestait plus la moindre courtoisie depuis des années ?

— C'est ce que vous m'avez dit au téléphone, dit Clinton qui semblait guetté par l'ennui plus que par la crainte. Si vous voulez enfin conclure un accord, vous connaissez les termes que j'ai fixés. J'ignore où vous voulez en venir avec cette robe et ce maquillage, Shannon, mais je vous trouve fort peu convaincante.

Il la détailla des pieds à la tête. Quoiqu'elle se sentît souillée par ce regard, Shannon ne cilla pas.

— Quand donc allez-vous comprendre que vous êtes complètement impuissante à Southlakes?

— Le pouvoir est une chose très relative, Clinton. J'ai des raisons de penser que vous êtes en situation de perdre le vôtre.

Elle ne se laisserait ni manipuler ni détourner de son but.

Clinton conserva le plus grand calme quand il rétorqua:

— Et moi, j'ai des raisons de penser que vous essayez de séduire le commissaire Donovan.

Un peu désorientée de voir que Clinton ne prenait pas ses menaces au sérieux, elle cacha sa déception derrière un sourire de dédain.

— Croyez ce qu'il vous plaira!

Cette fois, Clinton perdit de son flegme et se leva brusquement.

— Vous avez, je me demande bien comment, réussi à convaincre ce policier que vous êtes l'innocence incarnée. Mais il vous reste à convaincre le reste de la ville!

Shannon se serait bien levée, elle aussi, mais elle craignit de trembler. Elle se força donc à la nonchalance malgré les incertitudes qui la gagnaient. Est-ce qu'on faisait déjà courir des ragots sur le compte de Bryce? Avait-elle déjà ruiné sa carrière de policier sans le vouloir? Ou bien Clinton était-il simplement en train d'essayer de l'associer avec le premier célibataire venu?

— Combien de temps allez-vous continuer cette bataille? dit Clinton plus doucement, comme s'il la sentait proche de la capitulation. Jusqu'à l'audience? Vous croyez vraiment sortir triomphante de l'épreuve? Vous espérez convaincre le commissaire de témoigner en votre faveur? Vous croyez qu'une fée va apparaître pour transformer vos mauvaises actions en bonnes œuvres par un coup de baguette magique ? Même moi, je ne vous ai jamais crue stupide, Shannon. Je pensais que vous aviez enfin recouvré votre bon sens, et que vous m'aviez fait venir ici aujourd'hui pour discuter d'un accord à l'amiable.

Shannon, glacée au-dedans d'elle-même, conservait une apparence stoïque. Même si ce que Clinton insinuait était vrai, et si toute la ville croyait qu'elle avait séduit le commissaire local dans l'espoir de gagner son procès, elle n'oubliait pas qu'elle savait de la vie privée de Clinton ce que le reste de la ville ignorait. Elle prit une profonde inspiration et se lança à l'attaque.

— Je...

Clinton l'interrompit aussitôt.

— Pourquoi ne pas abandonner la partie, Shannon ?

Il tourna les talons, comme s'il s'apprêtait à sortir, mais fit une pause sur le seuil de la salle de séjour.

— Je ferais en sorte que vous soyez amplement récompensée, ajouta-t-il d'une voix tentatrice.

Shannon perdit patience. Tout l'avenir de ses enfants se trouvait dans la balance. La réputation de Bryce était en jeu. Les Stewart allaient la couvrir de boue durant les débats publics. Elle ne supporterait pas par-dessus le marché l'attitude arrogante et hypocrite de Clinton.

Elle se leva brusquement et l'apostropha sans ménagement.

— Je n'ai besoin d'aucune de vos faveurs. Elles vaudront encore moins après le procès qu'elles ne valent maintenant !

Son instinct la poussait à attaquer, comme une mère louve en présence d'un danger menaçant ses petits.

— Vous m'avez rabaissée pour la dernière fois. Si l'un de nous est ici un être immoral et méprisable, c'est vous. J'ai la preuve en dix exemplaires de vos activités criminelles. J'ai des photos de vous prises par les caméras de toutes les machines automatiques que vous utilisez depuis deux ans pour vous approprier l'argent qui appartenait à vos enfants. J'ai les relevés bancaires et les photos concernant le dernier des retraits que vous m'accusiez d'avoir effectués, à *Las Vegas*. J'imagine que dans l'ignorance du report de l'audience, vous avez estimé inutile de prendre les précautions que vous aviez prises jusque-là pour retirer l'argent. A moins que vos pertes au jeu ne vous aient fait aussi perdre l'esprit ? Dois-je continuer ?

Elle brûlait ses munitions, elle le savait, mais elle était incapable de retenir le flot qui s'échappait de sa bouche. Elle mettait toutes ses cartes sur la table, consciente que si elle lui laissait la moindre échappatoire, il ne manquerait pas de s'y engouffrer. Le sort des trois personnes qu'elle aimait était en jeu. Il fallait que Clinton abandonne son procès.

— Je dispose aussi d'éléments fort intéressants concernant vos relations d'affaires avec un certain B.J. Roberts. Le même B.J. Roberts qui est recherché par les polices d'une bonne douzaine d'Etats pour ses malversations financières et quelques autres activités que je ne détaillerai pas maintenant.

Shannon vit enfin la peur monter dans le regard de Clinton. Le choc et la terreur déformèrent les traits de son visage.

Ses narines palpitaient. Il avait la bouche tordue et le menton tremblant. Pour la deuxième fois de la journée, Shannon voyait un Stewart perdre le contrôle de ses émotions.

Est-ce que son pari allait réussir ?

— Je sais que vous perdez au jeu un héritage que vous ne possédez pas encore, que vos parents sont au courant et qu'ils ont menacé de vous couper les vivres jusqu'à ce que vous ayez obtenu la garde de Mike et de Mindi...

— Ça suffit ! cria brusquement Clinton.

Il se métamorphosa de nouveau, et fonça sur Shannon en la menaçant d'une voix basse et dangereuse.

— Est-ce que vous essayez de me faire chanter ?

Clinton ne s'était jamais montré physiquement agressif mais, d'un autre côté, Shannon ne lui avait jamais non plus mis le couteau sous la gorge.

— Je préférerais parler de compromis, dit-elle sans perdre son sang-froid. Je ne veux pas de votre argent, Clinton. Je n'en ai jamais voulu. Je n'ai aucun désir de vous humilier publiquement et je ne m'intéresse pas à vos agissements privés. Mais je *veux* mes enfants. Je les aime, et je ne crois pas que vous ayez le moindre sentiment pour eux. Je suggère donc que vous abandonniez votre procès. Votre réputation restera intacte, et ma famille également.

Mais contre toute attente, loin de se démonter, Clinton sembla retrouver sa superbe, et plongea de nouveau les mains dans ses poches.

— Vous croyiez vous en sortir, n'est-ce pas ? Votre ténacité frise l'inconscience, Shannon. On se débarrasse de vous, et hop ! vous resurgissez sans crier gare. Eh bien ! Je crois que nous avons trouvé un remède définitif cette fois-ci. Nous vous chasserons si loin de cette ville que vous n'y reviendrez jamais.

Ses yeux brillaient comme de l'acier. Il articulait chaque mot avec un soin particulier.

Shannon avait envie de hurler et de se jeter sur lui pour arracher l'armure Stewart qui l'avait rendu invulnérable depuis sa naissance. Mais elle savait qu'elle devait conserver son calme si elle voulait garder le moindre espoir de l'emporter.

— Et comment allez-vous réussir ce coup d'éclat ? répliqua-t-elle. En obligeant ma mère à témoigner ? Qu'allez-vous faire que vous n'ayez déjà fait ? Autant accepter l'évidence, Clinton. *Je ne partirai pas.*

— Vous négligez un petit détail, Shannon. Vous n'avez pas couvert vos traces avec assez de soin. Est-ce que le nom de Ed James ne vous évoque rien ?

Shannon eut l'impression de recevoir une décharge de fusil en pleine poitrine. Ainsi, Clinton connaissait le nom de l'homme qui avait presque réussi à la violer, qui avait témoigné contre elle, et qui portait la responsabilité de sa condamnation. La honte la submergeait tant qu'elle aurait voulu se cacher au fond des entrailles de la terre. Mais, se souvenant que l'avenir de ses enfants dépendait de son courage, elle releva la tête dans un geste de défi.

— Pourquoi devrais-je le connaître ?

Il n'avait pas obtenu l'information par Bryce, ni par la police. Elle était mineure au moment des faits. Ses informations devaient venir de Darla, ou bien de quelqu'un à Havenville.

Le regard de dégoût dont Clinton l'enveloppa lui ôta ses vains espoirs.

— Je suppose que vous avez tellement l'habitude d'accepter des milliers de dollars de vos amants qu'après quelques semaines, vous ne vous souvenez même plus de leur nom.

Shannon vécut un moment de bonheur intégral. Clinton disait n'importe quoi. Elle n'avait jamais reçu un centime de cet Ed James. La seule personne qui lui ait jamais donné de l'argent, c'était Darla...

La pensée qui lui traversa alors l'esprit la figea d'effroi. *Oh ! Dieu du ciel ! Darla... Seigneur, faites que ce à quoi je pense ne soit pas vrai... Jurez-moi que Darla ne s'est pas adressée à cet homme, que l'argent que j'ai utilisé pour payer Brad Channing ne constituait pas un dédommagement du tort qu'il m'a causé il y a douze ans.*

— Je vois que la mémoire vous est revenue, Shannon. D'ailleurs Ed James tient ses comptes avec le plus grand soin. L'argent a été prélevé sur un compte d'épargne boursière par son agent de change, lequel a fait lui-même établir le chèque certifié qui vous a été envoyé. J'ai la copie de l'ordre signé par James, et celle de votre signature sur le chèque endossé. Douze ans se sont écoulés, mais ça ne nous a pas empêchée de trouver quelqu'un qui se souvenait de votre « association » avec cet Ed James. Et maintenant, êtes-*vous* prête à conclure un arrangement à l'amiable ? Disons que vous nous abandonnez dans les vingt-quatre heures tous vos droits sur les jumeaux, et que vous quittez aussitôt la ville. De notre côté, nous oublierons ce que nous savons et nous laisserons tranquille votre ami le commissaire. Après tout, vous avez berné les plus coriaces quand vous avez réussi à me convaincre de vous épouser. Nous pouvons difficilement blâmer cet homme pour avoir été aveuglé par le même déploiement d'artifices.

Les pensées tourbillonnaient si vite dans la tête de Shannon qu'elle avait le vertige. Qu'était-elle censée faire ? Personne ne croirait jamais qu'elle ignorait l'origine des fonds envoyés par sa mère. Mais même si elle devait perdre ses enfants, elle continuerait à se battre pour eux. Jamais elle ne les abandonnerait volontairement. D'un autre côté, si elle ne le faisait pas, c'en était fait de Bryce. Il ne pourrait plus jamais maintenir la loi et l'ordre dans cette ville.

Elle paniquait, elle le savait. Elle se trouvait dans l'incapacité de raisonner correctement. Il ne lui restait plus qu'une seule pensée cohérente.

— Je ne peux pas abandonner mes enfants.

Le son de sa voix résonna bizarrement à ses oreilles. On aurait dit celle d'une petite fille implorant la pitié.

Mais Clinton n'avait aucune pitié pour elle. Il s'occupait de sa ville, de ses employés, de son image de marque, mais en ce qui concernait Shannon, il n'était mû que par l'esprit de vengeance.

— C'est votre décision ? Vous feriez bien de la reconsidérer, Shannon, et de vous décider à coopérer. Parce qu'en admettant que vous réussissiez à apporter la preuve de mon petit passe-temps, ça n'empêchera pas *mes parents* d'obtenir la garde des enfants. Vous voyez, Shannon, vous ne pouvez gagner en aucun cas.

Il fit une pause sur le seuil, comme s'il attendait d'elle une réponse, mais comme aucune ne venait, il railla :

— Réfléchissez-y ! La nuit porte conseil.

Et sur ce sarcasme, il claqua la porte derrière lui.

Shannon resta prostrée, encore incrédule quant à l'arrogance de son interlocuteur. « Son petit passe-temps » ? Clinton avait l'insolence de considérer comme un petit passe-temps la passion du jeu qui l'avait conduit à une fraude bancaire et à une série de faux témoignages ! Ainsi, il se croyait au-dessus de toutes les lois ! Le plus triste, c'était qu'il avait probablement raison de se juger invincible. L'argent des Stewart lui permettait d'acheter tout ce qu'il désirait : une voiture de sport rutilante, une flambée dans les casinos de Las Vegas, et l'immunité devant la loi.

Mais tant d'outrecuidance la dépassait.

Décidément, cette famille était ignoble ! songea-t-elle en frissonnant.

Et à l'idée que ses propres enfants puissent en tombant sous la coupe des Stewart et de leur fortune devenir aussi infects, elle se jura de continuer le combat.

19.

Dès qu'elle se fut changée, Shannon décrocha son téléphone et appela Darla.

— Shannon ? C'est donc toi. Tu n'as pas ta voix habituelle. Est-ce à propos des jumeaux ? Oh ! tu n'as pas eu de mauvaises nouvelles ?

— Les jumeaux sont de retour, sains et saufs, Darla. Mais dis-moi quelque chose. L'argent que tu m'as envoyé. Il t'appartenait ?

— Qu'est-ce que ça peut te faire ? Tu en avais besoin, et j'ai pu te le procurer. Ne cherche pas plus loin.

— Mais il faut que je cherche plus loin ! Clinton est convaincu que cet argent vient d'Ed James. Il a l'intention d'utiliser cette information pour me crucifier en pleine audience. Il faut que je sache si c'est vrai.

— Oh ! fit Darla pour elle-même.

Shannon n'avait plus besoin d'explication.

— Ecoute, Shannon. Il faut que tu me croies quand je te dis que j'ai cru agir pour ton bien. Ed est remarié. Il se présente aux prochaines élections municipales. Il t'est redevable d'une fière chandelle. Il était ravi de t'aider. Il est riche. Il n'est pas à quelques milliers de dollars près.

— Tu l'as fait chanter ?

Shannon était horrifiée.

— Mais c'était inutile, voyons ! dit Darla. Je lui ai

260

expliqué la situation dans laquelle tu te trouvais. Il a *proposé* de couvrir tous tes frais d'avocat...

Pour s'occuper autant les mains que l'esprit, Shannon rassembla les affaires que Bryce avait laissées dans son appartement quand il y avait établi son quartier général. Elle s'interrompit pour caresser une chemise avec amour. La cotonnade blanche était impeccable, un peu rugueuse, solide, exactement comme Bryce lui-même. Il s'agissait d'une grande taille, mais juste ce qu'il fallait pour mouler les contours musclés des épaules de Bryce. Les coutures étaient régulières, fines et robustes...

Cette chemise symbolisait un bonheur si inaccessible que les nerfs de Shannon soudain craquèrent. Le visage enfoui dans la popeline, elle se mit à pleurer.

Elle pleura sur ses enfants, sur Bryce et sur elle-même. Le désespoir la submergeait. Elle revivait le moment où elle avait dit au revoir à ses enfants. S'agissait-il en fait d'un adieu ? Elle avait dû les laisser chez Mme Thompson où, accompagnée d'un psychiatre pour enfants, l'inspecteur Adams venait d'arriver pour recevoir leur déposition. Cela suffirait-il à imputer à Fred et à Thelma Stewart la responsabilité de l'état de désespoir qui avait provoqué leur fugue ?

Shannon ne pleurait pas encore sur l'avenir. Si elle espérait survivre, il fallait qu'elle prenne les choses un jour à la fois.

Elle finit de ranger dans un sac les affaires de Bryce. Elle le lui donnerait dès qu'il reviendrait la voir, après avoir réglé les problèmes administratifs de sa charge.

Il avait foi en elle. Si elle ne l'avait pas déjà su, la manière dont il l'avait soutenue toute la semaine, en dépit des soupçons de la ville, aurait suffi à la convaincre. Si elle le laissait faire, Bryce continuerait la bataille à ses côtés. Mais à quel prix ? Une réputation ruinée ? Une carrière détruite ? Que penseraient les gens s'il témoignait en faveur d'une femme accusée de prostitution et chantage ? Shannon aimait trop Bryce pour attendre leur réaction.

Quand il frappa à sa porte, elle ramassa le sac avant d'aller ouvrir. Elle se concentrait sur les raisons pour lesquelles leur entrevue imminente *devait* être la dernière. Elle savait que son amour pour Bryce lui donnerait la force d'aller jusqu'au bout.

Il referma la porte d'un coup de talons et la serra avec transport entre ses bras.

— Tu es presque au bout de tes peines, ma chérie. L'audience est fixée à lundi matin, et ensuite Mike et Mindi pourront rentrer à la maison pour de bon.

Shannon retint ses larmes. Bryce la connaissait bien. Il savait à quel point elle avait souffert d'être obligée de dire au revoir à ses enfants, alors qu'elle venait à peine de les retrouver. Il savait à quel point elle avait besoin d'être rassurée et soutenue. Il avait probablement insisté pour avancer la date des débats.

Oui, songea-t-elle au désespoir, personne ne l'avait jamais aimée comme Bryce. Mais se montrerait-il toujours aussi compréhensif quand son amour pour elle lui aurait coûté sa réputation, sa carrière, et tout ce à quoi il avait consacré sa vie ? Et que vaudrait son amour à elle, si elle le laissait sciemment ruiner son existence ?

Sans lâcher le sac, elle l'enlaça par le cou et l'étreignit passionnément. Il était inutile de chercher à lui cacher son déchirement, puisque cela ne ferait qu'ajouter à la vraisemblance de son prétexte.

Bryce continua à l'enlacer d'une main, et passa l'autre derrière son dos pour agripper le sac.

— C'est quoi ?

Shannon s'écarta, l'œil rivé sur le sac en question.

— Tes affaires.

Elle sentait la chaleur du regard de Bryce posé sur elle. Il l'étudiait avec une intensité qu'elle craignit de ne pas supporter. Elle se mit à parler avec agitation.

— J'ai eu le temps de réfléchir cette semaine. Beaucoup trop de temps. J'en suis arrivée à des conclusions qui me rendent honteuse. Je n'ai jamais eu l'intention de t'utiliser, Bryce. Ou peut-être que si, mais je ne voulais pas y mêler des relations personnelles. Tu as été le premier qui ait jamais essayé de me croire, tu avais le pouvoir de m'aider à démasquer Clinton. Je t'étais tellement reconnaissante. J'ai laissé les choses aller beaucoup trop loin. Je n'ai jamais dû te dire que je t'aimais avant d'en être absolument sûre. C'est simplement que je le désirais si fort...

Les mots se coincèrent en travers de sa gorge. Elle restait debout devant Bryce, toute raide. Elle avait le sentiment de tout gâcher. Elle ne voulait pas le blesser. Elle ne voulait pas détruire le peu de confiance qu'il avait encore dans la gent féminine. Mais il valait mieux que leur amour meure tout de suite, plutôt que d'attendre qu'il ait ruiné l'existence de Bryce.

Le visage de Bryce semblait maintenant taillé dans le granite.

— Tu racontes quoi, exactement?

Elle entendit l'écho de la voix sévère et impersonnelle avec laquelle, quelques semaines plus tôt, il avait donné l'ordre à l'inspecteur Adams de l'enfermer dans sa cellule pour la nuit.

Elle tremblait, mais il fallait qu'elle continue.

— J'essaie de dire que ce qui s'est passé entre nous, la partie personnelle, était une erreur.

— La « partie personnelle »? Tu veux parler des heures que nous avons passées dans la prairie à faire l'amour, après avoir exploré l'un pour l'autre nos cœurs et nos âmes?

Shannon baissa les yeux. Elle ne pouvait plus soutenir le regard de Bryce.

— Je suis désolée, dit-elle d'une voix enrouée par les larmes.

Elle devait se hâter de lui donner les explications qu'elle avait répétées dans sa tête, avant de se mettre à pleurer.

— Quand tu as renoncé à tes doutes, quand tu as cru en moi, j'ai réagi par la tendresse, non parce que l'homme que j'aimais avait confiance en moi, mais parce que l'officier de la loi avait confiance en moi. Je suis désolée de n'avoir pas plus tôt fait la distinction entre les deux.

Elle leva les yeux. Bryce avait pris dix ans d'âge en quelques minutes. Et c'était son œuvre à elle.

— Je n'ai jamais eu l'intention de te blesser, Bryce. Jamais !

Elle souhaitait qu'au fond de lui-même, il comprenne à quel point elle avait été sincère en prononçant ces dernières paroles.

Cette fois-ci, ce fut lui qui détourna la tête.

— Je suppose qu'il n'y a plus rien à dire. Je trouverai mon chemin tout seul.

Le sac à la main, il sortit sans se retourner, et sans voir les larmes qui ruisselaient en silence le long des joues de Shannon.

On annonçait une tempête dans la région de Southlakes quand Shannon prit son siège dans la salle d'audience. Les nuages menaçants convenaient parfaitement à la circonstance. Mais elle survivrait à la bataille, exactement comme les fleurs qu'elle avait plantées dans la grand-rue de la ville survivraient au déchaînement des éléments. Elle avait décidé, au cours de ce long week-end solitaire,

264

de ne pas se laisser chasser de la ville comme une femme marquée au fer rouge. Elle obtiendrait son diplôme de comptable, elle se trouverait un emploi décent dans la région, même si elle devait pour cela couvrir plusieurs dizaines de kilomètres au quotidien. Et, un jour, les bons citoyens de Southlakes la reconnaîtraient pour la femme qu'elle n'avait jamais cessé d'être. Entre-temps, elle circulerait en ville, attendant le hasard d'une rencontre pour rappeler à ses enfants qu'elle serait toujours là pour les accueillir le jour où ils seraient assez âgés pour lui revenir.

Les doubles portes de la salle s'ouvrirent, et Shannon se retourna. Elle évita soigneusement de regarder dans la direction des trois Stewart qui affichaient leur assurance et leur nonchalance coutumières. Elle n'aurait même pas regardé, si elle n'avait pas attendu l'arrivée imminente de Brad Channing.

Le nœud qui lui nouait l'estomac lui monta à la gorge quand elle reconnut Darla parmi les gens qui entraient.

Shannon ne l'avait pas revue depuis dix ans, mais Darla n'avait pas changé. Elle semblait beaucoup plus jeune que son âge. L'ordonnance de sa chevelure de corbeau était un peu trop méticuleuse, la ligne soulignant ses superbes yeux violets un peu trop osée, l'ovale de son visage un peu trop parfait. Ses lèvres charnues étaient un peu trop humides, et ses vêtements un peu trop ajustés. Un passant l'aurait probablement trouvée belle à tomber à la renverse.

Darla jeta un coup d'œil à Shannon avant de se diriger vers l'avocat de Clinton. Shannon les vit murmurer pendant quelques instants, puis Darla prit un siège derrière les Stewart.

C'est le coup de grâce, songea Shannon en reprenant sa position en face du fauteuil du juge.

Le regard vidé de toute expression, elle se retira dans

sa tour, là où personne ne pouvait entrer et où rien ne pouvait l'atteindre. Elle était soudain très reconnaissante au règlement qui empêchait les jumeaux d'assister aux débats...

Bryce fit son apparition quelques instants avant l'heure fixée pour le début de l'audience. Il avait choisi de la rejoindre à la dernière minute pour ne pas lui donner le temps de protester. Si elle s'était imaginé, même pendant une seconde, qu'il ne serait pas à ses côtés durant toute la durée de l'épreuve qui l'attendait, elle avait vraiment sous-estimé la détermination d'un homme chargé de la loi et de l'ordre !

Il marqua une pause dans l'allée afin de la regarder tout à loisir. Assise, les épaules tendues et la tête haute, à côté de Brad Channing, elle portait une robe de soie beige, élégante et discrète. Il n'avait pas l'habitude de la voir dans une tenue habillée, mais il lui trouva très bon air.

Il vint s'installer à côté d'eux et se mit à observer la salle. Les Stewart étaient là, avec leurs avocats. Bryce reconnut la superbe femme qui se tenait derrière eux dès qu'il l'aperçut. La ressemblance était trop forte pour pouvoir s'y tromper. Darla Howard ne semblait pas assez âgée pour être la mère de Shannon, mais ça ne suffisait pas à créer le moindre doute sur son identité.

Sa présence lui parut choquante. Il ne croyait pas une seconde que son témoignage pût amoindrir les chances de Shannon, mais il était ivre de rage en pensant à l'effet que la duplicité de Darla allait avoir sur Shannon.

Il ne parla pas à Shannon. Ses relations avec elle étaient beaucoup trop intimes pour être traitées dans une salle d'audience. Il la sentit se raidir, se permit un coup d'œil et constata, à la mine stoïque qu'elle affichait, que son armure était fermement en place. Avait-il eu raison de lui imposer ainsi sa présence en public ? Il cherchait à lui faciliter les choses, et non pas à les aggraver.

Après leur dernière entrevue chez elle, il s'en était retourné, blessé, trahi et furieux. Mais dès qu'il s'était calmé, et qu'il avait pu analyser la situation avec le détachement et la logique du policier qu'il était depuis tant d'années, il avait vu les faiblesses du récit de Shannon. Sa grande erreur avait été de prétendre qu'elle ne l'aimait pas. Il aurait pu croire à l'histoire selon laquelle elle s'était offerte à lui par pure gratitude, s'ils avaient fait l'amour *avant* qu'elle ne lui confie les détails les plus intensément personnels de son existence. Mais il était convaincu que Shannon Stewart n'aurait *jamais* pu se confier à lui aussi totalement et aussi librement, si elle ne lui avait pas déjà ouvert en grand la porte de son cœur. Il était impossible à Bryce de se remémorer leur après-midi dans la prairie et d'imaginer que Shannon ne l'aimait pas.

Après avoir atteint la conclusion qu'elle lui avait sciemment menti, il n'avait pas été long à comprendre pourquoi. Shannon faisait sans doute confiance à Bryce, mais certainement pas au système qu'il servait. Elle craignait encore de perdre la partie, d'être chassée de la ville, et que lui-même subisse le même sort s'il la soutenait.

Il l'aima encore plus quand il comprit qu'elle tenait à lui au point de chercher à le protéger de cette façon-là, mais il n'avait aucune intention de l'abandonner. D'abord, parce qu'il avait la conviction que Shannon allait gagner la bataille pour la garde de ses enfants, et ensuite, parce qu'en tout état de cause, elle représentait plus aux yeux de Bryce que toutes les carrières de l'univers. Si son amour pour elle lui valait l'inimitié de certains, tant pis. Il ne lâcherait pas un pouce de terrain.

La première partie de l'audience suivit le schéma auquel il s'attendait. Son oncle avait décidé qu'il entendrait les parties l'une après l'autre. Aucun procureur ne représentait l'ordre public. Seule une assistante sociale recommanda que les enfants soient confiés à leur père, mais son avis ne comptait guère dans un cas pareil. Non seulement la femme avait très probablement été choisie pour ses liens avec la famille Stewart, mais elle eut le tort d'insinuer dès le début que l'audience n'était à ses yeux qu'une formalité. Le juge Olivier Donovan n'apprécierait sûrement pas ce mépris affiché pour les fonctions qu'il exerçait. Il avait l'habitude de prendre la décision qu'il estimait la plus équitable *après* avoir entendu les deux parties.

Bryce aurait voulu pouvoir transmettre à Shannon la confiance qu'il ressentait. Elle avait les mains nouées sur ses genoux avec une telle force qu'elle en avait les jointures blanchies. Il aurait voulu lui masser les paumes et les poignets, mais elle se tenait trop à distance pour recevoir le moindre geste de réconfort.

— J'appelle à se présenter ceux qui considèrent avoir juste cause en recommandant que la garde de Minda Marie et Michael Scott Stewart soit retirée à leur mère de façon définitive.

Les avocats des Stewart s'avancèrent avec des airs patelins qui firent grincer les dents de Bryce. Il voulut offrir à Shannon un sourire de réconfort, mais elle ne tourna pas la tête. Enfermée dans sa bulle protectrice, elle assistait aux débats avec l'air détaché de quelqu'un qui aurait été parfaitement étranger à l'affaire. Ses mains étaient toujours nouées sur ses genoux.

Les avocats des Stewart présentèrent bien leur cas. Ils déformèrent le moindre mouvement de Shannon afin de la présenter comme une femme de mauvaise vie, immorale et assoiffée d'argent. Les mensonges qu'elle avait racontés n'étaient plus l'effort désespéré d'une adolescente pour échapper à son passé, mais la preuve de la machination ourdie en vue de se faire épouser par Clinton Stewart. Shannon était restée huit ans et demi avec Clinton, ce qui prouvait jusqu'où elle était capable d'aller pour s'assurer un avantage monétaire. Clinton, bien sûr, n'était que la victime innocente des complots de Shannon.

Bryce trouva étrange qu'il ne soit pas fait mention de la pension alimentaire, ni pour dire qu'elle avait été versée, ni pour affirmer qu'elle avait été dépensée par la mère à mauvais escient. Mais il avait beau haïr les diffamations lancées contre la femme qu'il aimait, et l'injustice du sort qui s'abattait sur Shannon, il savait bien qu'il devait s'armer de patience et attendre le tour de la défense.

Pourtant, il faillit se révolter quand Ory fut appelé à la barre et forcé de décrire en détail son bar mal famé, dans lequel Shannon avait *choisi* de travailler, ce qui suffisait à décrire le genre de personnes qu'elle *choisissait* de fréquenter.

Chaque fois que Bryce jetait un coup d'œil en direction de Shannon, elle semblait enfouie dans son monde intérieur. Il craignit qu'elle ne s'y enfonce au point de ne plus pouvoir refaire surface. Pouvait-on mourir à l'intérieur de soi, au point de n'être plus qu'une carapace vide ? La femme qu'il aimait était-elle de nouveau poussée aux portes de la folie, pendant qu'il restait assis à ne rien faire ?

— Votre Honneur, nous voudrions appeler maintenant Darla Howard.

Bryce ne se préoccupa même pas de la femme qui s'avançait en roulant des hanches. Son attention se concentrait entièrement sur Shannon. Il refusait de la voir se briser sous l'effet des coups qui l'attendaient au cours des prochaines minutes. Il feindrait une crise cardiaque s'il le fallait.

Shannon resta impassible tandis que Darla donnait son nom et son adresse.

— Dites au juge, s'il vous plaît, en quoi consistent vos

occupations professionnelles. Nous vous rappelons que vous avez reçu le bénéfice de l'immunité, et que rien de ce que vous pourrez dire ne saurait dans l'avenir être retenu contre vous.

Bryce haussa les sourcils de surprise. Shannon remua sur son siège.

— C'est vrai, monsieur le juge ? Quoi que je dise aujourd'hui, nul ne pourra s'en servir pour m'attaquer dans l'avenir ?

— Oui, madame, dit Olivier. Et maintenant voudriez-vous dire à la cour en quoi consistent vos occupations ?

Cette fois, Bryce s'approcha pour prendre la main de Shannon. Elle essaya de se dégager sans attirer l'attention sur elle, mais Bryce avait décidé qu'elle s'était enfermée assez longtemps dans sa tour d'ivoire, et qu'elle avait besoin de lui.

— Je me prostitue pour gagner ma vie.

La déclaration sans détours de Darla résonna dans une salle silencieuse.

Olivier jeta un coup d'œil à Bryce, le vit tenir la main de Shannon, ôta ses lunettes et se frotta les yeux. Bryce ressentit de la sympathie pour son oncle, mais aucun remords. Il serra brièvement la main de Shannon pour la rassurer.

— Et quelle relation avez-vous avec Shannon Stewart ? demanda l'avocat de Clinton.

Bryce bouillonnait intérieurement. L'avocat se comportait comme s'il s'agissait d'un procès en cours d'assises. Il traitait Shannon en criminelle.

— Je suis sa mère, et sa seule famille par le sang, à part ses enfants.

La voix jeune et sophistiquée donnait à Bryce des envies de meurtre par étranglement. Comment cette femme osait-elle venir dans cette ville pour faire étalage d'un lien que Shannon n'avait pas choisi ?

— Voulez-vous, je vous prie, décrire les valeurs que vous avez inculquées à votre fille dans sa jeunesse ?

Le teint pâle de Shannon était en train de virer au vert. Bryce se prépara à la faire sortir, mais il devait agir d'une façon qui ne ferait que repousser les débats au lieu de les clore. Il attendait avec impatience que Brad Channing ait le loisir d'exprimer le point de vue de Shannon, et de faire rentrer leurs calomnies dans la gorge des Stewart.

— Je n'ai pas inculqué la moindre valeur à ma fille, dit Darla avec la même assurance.

Un murmure parcourut la salle, mais Darla continua sans paraître s'en apercevoir.

— Ce n'est pas faute d'avoir essayé. Je voulais faire comprendre à Shannon que, pour faire son chemin dans la vie, elle allait devoir utiliser tous les atouts qu'elle possédait. Je voulais qu'elle sache que la vie n'est pas un conte de fées, et que personne ne lui donnerait jamais ce qu'elle ne prendrait pas elle-même. Mais ma fille refusait de voir le monde comme il est. C'était une petite personne sensible, qui prenait à la bibliothèque des livres sur les bonnes manières, s'offusquait de tout, et se souciait de choses qu'elle n'était pas en position de changer. J'ai dû me rendre à l'évidence : elle et moi ne verrions jamais les choses de la même façon. Je trouvais sa façon de réagir ridicule, mais je me suis quand même efforcée d'organiser mes rendez-vous quand elle n'était pas dans les parages.

Sa voix était aussi dénuée d'expression que le visage de Shannon.

L'avocat des Stewart semblait au bord de la syncope. Son visage rasé de près luisait de transpiration. Il ouvrit la bouche pour interrompre son propre témoin, mais un regard du juge le dissuada d'intervenir. Darla continuait imperturbablement son récit.

271

— Elle avait dix-sept ans quand elle attira l'œil de l'un de mes clients.

Un silence absolu régnait dans la salle. Shannon baissa la tête. Bryce lui massa le poignet, en se jurant de faire en sorte que Shannon n'ait jamais plus à baisser la tête en public.

— L'homme tomba sur elle par hasard, et crut aussitôt pouvoir bénéficier de ses faveurs. Une descente de police eut lieu à ce moment précis. Ils avaient eu vent de mes activités et entendaient y mettre fin. Comme j'avais beaucoup plus à perdre que Shannon, je me suis éclipsée par la porte de derrière. Ils arrêtèrent Shannon, et j'ai témoigné contre elle à son procès.

La salle retenait son souffle. Shannon gardait un visage impassible, mais elle enserra de sa main libre celle de Bryce et ne la lâcha plus jusqu'à la fin de la déposition de Darla.

— L'homme en question témoigna également contre elle. Il préférait payer une amende pour avoir acheté les faveurs sexuelles d'une mineure, plutôt que faire de la prison pour tentative de viol. Shannon prit la seule voie qui s'ouvrait à elle. Elle s'enfuit aussi vite et aussi loin qu'elle le pût. Elle arriva à Southlakes, se forgea un passé et entreprit de vivre enfin sa vie comme elle l'entendait.

» La deuxième fois que j'ai ruiné son existence, ce fut sans le vouloir. Quelqu'un l'avait aperçue à Southlakes et mentionna cette rencontre devant moi. Je vins lui rendre visite, non pour m'imposer à elle, mais pour lui dire que j'étais désolée de ce qui était arrivé. Ma fille et moi, nous approchons les choses d'une manière trop différente pour pouvoir entretenir des relations durables, mais je ne voulais pas de rancune entre nous. Je ne savais rien du passé qu'elle s'était créé, et j'ai fait voler son histoire en éclats.

» Plus récemment, j'ai commis une troisième erreur envers elle. Ce sera la dernière, puisque j'ai l'intention de ne plus jouer le moindre rôle dans la vie de ma fille.

Darla se tourna brièvement vers Shannon.

— Ce sera mieux pour elle comme pour moi, dit-elle en abandonnant son ton monocorde pour s'adresser directement à sa fille.

Shannon leva les yeux vers sa mère et hocha la tête.

Darla regarda de nouveau le juge.

— Il y a quelques semaines, Shannon m'a appelée. Elle avait besoin d'argent pour s'offrir les services d'un avocat étranger à la ville. Je ne disposais pas de la somme nécessaire, mais je savais où la trouver. J'avais enfin l'opportunité de m'acquitter de ma dette envers elle. Il ne m'a fallu qu'un bref coup de téléphone à l'homme qui avait failli la violer il y a douze ans, pour obtenir un petit capital. Il est remarié et cette fois-ci, son couple a l'air de bien fonctionner. Il était tout prêt à aider Shannon pour se racheter de son passé.

Quand Darla eut fini son récit, la salle était si médusée qu'on aurait entendu une mouche voler. Darla retraversa la salle de sa démarche déhanchée, et la porte se referma sur elle. Une chape de silence recouvrait toujours l'assistance. Olivier toussota et s'adressa à l'avocat de Clinton.

— Vous avez d'autres témoins ?

Trop effondré pour réagir, l'avocat se contenta de secouer négativement la tête.

— Je me tourne donc vers l'autre partie. Maître Channing ?

— Oui, Votre Honneur, dit Brad en se levant, je voudrais que M. Ory Jones soit rappelé à la barre.

Ory revint, sourit à Shannon au passage et s'apprêta à répondre à de nouvelles questions.

Shannon faillit se mettre à pleurer. Ory était un véritable ami, et elle avait eu bien de la chance qu'il accepte de l'engager deux ans plus tôt.

— Monsieur Jones, voulez-vous dire à la cour combien de fois vous avez rencontré Mike et Mindi Stewart, combien de fois vous avez eu l'occasion d'influencer leur existence?

— Zéro fois, pour sûr.

— Vous n'avez jamais été chez eux? Vous ne les avez jamais vus, ne fût-ce qu'à l'autre bout de la salle, au Métro?

— Non. D'ailleurs, ils n'ont jamais mis les pieds au Métro.

Il fut pris d'une quinte de toux.

— Combien de fois avez-vous dû remplacer Shannon Stewart parce que ses enfants avaient besoin de sa présence?

Shannon n'était pas certaine du but recherché par Brad. Certaines personnes risquaient de la trouver peu fiable, et de croire qu'elle se décommandait sans cesse au dernier moment.

Ory fronça les sourcils et se mit à réfléchir.

— Voyons, il y a eu la fois où Mindi a eu une angine. Non, ça c'était le jeune Mike. Mindi avait oublié de parler à sa mère du costume qu'il lui fallait pour le spectacle de fin d'année à l'école. Et puis, il y a eu la grippe de l'année dernière, quand ils étaient tous les deux malades...

— Vous voulez dire que, *chaque fois* que les enfants avaient besoin d'elle, Shannon restait à la maison?

Shannon sourit. Elle avait eu raison de s'adresser à Brad Channing.

Ory se redressa.

— Ben, oui! Mais elle compensait toujours le temps manqué. Elle remplaçait sa collègue, ou elle faisait des heures supplémentaires. Et elle restait toujours plus tard si j'avais du travail pour elle.

Brad sourit.

— Je vous remercie, monsieur Jones. Ce sera tout.

Brad appela ensuite les professeurs des jumeaux qui

274

répondirent aux questions soigneusement formulées de Brad d'une façon qui ne laissait aucun doute sur l'amour maternel de Shannon, et sur le soin avec lequel elle élevait ses enfants.

Puis, se fiant à l'attitude du juge, Brad se rassit. Shannon avait indiqué clairement qu'elle voulait le moins de boue possible.

Olivier regarda des deux côtés de la salle.

— S'il n'y a rien de plus à dire, je ne vois aucune raison qui empêcherait Shannon et Clinton Stewart de continuer à assum...

— Excusez-moi, dit Brad Channing brusquement.

Olivier le regarda avec surprise.

— Je suis navré de vous avoir interrompu, monsieur le juge, mais j'aimerais dire un mot à ma cliente avant que vous ne rendiez votre verdict.

— La séance reprendra dans cinq minutes, dit Olivier d'un ton résigné.

Brad se mit devant Bryce et Shannon, les prit par les épaules de façon à assurer le secret de leur conversation.

— Je suppose, d'après tout ce que vous m'avez dit, que vous préféreriez ne plus avoir la garde jointe, Shannon. Suis-je dans le vrai ?

Shannon était dans un état d'hébétement qui rendait la conversation difficile.

— Je veux mes enfants, Brad, de n'importe quelle façon. Je veux simplement mes enfants.

Son ton de voix désespéré aurait pu faire croire qu'après avoir eu l'espoir de l'emporter, elle craignait soudain de tout perdre.

— Je crois que je comprends où Brad veut en venir, dit Bryce. Avec les éléments dont nous disposons à l'encontre de Clinton, tu peux très probablement obtenir, à toi seule, la garde des enfants, et cela de façon définitive.

Il était grand temps que Clinton reçoive le châtiment mérité.

Shannon regarda Bryce droit dans les yeux pour la première fois depuis qu'il avait quitté son appartement la semaine précédente. Ses pupilles étaient encore élargies par la frayeur qu'elle avait ressentie, mais elle ne se dérobait plus.

— Je ne veux plus d'ennuis, Bryce. Je veux rentrer à la maison avec mes enfants.

Bryce comprenait les craintes de la jeune femme. Mais il comprenait aussi qu'elle allait vivre sous une épée de Damoclès pendant des années, si le problème n'était pas réglé une fois pour toutes.

— Stewart doit payer pour la manière dont il t'a traitée, Shannon. Laisse-nous nous occuper de lui.

Shannon voulait lui faire plaisir, mais elle restait ferme dans sa détermination.

— Non, Bryce. S'ils acceptent de me laisser en paix avec mes enfants, je ne désire rien d'autre. Pourquoi blesser les parents de Clinton, et les humilier à cause des actions de leur fils ? Je sais trop ce que c'est de payer pour autrui, surtout pour quelqu'un de sa famille. Vous pouvez utiliser le dossier pour libérer définitivement mes enfants de leur emprise, mais réglons le problème en privé.

Bryce aima Shannon encore davantage, si c'était possible. Elle n'était mue que par le besoin compulsif de bien agir, et d'avoir la liberté de suivre la voix de sa conscience. Shannon avait quelque chose qui manquait totalement à des femmes comme Darla ou l'ex-épouse de Bryce : le sens de la décence et de l'honnêteté.

Il interrogea Brad.

— Vous croyez pouvoir passer un accord avec eux ? En communiquant aux parents de Clinton et à leurs avocats les preuves dont nous disposons, et puis en acceptant de refermer le dossier contre la garde pleine et entière des enfants ?

Shannon se tourna vers Brad et attendit la réponse. Bryce eut envie de sourire, en constatant qu'elle restait capable de se battre en dépit de ses scrupules.

— Vous êtes d'accord ? demanda Brad à Shannon.

— A cent pour cent, à condition que les parents de Clinton s'engagent personnellement. J'imagine qu'ils préféreront négocier plutôt que de rendre publics les actes frauduleux de leur fils. Pour ce qui me concerne, je ne cherche pas à me venger. D'autant qu'un jour ou l'autre, Clinton commettra l'erreur irréparable et finira par être condamné sans nous.

Brad traversa la salle, et les minutes s'égrenèrent. Shannon s'appuyait sur l'épaule solide de Bryce, trop angoissée pour parler. Elle n'arrivait pas encore à croire que la roue de la fortune ait vraiment tourné en sa faveur au cours de la dernière demi-heure. Et pourtant elle méritait bien, et ses enfants méritaient encore plus, que la vérité ait enfin éclaté au grand jour.

Brad, accompagné par les avocats de l'autre partie, se rapprocha du fauteuil du juge. Shannon se laissait réconforter par la présence de Bryce. Elle ne lui demanda même pas comment il se faisait qu'il soit à ses côtés après la façon dont elle l'avait renvoyé. Elle se contentait d'accepter le bonheur inattendu que la vie lui offrait.

L'huissier réclama le silence. Tout le monde se leva pour écouter la sentence du juge.

— Conformément à l'accord passé entre les deux parties, la garde entière et définitive de Minda Marie et Michael Scott Stewart est attribuée à leur mère. Les enfants peuvent regagner le domicile maternel dès la clôture de la séance... La séance est levée.

Shannon se mit à pleurer comme une fontaine. Elle ouvrait son cœur à toutes les joies que la vie tenait désormais en réserve pour elle.

Sans essayer de l'empêcher de verser des larmes aussi bienfaisantes, Bryce la conduisit vers la porte derrière laquelle les enfants attendaient avec impatience, sous la garde vigilante de Bessie Thompson.

Michael vit Shannon le premier, et Bryce, qui se taisait pour ne pas ravir à Shannon la joie d'annoncer elle-même la bonne nouvelle, se serait battu quand il vit l'expression de terreur pure qui déforma les traits de l'enfant à la vue des larmes de sa mère.

— Maman? Que s'est-il passé? On a perdu?

Mindi se mit aussitôt à sangloter.

— Maman!

Shannon s'arracha à Bryce et courut vers ses enfants. Elle s'agenouilla devant eux et les serra dans ses bras avec force.

— Nous avons gagné. Je vous ramène à la maison et, si vous le voulez, vous pourrez y rester jusqu'à ce que vous ayez les cheveux blancs!

Mike se recula pour regarder sa mère bien droit dans les yeux.

— On a gagné? On a vraiment gagné?

— Oui, dit Shannon.

Le visage de Mike s'illumina enfin de bonheur.

— Youpi-i-i-i!

Il cria, sauta dans les airs, leva le poing en signe de victoire, bref oublia complètement la solennité du bâtiment dans lequel il se trouvait.

Mindi, comme d'habitude, mit un peu plus longtemps à se laisser convaincre.

— C'est fini? Pour de bon? On a gagné pour toujours?

Shannon riait à travers ses larmes.

— Pour toujours, dit-elle en se relevant.

Mindi souriait timidement, mais elle avait encore une question à poser.

— On va être une famille maintenant? dit-elle d'une voix légèrement hésitante en regardant Bryce.

Bryce contempla Mindi, puis Mike, et enfin Shannon dont le regard débordait d'amour. Ils voulaient certainement tous les trois qu'il fasse partie intégrante de leur cercle familial.

— Si ta mère veut bien de moi, répondit-il à Mindi.

— Dis oui, maman. Promets de dire oui, dit Mike qui avait soudain repris son sérieux, comme s'il fallait une réponse heureuse à toutes les questions en suspens avant que Mindi et lui puissent enfin recouvrer l'insouciance de l'enfance.

Shannon se tut pendant une minute, et cette minute-là fut la plus longue de la vie de Bryce.

— Oui, dit-elle enfin. Je le promets.

Ils se jetèrent tous les trois dans les bras de Bryce, et ils ne formèrent plus qu'un seul corps. A quatre têtes.

Chère lectrice,

Vous nous êtes fidèle depuis longtemps?
Vous venez de faire notre connaissance?

C'est pour votre plaisir que nous avons
imaginé un rendez-vous chaque mois
avec vos auteurs préférés, vos
AUTEURS VEDETTE dans les
collections Azur et Horizon.

Les AUTEURS VEDETTE vous
donneront rendez-vous pour de
nouveaux livres vedette.

Pour les reconnaître, cherchez
l'étoile ... Elle vous guidera!

Éditions Harlequin

LE FORUM DES LECTRICES

CHÈRES LECTRICES,

VOUS NOUS ÊTES FIDÈLES DEPUIS LONGTEMPS ?

VOUS VENEZ DE FAIRE NOTRE CONNAISSANCE ?

SI VOUS AVEZ DES COMMENTAIRES, CRITIQUES À
FORMULER, DES SUGGESTIONS À OFFRIR, N'HÉSITEZ PAS...
ÉCRIVEZ-NOUS À :   LES ENTREPRISES HARLEQUIN LTÉE.
                    498 RUE ODILE
                    FABREVILLE, LAVAL, QUÉBEC.
                    H7R 5X1

C'EST AVEC VOS PRÉCIEUX COMMENTAIRES QUE NOUS ALLONS
POUVOIR MIEUX VOUS SERVIR.

MERCI, À L'AVANCE, DE VOTRE COOPÉRATION.

BONNE LECTURE.

HARLEQUIN.

VOTRE PASSEPORT POUR LE MONDE DE L'AMOUR.

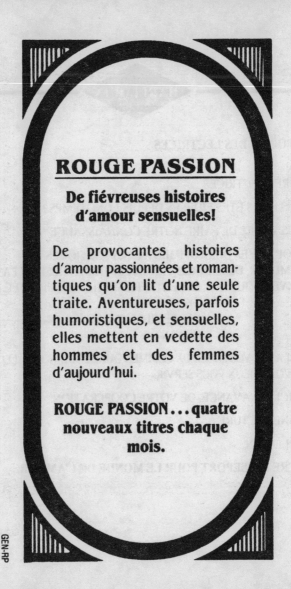

ROUGE PASSION

De fiévreuses histoires d'amour sensuelles!

De provocantes histoires d'amour passionnées et romantiques qu'on lit d'une seule traite. Aventureuses, parfois humoristiques, et sensuelles, elles mettent en vedette des hommes et des femmes d'aujourd'hui.

ROUGE PASSION...quatre nouveaux titres chaque mois.

COLLECTION
HORIZON

Des histoires d'amour romantiques qui
vous mènent au bout du monde!

Découvrez la passion et les vives
émotions qu'apportent à la Collection
Horizon des auteurs de renommée
internationale!

Captivantes, voire irrésistibles, ces
histoires d'amour vous iront
assurément droit au coeur.

Surveillez nos quatre nouveaux titres
chaque mois!

GEN-H

La COLLECTION AZUR

Offre une lecture rapide et

- stimulante
- poignante
- exotique
- contemporaine
- romantique
- passionnée
- sensationnelle!

COLLECTION AZUR ... des histoires
d'amour traditionnelles qui vous
mènent au bout du monde!
Six nouveaux titres chaque mois.

GEN-AZ

HARLEQUIN

Lisez Rouge Passion pour rencontrer L'HOMME DU MOIS!

Chaque mois, à compter d'août, vous rencontrerez un homme **très sexy** dans la série Rouge Passion.

On peut distinguer les livres L'HOMME DU MOIS parce qu'il y a un très bel homme sur la couverture! Et dedans, vous trouverez des histoires écrites selon le point de vue de l'homme et de la femme.

Les livres L'HOMME DU MOIS sont écrits par les plus célèbres auteurs de Harlequin!

Laissez-vous tenter avec L'HOMME DU MOIS par une histoire d'amour sensuelle et provocante. Une histoire chaque mois disponible en août là où les romans Harlequin sont en vente!

RP-HOM

Composé sur le serveur d'EURONUMÉRIQUE, À MONTROUGE
PAR LES ÉDITIONS HARLEQUIN
Achevé d'imprimer en septembre 1998
sur les presses de l'Imprimerie Bussière
à Saint-Amand-Montrond (Cher)
Dépôt légal : octobre 1998
N° d'imprimeur : 1880 — N° d'éditeur : 7289

Imprimé en France